Christine Nöstlinger

Das Leben ist am schwersten zwei Tage vor dem Ersten

Mit Illustrationen von Christiana Nöstlinger

Deutscher Taschenbuch Verlag

Ungekürzte Ausgabe
September 2007
Deutscher Taschenbuch Verlag GmbH & Co. KG,
München
www.dtv.de
© 2005 Residenz Verlag im Niederösterreichen Pressehaus
Druck- und Verlagsgesellschaft mbH
St. Pölten – Salzburg
Umschlagkonzept: Balk & Brumshagen
Umschlagbild: Christiana Nöstlinger
Gesetzt aus der Garamond 10/12·
Gesamtherstellung: Druckerei C. H. Beck, Nördlingen
Gedruckt auf säurefreiem, chlorfrei gebleichtem Papier
Printed in Germany · ISBN 978-3-423-21019-5

Inhaltsverzeichnis

FEST IM GRIFF
UND NICHTS IN DER HAND

Schlierig marmoriert

Natürlich gibt es auch Menschen, die noch nie fluchend vor einer Waschmaschine gestanden sind und dieser pastellfarbene Textilien, die noch vor 90 Minuten reinweiß gewesen sind, entnommen haben! Das sind die armen Pessimisten, die von jedem knallbunten T-Shirt und jeder neuen Jean gleich das Allerschlimmste annehmen. Aber allen anderen Menschen, den halbwegs optimistischen, passiert es doch immer wieder, dass ihre Wäsche in der Waschmaschine ganz unvermutete Farbtöne annimmt. Wir Optimisten wissen eben aus Erfahrung, dass nur jedes zweite T-Shirt und jede dritte Jean überschüssige Farbe abgeben. Und warum sollten hoffnungsfrohe Menschen unbedingt argwöhnen, dass ausgerechnet ihnen jedes zweite T-Shirt und jede dritte Jean angedreht werden? Außerdem kann man ja beim »Verfärben« auch ein wahrer Glückspilz sein. Unter Umständen ergibt eine Trommel voll weißer Unterwäsche, kombiniert mit einem dunkelbraunen Pyjama, Wäsche in der Modefarbe »Champagner«, die gerade »irre in« ist.

Ich allerdings neige eher dazu, zu marmorieren. Schlierenförmig in den diversen Grundfarben! Und bloß weil noch kein »Herrenausstatter« auf die schöne Idee gekommen ist, »geschlierte« Unterhosen für Männer auf den Markt zu bringen, hält mein guter Mann meine Waschergebnisse für untragbar. Mein tröstlicher Hinweis, dass wir wäschemäßig den »Partner-Look« haben, weil mein Unterzeug ja im gleichen Design prunkt, überzeugt ihn leider auch nicht recht. Und so hat er gestern, ganz nach dem Motto »Selbst ist der Mann«, sein marmoriert schlieriges Unterzeug aus der Wäschelade ge-

nommen und eine Packung Entfärber aus dem Badezimmerregal. Dann hat er sich ans bleichende Werk gemacht. Knapp ein Stündlein später hat er zufrieden lauter Reinweißes aus der Waschmaschine geholt; abgesehen von einem Jeansrock. Der war blassrot mit weißen Schlieren! »Also, der muss mir irgendwie irrtümlich druntergekommen sein«, hat er gestaunt. Und bevor ich noch meine Stirn so indigniert runzeln konnte, wie mein guter Mann das immer vor seiner Wäschelade zu tun beliebt, schwenkte er meinen Jeansrock herum und frohlockte: »Schaut aber doch irgendwie äußerst apart aus! Findest du nicht auch?«

Na sowieso! Drunter weiß mit roten Schlieren und drüber rot mit weißen Schlieren, so komplett »durchgestylt« zu sein, das schafft nicht bald wer!

Ein paar schnelle Stiche

Herrenhosentaschen, welche nicht nur als Aufbewahrungsort für ein Papiertaschentuch herhalten müssen, sondern auch tagtäglich mit einem dicken Schlüsselbund und einer erklecklichen Menge Kleingeld belastet werden, neigen zum vorzeitigen Verschleiß. Wenn die Hose noch »wie neu« ist, sind sie bereits von etlichen Stellen durchsetzt, die nur mehr Querfäden aufzuweisen haben (ob es sich dabei um Kettfäden oder Schussfäden handelt, weiß ich nicht).

Die Ehefrau erkennt diesen lädierten Taschenbeutelzustand zuerst einmal daran, dass ihrem lieben Ehemann, so als wäre er ein Dukatenesel, beim Gehen Münzen aus einem Hosenbein kullern. Es soll ja Ehefrauen geben, die dann sofort den Herrn Gemahl aus der Hose knöpfen und sich hurtig ans Flickwerk machen. Ich kenne aber nur solche, die mit eingenähten Männerhosentaschen so wenig wie nur möglich zu tun haben wollen und wegschauen, wenn es aus dem Hosenbein klimpert. Aber das hilft ja nicht viel! Ein paar Tage später steht der gute Mann da, mit der Hose in den Händen, und spricht mit brav eingelernter Softie-Miene: »Bitte, könntest du mir schnell mit ein paar Stichen …«

Okay, wer eine Arbeit noch nie getan hat, kann weder ihre Dauer noch ihre Mühsal recht einschätzen. Aber was würde denn der gute Mann sagen, wenn ihn seine gute Frau – mit ihrem allerliebsten Weibchenblick – ersucht, mit ein paar schnellen »Hammerschlägen« die Einbauküche von der linken Wandseite auf die rechte zu bringen? Wer diesen Vergleich für übertrieben hält, der hat noch nie einer Männerhose einen neuen Taschenbeu-

tel eingesetzt! Ja freilich, man könnte pfuschen. Man könnte, so noch Querfäden vorhanden, wie bei einem Socken und sehr unhübsch durchstopfen. Oder, von Hand, einen zierlichen Flicken aufnähen. Aber Pfusch hält leider auch bei Hosentaschen nicht! Eine Woche später kriegt man die Hose wieder und muss einsehen, dass da bloß eine radikale Taschenbeuteltransplantation helfen kann. Es gibt Hosen, die muss man zu 60 Prozent auftrennen, um den Taschenbeutel ordentlich zu entfernen, und wenn man dann alle Nähte wieder schließen will, streikt die Haushaltsnähmaschine, weil es ihr nicht gegeben ist, über acht Lagen Stoff in verzwickte Ecken reinzusteppen. Und hat man die Tortur endlich hinter sich, sagt der gute Mann: »Hätt' ich geahnt, dass du das so ungern machst, hätt' ich sie zum Schneider getragen!« Drei Monate später jedoch steht er wieder mit einer Hose da und redet von »ein paar schnellen Stichen«. Und dass er versprochen hatte, kein Kleingeld mehr in die Tasche zu tun, hat er auch vergessen. Ein Mann von Format hat eben bloß ein Taschenbeutel-Kurzzeitgedächtnis.

Der Herr Lang

In der Familie meines Mannes gab es den sprichwörtlichen Herrn LANG. Wollte meine gute Schwiegermutter herausbekommen, wer die Fensterscheibe eingeschlagen hatte, wer dem Porzellantopf den Henkel abgeschlagen und dem Teppich den Riesenfleck gemacht hatte, bekam sie von ihrem Nachwuchs stets zu hören: »Aber, das ist doch schon lang so!«

Auch wenn Gegenstände auf unerklärliche Weise verschollen waren, wehrte sich ihr Nachwuchs gegen die Beschuldigung, er habe diese Dinge verschlampt, mit der Behauptung: »Aber das ist doch schon lang nimmer da!«

So beschloss also meine Schwiegermutter, ihre karge Zeit nicht mehr mit unnützem Nachfragen zu vergeuden, sondern einzusehen, dass ein rätselhafter Herr LANG die Schuld an all diesen Ärgernissen habe. Die abgeklärte Feststellung, dass der unerhörte Herr LANG Tusche über die Tapete verspritzt habe, sichert die Familienharmonie schließlich weit mehr als langatmige Verhöre, in denen der echte Tuscheverspritzer dann doch nicht ausgeforscht werden kann.

Dieser Herr LANG hat sich in vielen Familien jedoch tatsächlich etabliert, ohne dass der Nachwuchs daran beteiligt wäre. Wenn ich mich in meinem trauten Heim umschaue, gibt es viele Sachen, die entweder »schon LANG so sind« oder »schon LANG nimmer da sind«.

Da hatte ich zum Beispiel einst einen vierflammigen Gasherd. Eines Tages gab der Brenner links hinten seinen Geist auf. Fest nahm ich mir vor, gleich am nächsten Tag einen neuen zu besorgen. Und vergaß darauf! Drei Wochen lang ärgerte ich mich über mich, weil ich noch immer keinen neuen Brenner gekauft hatte, dann schloss ich Frieden mit meiner Säumigkeit und gewöhnte mich daran, mit drei Gasflammen zurechtzukommen. Andere Leute haben schließlich auch Gasherde mit drei Flammen und verhungern nicht!

Ebenso ist das mit dem Lichtschalter im Vorzimmer neben der Badezimmertür. Als er erst drei Tage lang kaputt war, versuchte ich ihn zu reparieren, was einen Kurzschluss zur Folge hatte. Hierauf beauftragte ich meine Tochter mit der Reparatur. Doch die war damals knapp vor der Abreise nach Frankreich und hatte andere Dinge im Kopf als Lichtschalter. Und nun ist das eben schon LANG so! Aber ehrlich, wer braucht in einem kleinen Vorzimmer schon drei Lichtschalter, um ein einziges Deckenlicht anzuknipsen? Ich und der Herr LANG jedenfalls nicht!

Der Herr LANG und ich können auch gut ohne Fahrradpumpe auskommen, ohne Dachbodenschlüssel und ohne Rosenschere. (Wozu hat man denn sonst auch ordentliche und borgfreudige Nachbarn?) Der Herr LANG und ich entbehren auch den Silberarmreif, das Cartier-Feuerzeug und den Band 12 des Lexikons nicht allzu sehr. Wir sind halt genügsame Leute.

Ich weiß schon, man sollte mit dem Herrn LANG nicht allzu innig Freundschaft schließen, aber – Hand aufs Herz – die ungemütlichsten aller Haushalte sind es nun wieder auch nicht, in denen Herr LANG zur Untermiete logiert.

Preiswerter Rückblick

Jeder kluge, preisbewusste Mensch weiß, dass es heller Wahnsinn ist, in »Normal-Zeiten« mehr einzukaufen als unbedingt nötig, um sich am Leben zu erhalten. Sämtliche Konsumartikel, die über dieses Minimum hinausgehen, kauft der kluge, preisbewusste Mensch in »Ausverkaufs-Zeiten«. Da kriegt er nämlich alles, was sein Herz begehrt, wenn schon nicht geschenkt, so doch »zum halben Preis«.

Ehrlich! Da kommt man sogar zu edlen Designer-Stücken, die man sich zum normalen Ladenpreis nie gönnen würde! Nehmen Sie bloß den reinweißen Reinleinenrock, den ich mir im Sommerabverkauf erstanden habe! 60 Prozent reduziert! Sooft ich die Schranktür, hinter der dieses Meisterwerk einer deutschen Mode-Schöpferin hängt, aufmache, überkommt mich helles Entzücken. Getragen habe ich das Objekt meines hellen Entzückens allerdings noch kein einziges Mal, weil es mir leider – so etwas passiert halt, wenn man schnell zugreift – um gut zehn Zentimeter zu weit ist. Wodurch es mir auch um zehn Zentimeter zu lang ist, weil der Rockbund nicht die Taille umgürtet, sondern auf den Hüften ruht. Aber dafür passt mir der Kaschmir-Blazer (40 Prozent reduziert) wie angegossen. Dass ich den noch nie ausgeführt habe, liegt daran, dass er eine wunderschöne, wenn auch etwas unübliche Farbe hat. Wie Spinat mit zu viel Obers eingerührt!

Weil keiner meiner Röcke und keine meiner Hosen mit Obers-Spinat harmoniert, habe ich mir, natürlich auch im Ausverkauf, eine Hose, passend zum Obersspinat-Blazer, gekauft (Preisnachlass 30 Prozent). Aber weil ich den Blazer ja nicht dabeihatte, als ich das »Hosen-Superangebot« entdeckte, habe ich mich im Farbton etwas geirrt. Die Hose ist eher kochsalatfarben, und Kochsalat passt nicht zu Spinat.

Ja, und dann habe ich noch eine wunderschöne Batistdecke ergattert! Zu einem Spottpreis! Die hätte mir eine andere preisbewusste Frau fast aus der Hand gerissen! Aber ich habe nicht losgelassen und bin mit dem schönen Stück zur Kassa! Erstaunlich, wie man sich verschätzen kann. Immer war ich der Meinung, mein Tisch habe einen Durchmesser von 110 Zentimetern. Hat er aber nicht. 140 Zentimeter Durchmesser hat er. Und ein Tischtuch, das exakt an der Tischkante endet, wirkt irgendwie kleinlich.

Macht aber nichts. Der nächste »Ausverkauf« kommt bald, und preisbewusst, wie ich bin, finde ich garantiert einen kleinen, total reduzierten Tisch.

Tineidae, das liebe Haustier

Peinlichkeiten sollte man ja nicht in aller Öffentlichkeit bereden, ich tue es hiermit aber trotzdem, denn allem Anschein nach bin ich nicht der einzige Mensch, der sich seit Jahren mit dem peinlichen Problem herumzuschlagen hat. Also:

Gestern hatte ich Mann und Tochter ein schönes Nachtmahl versprochen. Nach Erledigung beruflicher Pflicht machte ich mich – rasch, rasch, wie das bei berufstätigen Frauen üblich ist – ans Werk.

Meine Brille setzte ich nicht auf, denn Brillen beschlagen vom Küchendunst, und mit Mattscheiben vor den Augen sieht man nicht besser, sondern schlechter.

Ich füllte ein Stück Kalbfleisch mit einer Mixtur aus Spinat, Schinken und Mozzarella, ich briet das gefüllte Fleisch im Rohr, unter öfterem Begießen, ich rührte aus Topfen, Obers und Früchten eine Nachspeise, ich zupfte Salatblätter, ich taute gefrorene Rindsuppe auf, versah sie mit Nudeln, und zwischendurch erledigte ich noch das Reisdünsten.

Bei Tisch dann gab es töchterliches Lob für das Süppchen und ehemännliche Entzückungsrufe über das Kalb. Huldvoll nahm ich das auf, doch plötzlich bekam die Tochter einen starren Blick, tupfte mit einer Gabelzinke auf ihr Reishäuflein und fragte:

»Was ist denn das?«

Ich neigte mich – immer noch brillenlos – zum Reishäuflein und sah ein Korn, farblich vom Reis divergierend; etwas mehr gelblich.

»Ach«, sprach ich, ohne Festigkeit in der Stimme, »das ist nur ein schlecht geschältes Reiskorn!«

»Eines mit Kopf?«, fragte meine Tochter, hob das gelbliche Reiskorn auf die Gabel und hielt es dem Vater, der keine Brille braucht, um gut sehen zu können, unter die Nase.

Und der Vater sprach: »Gehört zur Familie der Tineidae! Auch Korn- oder Dörrobstmotte genannt! Hier in Larvenform!«

Na ja, man kann ein schönes Stück Kalbfleisch, wenn es ohnehin reichlich gefüllt ist, auch ohne beiliegenden Reis verzehren! Der Mensch nimmt eh zu viele Kalorien zu sich!

Und heute hatte ich halt wieder einmal den großen »Jagdtag«! Mit Brille natürlich! Und mit Gänsehaut auf dem Rücken zudem, denn deren Entstehen war bei mir nicht zu vermeiden, als ich eine Packung Haferflocken öffnete, in welcher der Stamm der Tineidae diesmal sein Hauptquartier errichtet hatte.

Neue Jagderkenntnis des Tages: Die Viecher mieten sogar im Paprika unter.

Also, ein glückliches Leben kann so ein papriziertes Dasein, vom Ei bis zur Motte, auch nicht sein!

2 Küberln, 1 Kanister, 6 Sackeln ...

Angeblich verbringt der umweltbewusste Haushalt mit Sortieren und Entsorgen des Abfalls zweiundvierzig Stunden im Jahr. Das sind pro Woche etwa achtundvierzig Minuten! Ich weiß echt nicht, wie man das in dieser Zeit schafft!

Zweimal die Woche trage ich Altpapier zum Container hinter dem Haustor. Ja, ja, Lift habe ich! Die Wegzeit (inklusive Papier bündeln, Tür auf- und zusperren) beträgt maximal vier Minuten. Aber immer, wenn ich zur roten Tonne komme, ist die bummvoll! Vordergründig freilich nur. Da ist stets ein riesiger Karton drin, den muss ich rausholen und falten. Leicht geht das nicht (sonst hätt' es ja der Karton-Ableger selbst getan), aber mit Zerren und Reißen ist's zu schaffen. Wenn nicht, hilft sportives Draufspringen. Jedenfalls dauert das, laut ureigenem statistischem Erfahrungswert, vier Minuten. Und so brauche ich fürs Altpapier sechzehn Minuten die Woche.

Halt, falsch! Einmal pro Woche ist im Karton, den ich klein mache, Styropor. Das gehört nicht ins Papier, das muss eine Umweltbewusste in den Hof zum Restmüll tun, was wieder vier Minuten dauert. Flaschen machen weniger Mühe; dafür ein schlechtes Gewissen! Da sind die Tonnen an der Ecke, dauert nur sechs Minuten, bis das Glas entsorgt ist. Und das schlechte Gewissen habe ich nicht deshalb, weil zweimal pro Woche zwei Sackeln mit Glasflaschen von Trinkfreudigkeit zeugen, sondern wegen der armen Leute, die im Haus bei den Flaschentonnen wohnen. Denen müssen vom ewigen Glasgeklirre ja die Ohren abfallen! Und zwölf Glasminuten sind es immerhin auch die Woche!

Mühsamer ist die Bio-Tonne. Die ist etliche Quergassen weiter! Könnt' direkt mit der Straßenbahn fahren. Aber im Sommer ist das nix! Das grüne Bio-Küberl duftet sehr säuerlich! Darum muss ich es auch jeden zweiten Tag ausleeren laufen. Und das macht dreimal die Woche hastige elf Minuten, also dreiunddreißig Minuten! Dann renn' ich noch mit Leuchtstoffröhre und Batterie zum Händler, mit Pillen in die Apotheke, Dosen wie Plastikbecher müssen weg, Restmüll sowieso, jeden zweiten Donnerstag ist im »Grätzl« Lack-Fleckputzmittel-Säuren-Laugen-Annahme, und wenn ich die Sauerei einrechne, die wegzuputzen ist, weil der Trichter tropft, durch den ich Backfett in den Altöl-Kanister fülle, und wenn ich den Altöl-Kanister endlich dorthin fahren würde, wo man bereit ist, ihn mir abzunehmen, dann hätt' ich – so ich nicht auch hin und wieder schuldhaft umweltsündigen tät – fast eine Halbtagsbeschäftigung!

Wo ist mein neues Kleid?

Manchmal sieht man eine Familie mit zwei oder drei Kindern, und alle zwei oder drei – obwohl keine Zwillinge oder Drillinge – sind von Kopf bis Fuß gleich gekleidet. Da möchte man, vor allem wenn man einst selbst das jüngste Kind einer sparsamen Familie war, dem Kleinsten der Gleichgekleideten herzliches Beileid aussprechen, weil man denkt: Armer Wurm, der du die Klamotten der anderen auftragen musst! Jetzt wirst du fünf Jahre im gleichen Anorak-Modell herumrennen!

Aber einen Vorteil hat solch Geschwister-Uniform: Da muss kein Kind nach textilem Besitztum der Geschwister gieren und sich daran vergreifen. Und das erspart Familien-Ärger! Früher war es wenigstens so, dass nur unter »gleichgeschlechtlichen« Kindern heimliches Entleihen von Oberbekleidung üblich war.

Aber heute geniert sich der männliche Teen gar nicht, die Jeans seiner Schwester auszuführen. Nicht einmal, dass die mit Maiglöckerl-Parfum besprengt sind, stört ihn. Und die Schwester findet es »affengeil«, zum Lastex-Mini die Lederjacke des sehr großen Bruders überzuziehen. Und dass ein Kind dünn und klein, das andere dick und groß ist, hindert nur das dicke, große Kind am Plündern des geschwisterlichen Schranks! Das kleine, dünne Kind kann ja allemal die »geborgte« Hose hochkrempeln und oben mit einem Gürtel einengen. Und den Pulli trägt es halt als Kleid!

Halbwegs im Lot bleibt das Problem, wenn der »Borger« relativ ordnungsliebend ist, also nach der »geheimen Entnahme« das benutzte Ding unversehrt wieder in den Schrank tut. Aber jede Mutter zittert vor folgender

Situation: Kommt Tochter eins, in Slip und BH, sanft erregt, und fragt kreischend: »Wo ist mein neues Kleid? Das rote!«

(Tochter zwei sitzt, gesenkten Lockenkopfes, in eine Zeitschrift vertieft.)

Der Vater schaut sinnend, nickt erinnernd und sagt: »So ein rotes Hangerl war heut' in der Früh im Bad auf dem Boden! Mit ein paar Flecken drauf. Glaub', Topfencreme oder so! Ich hab's zur Schmu ...«

Weiter kommt der Vater nicht, denn Tochter eins stürzt sich auf Tochter zwei und stößt dabei mehrmals den Schwur aus, dass die Angegriffene in Null-komma-Pepi nimmer am Leben sein wird!

Was man als Mutter dagegen tun kann? Nichts ... außer eventuell alle Gegenstände wie Scheren, Messer, Dart-Pfeile und sonstiges zum Schwestermord Taugliches bereits wegzuräumen, wenn Tochter eins nach ihrem roten Kleid fragt!

GLEICH ist leider nicht SOFORT

Ehefrauen und Mütter tun Ehemännern und Kindern bitter unrecht, wenn sie ihnen Faulheit und Unwilligkeit unterstellen, wo es um die »Mithilfe im Haushalt« geht. Abgesehen von raren, uneinsichtigen Exemplaren, sind Ehemänner und Kinder nämlich sehr wohl bereit, im Haushalt nicht bloß »einen Finger«, sondern »zwei emsige Hände« zu rühren!

Ganz egal, ob es ums Entleeren des Mistkübels geht, ums Tischdecken oder Tischabräumen, ums Säubern der Badewanne, ums Einschrauben neuer Glühbirnen in Lampen, die nur mit Hilfe einer Leiter erreicht werden können, Ehemänner und Kinder wären da wirklich willig zur Tat, wenn ... ja wenn ... ihnen die Ehefrau und Mutter nicht unentwegt so »enge, knappe Termine« setzen würde!

Der Jammer ist nämlich, dass zwischen Ehefrau bzw. Mutter und Ehemann bzw. Kindern die gröbste Meinungsverschiedenheit über das kleine Wort »gleich« herrscht. Die Mutter und Ehefrau verwechselt nämlich leider irrigerweise »gleich« mit »sofort«!

Und wenn das liebe Kind verspricht, »gleich« den Tisch abzuräumen, oder der ebenso liebe Ehemann gelobt, »gleich« einkaufen zu gehen, glaubt die Ehefrau und Mutter, diese Hilfsleistungen würden »sofort« vollbracht werden. Obwohl sie einsehen müsste, dass da noch weit dringlichere »Sofort«-Taten anstehen, wie: telefonieren, entspannen, Kreuzworträtsel lösen, fernschauen und dergleichen mehr.

Frustriert sind dann Ehemann wie Kinder, wenn sie sich nach Erledigung der Sofort-Taten ans Gleich-Werk

machen wollen und bemerken, dass dieses bereits getan ist.

Hat die Mutter glatt den Tisch wieder selber abge- räumt! Ist die Ehefrau glatt wieder selber in den Super- markt gelaufen! Hat die Frau keine Nerven? Kann sie kein bisschen warten? Muss denn alles immer nach ih- rem neurotisch-hektischen Zeitplan gehen? Wohl des- halb, damit sie hinterher keppeln kann und als das aus- gebeutete Familienopfer dasteht, dem niemand auch nur ein bisschen hilft!

Eine meiner Freundinnen hat sich diesen Vorwurf zu Herzen genommen. Seit Wochen erledigt sie keine ein- zige Arbeit mehr selber, die ein Familienmitglied per »Mach ich gleich«-Gelöbnis übernommen hat. Es geht ihr ganz gut dabei! Abgesehen von ein paar winzigen Lästigkeiten.

Eine dieser Lästigkeiten hat sie heute aus der Welt geschafft, indem sie sich eine 1000-Liter-Mülltonne für ihre Küche anliefern ließ!

Hoher Wert und kleiner Preis

Gerade hat wieder einmal jemand ausgerechnet, was eine Hausfrau verdienen würde, käme sie ihrer Arbeit nicht um Gotteslohn, sondern um Stundenlohn nach. Auf umgerechnet etwa 2500 Euro im Monat beläuft sich diese Rechnung, die von einer 70-Stunden-Woche ausgeht. Ein ganz nettes Sümmchen also!

Aber natürlich ist so ein fiktiver Hausfrauen-Stundenlohn eine sehr zwiespältige Sache: Nehmen wir nur der Hausfrau Putztätigkeit im trauten Heim. Es gibt Bedienerinnen, die für fünf Euro bereit sind, Dreck zu putzen, und es gibt Raumpflegerinnen, die unter zehn Euro nicht zum Wischtuch greifen. Ist also schwer zu beurteilen, wie sich die jeweilige Hausfrau »außerhäuslich« verkaufen könnte.

Oder der Hausfrau Hilfe bei den Hausübungen der Kinder! Hat sie beispielsweise drei Stück begriffsstutzigen Nachwuchs daheim und ist sie fähig, diesem das Wiederholen der Klasse zu ersparen, dann wären ja die Arbeitsstunden, in denen sie die Funktion eines Nachhilfelehrers übernimmt, gleich mit 25 Euro – oder noch mehr – zu entlohnen, und ihr Monatsgehalt würde rapide hochschnellen!

Und gar nicht zu ermessen ist der Lohn, wenn es um der Hausfrau Kochkunst geht. Eine kocht, dass ihr nicht einmal der Gutmütigste dafür mehr als einen Stundenlohn von einem Euro bieten würde, eine produziert Menüs, der 2-Hauben-Entlohnung würdig. Und wenn sich eine Hausfrau des Nähens und Strickens befleißigt und dabei so perfekt wie meine Freundin Lotti ist, ufert die Sache überhaupt aus.

Vergangene Woche hat sich Lotti ein Kostüm – ganz à la Armani – geschneidert. Würde glatte 1500 Euro kosten! Und diese Woche macht sie den Pulli für ihre Tochter fertig. Jacquard-Gestrick in sieben Farben! Die Tochter hat haargenau so einen Pulli für 700 Euro in der Auslage einer Luxus-Boutique gesehen.

Da kommt also Lotti allein in diesem Monat auf zusätzliche 1980 Euro, wenn man die Materialkosten für Pulli und Kostüm wegrechnet! Und wenn sie noch den Pflegeaufwand für den grippekranken Ehemann dazurechnet und für das Einsetzen der Kohlrabipflanzerln die Gärtnerkosten und das Hemdenbügeln mit Wäschereipreisen berechnet, kommt sie doch glatt auf ein ordentliches Manager-Salär.

Ungeklärt ist allerdings noch, wie das mit der ehelichen Liebe ist! Wird die auch nach »käuflichem Tarif« berechnet? Oder fällt die ins Freizeitverhalten?

Mama total

Es gibt, wie es im Fachjargon heißt, die »überbetreuende Mutter«. Im Regelfall hat sie ein Kind und sieht den 24-Stunden-Dienst an diesem als Lebensaufgabe. Warum eine Frau zum »Überbetreuen« neigt, ist ungeklärt. Sicher ist, dass sie dieser Beschäftigung nur nachgehen kann, wenn sie reichlich Zeit hat. Ebenso sicher ist, dass wenige »Überbetreuende« die Tätigkeit am Kind als lustbetont ausgeben. Die meisten »Überbetreuerinnen« jammern über den Stress, den sie sich antun, und behaupten, eh nur ihrer Pflicht nachzukommen. Und jede Mama, die weniger im Einsatz ist, ist halt pflichtvergessen!

Wie allerdings eine Frau auf die Idee kommen kann, es sei ihre Pflicht, in die Schule zu wieseln, um dem Sohn das Jausenbrot nachzutragen (können auch die Turnpatschen sein), ist eine schwierige Frage. Simpelste Antwort darauf: Weil sie sich dafür verantwortlich fühlt, dass der Sohn mit Jausenbrot und Turnpatschen das Haus verlässt! Nicht das Kind war vergesslich, die Mama war es! Und weil sie so denkt, hat sie ein negatives »Berufserlebnis« und will die Scharte auswetzen.

Außerdem will ja jedermann (jederfrau) unentbehrlich sein. Es tut halt manchmal gut, denken zu können: Ohne mich geht nix! Bin ich eine Sekunde nicht »voll da«, ist das Malheur passiert!

Nett ist es ja noch, wenn sich die Mutter das nur denkt, aber bei sich behält. Soll aber auch welche geben, die es mehrmals täglich laut verkünden! Und das zehrt an den Nerven der »Überbetreuten«, und sie reagieren – je nach Temperament – muffig bis frech, und dies lässt die »Überbetreuerin« meinen, dass alle Aufopferung unbedanktes Werk sei. Von ihm ablassen kann sie trotzdem nicht. Durch vermehrte Dienstleistung will sie die gewünschte Anerkennung einheimsen. Sie lässt dem Spross das Badewasser ein, sie legt ihm fünf Paar Unterhosen zur Auswahl zurecht, sie chauffiert ihn vom Klavierunterricht zur Freundin, von der Freundin zum Sportplatz und von dort wieder heim. Sie steht vor der Schule mit dem Regenschirm »habt Acht«, wenn es tröpfelt, lernt Latein, um Hausübungen machen zu können, und beaufsichtigt den Schwimmlehrer, damit der nicht irrtümlich das Kinderl absaufen lässt.

Und wie geht es dabei dem »überbetreuten« Kind? Tja, das wartet halt, bis es alt genug ist, um sich zur Wehr zu setzen. Soll aber auch Exemplare geben, welche die Mama noch im reifen Alter von fünfzig vor der Bürotür mit einem Regenschirm erwartet!

Lauter tolle Helfer

Die perfekte Hausfrau kommt ohne perfekten Haushalt nicht aus und zu diesem braucht es arg viel Gerätschaft, welche gottlob im Handel erhältlich ist! Wenn man bereits etliche Jahre nach hausfraulicher Perfektion strebt, sammelt sich da allerhand an. Etwa ein preiswerter Eierkocher! Aber rätselhafterweise war der noch nie in Betrieb! Vielleicht weil nur der Sohn – und der bloß jeden Sonntag – ein weiches Ei will? Und es sich wegen einem wöchentlichen Ei nicht lohnt, das preiswerte Gerät aus dem Schrank rauszuholen, wo es hinter Stapeln von Töpfen ruht? Ist aber auch egal, denn Eier sind ja jetzt von wegen Cholesterin und Salmonellen sowieso in Verruf gekommen!

Joghurt allerdings ist nicht in Verruf gekommen, aber der schöne Joghurtbereiter führt das gleiche Ruheleben wie der Eiersieder. Doch da ist der Grund klar: Joghurt ist schneller gekauft als selber zubereitet, und der Mensch plant Joghurtlust nicht im Voraus!

Ebenso ist es mit dem vierstöckigen Keimgerät. Das hat man zehn Tage, bevor es liefert, mit Körnern zu füllen und täglich zu gießen. Anscheinend ist familiäre Sehnsucht nach frischen Keimen nicht so groß, dass wer diese Bemühung auf sich nehmen würde.

Auch das teure Raclette-Dings und das Fondue-Ensemble sind eher ein »Flop«. So schön hat man es sich vorgestellt, Gäste mit Raclette oder Fondue zu bewirten! Soll irre gesellig sein, gemeinsam Käse zu schmelzen oder Fleisch in Fett zu tauchen! Weiß der Teufel, warum man immer wieder Gulasch macht und die edlen Geräte im Kastel lässt!

Die Saftzentrifuge ist wahrlich ein gutes Ding! Aber sie auszuwaschen, ist mühsam. Und wenn man nur ein Achterl Karottensaft will, erspart man sich das und trinkt ihn im Gemüsegeschäft! Nachher kauft man das Faschierte beim Fleischhauer, weil man den elektrischen Fleischwolf ebenso ungern säubert. Und wegen einem Löffel Petersilie wird man nicht den Kräuter-Blitzhacker anpatzen. Und der Elektro-Pommes-Schneider mag nur Erdäpfel in Quaderform und tut sich mit den Rundungen schwer. Bevor man da »nachbessert«, schneidet man gleich per Hand!

Ist schon wahr, man hätte ein paar Küchengeräte besser nicht gekauft! Aber wissen Sie, ich habe da einen kleinen Brotbackofen gesehen! Echt toll! Gemeinsam mit so einer herrlichen Körnermühle wird mich dieser der Küchenperfektion ein Stück näher bringen!

Oder etwa nicht?

Die Prachtexemplare

Die Statistik belegt, dass unsere werten Ehemänner ihre »Bärenkräfte« immer noch äußerst sparsam im Haushalt einsetzen. 7:1,5 für die Ehefrauen steht im Moment das Haushalts-Match. Aber das ist ja nur der Durchschnitt!

Da sehr viele Männer daheim gar keinen Finger rühren, es sei denn, sie lehren den Sohn das »Fingerhakln«, muss es viele andere Männer geben, die weit emsiger im Haushalt tätig sind. Und diese guten, braven Einsichtigen, die kochen und einkaufen, Kinder betreuen und Wäsche in die Waschmaschine stopfen, die sollte man auch gehörig loben.

Aber nachdem man sie gehörig gelobt hat, darf man vielleicht doch an die stolzen Besitzerinnen der Prachtexemplare ein paar kleine, bescheidene Fragen stellen.

Also: Falls, liebe gnädige Frau, eines Ihrer Kinder den Brechdurchfall kriegt und es bei ihm – wie man so anschaulich sagt – »vorn und hint gleichzeitig losgeht« und das arme, kranke Kind am stillen Örtchen die Entscheidung treffen muss, für welches Bedürfnis es die porzellanene Muschel verwenden soll, also entweder »das von vorn« oder »das von hinten« nicht einfach von der Klospülung entfernt werden kann, wer putzt es dann vom Boden und vom Kinde weg? Sie oder Ihr Prachtexemplar?

Und wenn Ihr Mann, das elitäre Kochgenie, sechs Stunden lang den Kalbsfond am sanften Köcheln gehalten hat und ihn dabei gewaltig anbrennen ließ, wer macht dann den Gusseisentopf von schmierigem Fett, Sülzigem, verbrannten Knochen und schwarzer Bodenkruste frei? Sie oder Ihr Fond-Koch?

Und wie steht es mit dem Einkaufen, wenn zwei Feiertage drohen, an denen jeweils mehrere Gäste angesagt sind? Wer schreibt dann zusammen, was alles zu kaufen ist? Sie oder Ihr Prachtexemplar? Und wer trägt die Schuld, wenn auf der Liste etwas vergessen wurde?

Na eh klar! Für die wirklich unappetitlichen Arbeiten ist so ein Prachtstück halt doch zu sensibel, die schafft er nicht einmal mit Gummihandschuhen und Mundschutz! Und so komplizierte Einkaufsprobleme, die kann er nicht koordinieren, dafür hat er zu viel anderes im Kopf!

Man darf also vermuten, dass es zwar männliche Prachtexemplare gibt, die daheim fünfzig Prozent der Hausarbeit übernehmen. Aber halt den angenehmeren Teil. Hundert Prozent von der Grausarbeit und von der Verantwortung fürs ganze Werkel bleiben halt doch meistens der Ehefrau.

Von Gästen und deren Bewirtung

Nicht immer ist's einfach, Gäste zu bewirten, weil die
meisten Leute etliche Speisen nicht mögen und der Gastgeber entweder ihre Abneigungen nicht kennt oder sie
ihm bei der Essensplanung nicht einfallen. Da ist es
optimal, habe ich gelesen, sich eine Liste mit »Ess-Ab-
neigungen« lieber Freunde anzulegen. Etwa so:

Anna: Wegen Cholesterin keine Butter, keine Eier!

Bruno: Endlich »trocken«, auch im Dessert kein Rum!

Christa: Nicht zugeben, dass Zwiebel drin ist!

Dragomir: Paradeiserallergie!

… und so weiter halt, bis Zilli: Wegen Zahnproble-
men nur ja nichts Bissfestes!

Aber selbst wenn man diese Liste hätte, wäre die Ein-
ladung noch nicht »geschaukelt«, weil kaum alle Gelade-
nen gleiche Abneigungen hegen. Wie soll man für sechs
Gäste ein Essen zaubern, wenn zwar alle gern Fleisch
essen, aber einer Fisch und Meeresfrucht nicht mag, einer
kein Geflügel will, einer Schwein ablehnt, einer Rind,
gleich ob babyrosa oder bullenrot, einem Wild nicht
mundet und einer kein Lamm isst? Da fällt einem möglicherweise nur noch »Kaninchenrücken« ein. Und deren
vier Stück hat man schließlich, nach langem Pirschgang
durch die Gegend, bekommen. Frohgemut häutet man
sie, bohrt ihnen Tunells, die man chefkochmäßig mit
zartem Spinat und noch zarterem Käse füllt, hierauf mit
gebührender Aufmerksamkeit brät und schließlich, nach
Lob gierend, aufträgt.

Und was sieht man an der Tafel? Blankes Entsetzen in
aller Gäste Augen! Da sind sich nun nämlich alle einig,
dass liebe kleine Haserln zum Streicheln auf der Welt

sind, aber nicht zum Essen! Natürlich werden die Haserln doch gegessen, aber beinahe hätten die Gäste die Servietten statt zum Mundwischen zum Tränentrocknen gebraucht.

Besonders schwierig ist die Verköstigung fremder Kinder. Da macht man etwa jahrelang die Erfahrung, dass Knirpse vom Marillenkuchen den Belag naschen und den ramponierten Kuchen von sich schieben. So beschließt man, wenn Marillenzeit und kindlicher Besuch angesagt ist: Ich backe Kuchen aus dünnstem Plunderteig, schwer beladen mit Marillen. Man tut's, man setzt ihn dem Kind vor, aber das wendet sich an die Mama und flüstert der was ins Ohr, worauf die Mama alle Marillen vom Kuchen klaubt, in den Mund stopft und mömelt: »Er mag nur den Teig.«

So ein Jammer! Da hat man das einzige Kind der Welt zu Gast, das Teig lieber als Frucht mag, und das hockt dann vor einem bleichen, papierdünnen Fladen und tut mit Hängemund kund, dass diese Art von Unkuchen, bar jeder Flaumigkeit und Höhe, ungenießbar und es »eine Gemeinheit von der Tante« sei, es hungern zu lassen!

Freizeit, richtig genützt

Freizeit, egal was der Einzelne darunter versteht und wie er sie zu verbringen beliebt, hat für uns alle ein Häuchlein vom Duft nach Freiheit an sich. Allerdings soll's auch Menschen geben, die mit heiß ersehnter Freizeit nichts anzufangen wissen, außer vor dem Fernseher vor sich hin zu dumpfen. Und so geht es nicht nur erwachsenen Männern, so geht es heute schon Kindern. Frauen, wenn sie als Single leben, wohl auch. Nur Frauen, die Mann und Kinder haben, bleiben von dem Problem unbelästigt; sie haben nämlich keine »Freizeit«. Das heißt nicht, dass sie keine haben könnten. Sie wagen nur üblicherweise nicht, sich »frech« eine zu nehmen. So ein Haushalt ist nämlich endloses, uferloses Arbeitsgebiet, und ein Tag hat leider nur 24 Stunden.

Und so müsste die Hausfrau und Mutter die strikte Entscheidung treffen, wo und wann sie »Halt!« sagt und streikt. Das schafft sie im Regelfall, solang es um leblose Dinge geht. Die Wäsche ungebügelt, den Teppich ungesaugt, die Fenster ungeputzt zu lassen, um ein Stündchen Freizeit zu genießen, kriegt sie hin, falls sie keine Haushalts-Neurose hat. Weit schwieriger ist es, den Anspruch auf Freizeit gegen lebendige Menschen zu verteidigen.

Da hat man sich vorgenommen, endlich freizeitlich zu rasten, da kommt der Spross und verlangt: »Mama, erklär mir die Rechnung!« Und da geht es ja nicht nur darum, dass man als Mutter Verantwortung für des Sprosses Bildung fühlt, man weiß doch: Der gibt keine Ruhe, bevor ich's ihm erklärt habe! Also hätte man ohnehin keinen freizeitlichen Frieden. Und wenn der andere Spross zur Reitstunde chauffiert werden will und der Mann das Loch in der Hosentasche geflickt braucht und beide Sprösse eine Gute-Nacht-Geschichte fordern, gibt man ebenfalls lieber nach und seine geplante Freizeit auf, als sie beinhart zu konsumieren.

Sogar wenn man sich vorgenommen hat, den Sonntag mit der Freundin zu verbringen, und dann kommt Herr Gemahl heim und sagt, er habe für Sonntag den Hugo eingeladen, weil der endlich in den Genuss seiner Ehefrau köstlicher, selbst gemachter Lasagne kommen soll, disponiert man halt auch um. Kann man doch dem Gemahl nicht zumuten, dass er Hugo wieder »auslädt«, das wäre ihm doch peinlich!

Und so knetet und walkt man am Sonntag Nudelteig, kocht Sugo, kocht Béchamel, reibt Käse, schichtet, bäckt und lässt sich schließlich vom mampfenden Hugo sagen: »Köstlich, köstlich, aber dass du dir die Riesenkocherei antust?« Worauf der Gemahl strahlend verkündet: »Kochen ist halt ihr Hobby!«

Und Hugo gratulierend hinzufügt: »Ein Glück, wenn der Mensch mit seiner Freizeit was Ordentliches anzufangen weiß. Schafft ja nicht jeder!«

Sie lässt mich ja nicht!

Sagt die Erika: »Der Erich rührt im Haushalt nicht den kleinsten Finger!«

Erwidert der Erich: »Ich würde ja gern, aber sie lässt mich nicht!«

Faucht die Erika den Erich an: »Das ist doch die Höhe! Wann, bitte, hätte ich dich je nicht lassen?«

Faucht der Erich zurück: »Jedes Mal, wenn ich was tun will!«

Und dann wendet er sich mir zu und zählt sämtliche Versuche der letzten Tage auf, im Haushalt mehr als den kleinsten Finger zu rühren. Vorgestern wollte er die Erdäpfel für den Schmarrn schälen, aber die Erika hat ihm die zu schälende Knolle entrissen und gesagt, sie mache das lieber selber. Gestern wollte er die Knackwürste schneiden, aber bevor er dazu gekommen ist, hatte es Erika schon erledigt. Und heute wollte er ein Fenster putzen, doch Erika habe ihn vom Fenster einfach weggejagt.

So geht das jeden Tag, Jahr um Jahr! Er will, sie lässt ihn nicht!

Da schnaubt die Erika wie eine wild gewordene Stute und erklärt, der Erich habe vorgestern derart brutal mit der Gabel in die Erdäpfel gestochen, dass sie, ungeschält, zu Brocken zerfallen sind. Und gejammert habe er, dass er die Hitze auf den Fingerkuppen nicht aushalte. Gestern fand er alle Messer zum Wurstschneiden zu stumpf und hatte die Absicht, einen elektrischen Messerschleifer kaufen zu gehen. Ohne solchen wollte er sich nicht ans Schneiden der Knackwürste machen. Und heute habe sie ihn gerade noch abhalten können, die Fensterflügel auszuhängen, um sie in die Badewanne, zum Abduschen, zu tragen. Wer sich so »anstelle«, sagt Erika, demonstriere doch bloß »Unfähigkeit«, in der Hoffnung, dass man ihm die Arbeit aus der Hand nehme!

»Infame Unterstellung!«, schreit da der Erich.

Als zuhörende Frau neigt man natürlich dazu, eher der Erika recht zu geben. Aber wenn man sich zu ein wenig Objektivität durchringt, muss man schon fragen: Warum darf der Erich nicht nach seiner Fasson werken? Für Erdäpfelschmarrn braucht's eh keine unversehrten Knollen, geschliffene Messer sind nicht zu verachten, und vielleicht ist die Idee, in der Badewanne Fenster zu duschen, gar nicht so übel!

Wer Arbeit delegiert, und das nicht an eine bezahlte Kraft, sondern an den Partner, hat hinzunehmen, dass sie nicht hundertprozentig nach der eigenen Vorstellung erledigt wird. Wer »der Chef« im Haushalt bleiben will, der kriegt eben auch seine leidigen Chef-Probleme mit dem »unfähigen Personal«!

Wer sich nicht g'fretten kann ...

Meine Mutter pflegte oft zu sagen: »Wer sich nicht g'fretten kann, kann nicht hausen.« Auch ich versuche, mit der Devise durch den Alltag zu kommen, und es funktioniert prima. Da ist zum Beispiel meine Erdäpfelpresse! Die ist insofern tückisch, als sie aus drei Teilen besteht. Teil eins ist der, wo die Erdäpfel reinkommen. Teil zwei der, mit dem man auf die Erdäpfel Druck ausübt, und Teil drei ist ein zwölf Zentimeter langer Stift, welchen man durch je zwei Ösen in Teil eins und Teil zwei steckt, um sie miteinander zu verbinden.

Nun geschah es unlängst, dass die gekochten, geschälten Erdäpfel der Pressung harrten, um zu Knödeln gemacht zu werden, ich aber Teil drei der Erdäpfelpresse nicht finden konnte, denn so ein dünner Stift verkriecht sich gemeinerweise leicht in einer Lade. Und in einem Haushalt, wo nebst mir Ehemann, Putzfrau und auf Besuch weilende Töchter gewaschene Gerätschaft wegräumen, ist nie zu sagen, wo Dinge deponiert wurden.

Ich suchte und suchte also, dachte dabei an meine Frau Mutter, sprach zu mir: »Wer sich nicht g'fretten kann ...«, nahm einen metallenen Grillspieß und steckte ihn statt des Stiftes durch die Ösen der Erdäpfelpresse. Leider war der Grillspieß aus weicherem Metall als der Stift und verbog sich während der Presserei gewaltig. Aber bis zum letzten Erdapfel hielt er durch, erst dann brach er in zwei Teile.

Da ich nicht besonders an irdischen Gütern hänge, blieb mir der Verlust des Spießes nicht im Gedächtnis. Sein Hinscheiden fiel mir erst wieder ein, als ich für sechs Personen Spießchen braten wollte, aber nur fünf

Grillspieße in der Lade fand. Aber auch da sprach ich zu mir: »Wer sich nicht g'fretten kann ...« und holte mir eine hölzerne Socken-Stricknadel zu Hilfe. Filetstückchen ist es schließlich völlig egal, ob sie auf einem Metallspieß oder auf einer Stricknadel gegart werden. Bloß war der Gast, der die Stricknadel-Portion bekam, beim Runterziehen der Fleischstücke unsanft, und die Stricknadel brach entzwei.

Das erwies sich erst als arger Verlust, als es Sonntag war und ich einem dicken Socken ein neues Randerl anstricken wollte. Glücklicherweise fiel mir das Mikado-Spiel ein, ich lieh mir eines der Staberln als fünfte Nadel. Man muss sich eben »g'fretten« können!

Manche Leute können das nicht. Zum Beispiel die drei, die jetzt bei meinem Esstisch sitzen und jammern, dass sie ohne den »Mikado« nicht Mikado spielen können. Dabei haben sie eh noch jede Menge Staberln! Ich werde doch nicht, nur damit sie noch eins mehr haben, den »Mikado« aus dem halb fertigen »Randerl« ziehen. Sollen sie ruhig die ganze Wohnung nach ihrem »Mikado« absuchen, in den Sockenkorb schauen sie garantiert nicht rein.

Eile mit Weile

Glaubt der Mensch, dass der Tag 48 Stunden und er selbst drei Hände habe, nimmt er sich viel vor. Etliches von dem, was mit zwei Händen in 24 Stunden nicht zu tun ist, lässt sich verschieben, etliches nicht. Und üblicherweise kommt zum »Vorgenommenen« noch »Unvorhergesehenes«. Da bringt die Nachbarin das Paket, das ihr der Briefträger anvertraute, und will Dank für die Gefälligkeit in Form eines Plausches abgestattet haben. Da ruft der Mann an und bittet, dass man die Schuhe vom Schuster, den Anzug aus der Putzerei hole, und die Waschmaschine pumpt das Wasser nicht ab und muss »entleert« werden. Und überhaupt klingelt pausenlos das Telefon! Jedenfalls beginnt man nicht, wie geplant, »in aller Ruhe um vier« mit den Vorbereitungen für das 8-Leute-Essen, sondern »in aller Hast um sechs«.

Man täte gut daran, sich nun selbst zu hypnotisieren und den Befehl zu geben: »Net hudeln!« Doch dazu hat man keine Zeit! Wie der tanzende Derwisch wirbelt man in der Küche rum, in der Abwasch türmen sich Geschirr und Küchengerät, man braucht die Quirle vom Mixer, vermutet sie unter dem Berg in der Abwasch. Zeit, den Berg wegzuwaschen, ist nicht, auch nicht, ihn abzutragen, man »untergreift« ihn, wodurch er wankt, hierauf rutscht. Blech scheppert zu Boden, Porzellan hinterher, und die Quirle waren nicht in der Abwasch, die waren unter den Erdäpfelschalen, die aus Zeitnot nicht in den Mist kamen.

Dafür muss man nun Leukoplast suchen, weil man sich beim Aufklauben der Porzellanscherben schnitt. Und mit drei Hansaplast-Fingern ist man halt ungeschickt bei der Handhabung des Geschirrtuchs, das man als Topflappen nimmt. Brennheiß spürt man es am bisher heilen Daumen, sofort wegstellen muss man den verflixten Suppenhäfen! Im Chaos erspäht man ein freies Platzerl auf der Arbeitsfläche, knallt den Häfen drauf. Zu heftig für das randvoll gefüllte Gefäß. Ein Viertelliter Suppe ist nicht viel, aber wenn er von der Arbeitsfläche in die Esszeuglade tropft und das Esszeug »netzt«, nimmt er sich reichlich aus. Und sehr fett! Weil im Suppentopf Fett oben schwimmt.

Während man Esszeug wäscht, blubbert die Soße auf dem Herd schäumend hoch. Kommt davon, dass einem in der Hektik der Obersbecher kippte, statt einem Löffel voll der ganze Becher drin ist. Obers schäumt halt und stinkt beim Übergehen! Nun, irgendwie ist die Schlacht geschlagen, wenn die Gäste klingeln. Und dass sie nicht Orangen, sondern Crème Caramel zum Dessert kriegen sollten, wissen sie nicht. Und die mit Karamell ausgegossenen Förmchen, die vergeblich darauf harrten, mit Eiermilch gefüllt zu werden, die kann man »einweichen«, damit sie im Laufe der Zeit so gnädig werden, sich vom Karamell zu lösen.

Krankhaft oder normal?

Erwachsene Töchter neigen dazu, Müttern unangenehme Wahrheiten zu sagen. Das tun sie meistens nicht in einer geplanten »Grundsatzdebatte«, das erledigen sie ganz nebenbei, in aller Unschuld und Absichtslosigkeit. So bat mich etwa gestern meine Tochter, bei mir zu Besuch, um eine sehr kleine Sicherheitsnadel, damit sie was Loses dezent an ihrer Kleidung fixieren könne. Ich sagte, dass ich leider keine sehr kleine Sicherheitsnadel besitze, worauf sie sagte: »In einem deiner krankhaften Körberln ist sicher eine!« Sie erhob sich, inspizierte Regale, öffnete Türln, zog Laden heraus, kehrte kurz darauf mit einer sehr kleinen Sicherheitsnadel zurück, und ich rief: »Wieso habe ich krankhafte Körberln?«

»Wieso du die hast, weiß doch ICH nicht«, sagte sie, fixierte das Lose an ihrer Kleidung und wechselte zu einem Gesprächsthema über, an dem ihr mehr gelegen war.

Als das liebe Kind das traute Elternhaus verlassen hatte, inspizierte ich dieses. Krankhafte Körberln? Einfach lächerlich! Wie kommt sie dazu, so was zu sagen?

Okay, ich mag Körberln, egal aus welchem Material. Nur geflochten müssen sie sein. Und da Körberln nicht teuer sind, lege ich mir halt oft eines zu. Und da Körberln nicht kaputt werden, sammelt sich da einiges an. Und es wäre doch blöd, diese kleinen und größeren Körberln leer wo zu stapeln. Körberln sind dazu da, dass man sie füllt!

Mag sein, dass sich allerhand nicht ganz Zusammenpassendes in einem Körberl vereinigt. Ich bin eine sehr berufstätige Frau, so eine kann nicht immer totale Ordnung im Kleinkram halten. Und überhaupt: Wer bestimmt denn, was »zusammenpasst«? Drei Füllfederpatronen, eine Nagelfeile, zwei Hornknöpfe, vier Lire-Stücke, der Beipackzettel von einem Medikament, ein halber Radiergummi und eine Tapeziernadel, das ist zumindest ein nettes Stillleben!

Und ein roter Bleistiftspitzer zwischen zwei grünen Wollknäueln, einer blauen Zippverschlusshälfte und einem gelben Zollstock nimmt sich auch ganz hübsch aus. Besonders wenn ein Karo-Ass das Ensemble krönt.

Aber bitte, sagte ich mir heute in der Früh, wenn das »krankhaft« ist, bringe ich Ordnung rein! So leerte ich den Inhalt von 21 Körberln aus und sortierte ihn auf dem Boden in »Zusammengehöriges«, und da liegt das Zusammengehörige nun ordentlich, Hauferl neben Hauferl. Wenn man vorsichtig die Füße hebt und darauf achtet, wo man sie wieder hinstellt, kann man sich sogar noch durch den Raum bewegen.

Und jetzt ist das Problem: Ich habe 21 Körberln und 49 Hauferln! Wie gehe ich da vor? Oder gehe ich bis auf Weiteres gar nicht vor und lege mir vorübergehend einen »krankhaften« Fußboden zu?

Einigung unmöglich!

So ein Familienleben ist was Schönes, und angeblich wird es umso schöner, je größer die Familie wird; zumindest gestaltet es sich umso spannender, je mehr Mitglieder sie hat. Spannend insofern, weil dann viele, sehr unterschiedliche Bestrebungen unter einen Familienhut zu bringen sind, falls kein »absoluter Familienkaiser« das Regiment führt und nur dessen Wille zum Tragen kommt. Wobei so ein Familienkaiser in neuerer Zeit nicht unbedingt der haushaltsvorständische Papa sein muss. Gibt auch achtjährige Knabenkaiser und 80-jährige Schwiegermamakaiserinnen.

Aber solche autoritäre Regime sind bloß die Ausnahme, in den meisten Familien versucht man sich in Demokratie, und geht es in denen dann nur um so Kleinigkeiten wie die, wessen Lieblingsspeise gekocht wird, ist eine halbwegs demokratische Lösung möglich. Kommt dann halt, reihum, eine Lieblingsspeise nach der anderen dran.

Geht es aber um den Familienurlaub, ist das kaum möglich. So oft urlauben kann keine Familie, dass reihum die Urlaubsorte aufgesucht werden, welche die einzelnen Familienmitglieder vorschlagen.

Was tut man also, wenn der Papa ins tirolerische Bergland will, die Mama die Nordsee kennenzulernen wünscht, sich der große Sohn nach einer griechischen Insel sehnt, die Tochter von Mexiko schwärmt und der kleine Sohn partout für das niederösterreichische »Nest« plädiert, in dem sein bester Freund beim Vieh züchtenden Onkel urlaubt.

Nun, Mexiko streichen wir gleich. Da sagen wir der

Tochter, dass sie das Einkommen ihrer Familie grob überschätzt und brav lernen und studieren soll, um hernach in der Gehaltsklasse tätig zu sein, wo man sich mit drei Kindern Mexiko leisten kann. Dem kleinen Sohn schwindeln wir ohne mit einer Wimper zu zucken vor, dass in dem »Nest« leider kein Quartier zu haben ist, alles besetzt! So klein, wie der ist, kann er das nicht kontrollieren, und zudem könnte er ja übermorgen eh schon mit dem besten Freund total zerstritten sein, womit seine Nest-Neigung hinfällig wäre. Und der Mama legen wir die vorsorglich gesammelten Zeitungsartikel über die Verschmutzung der Nordsee vor, da vergeht ihr von selber der Wunsch, gen Norden zu reisen.

Bleibt aber immer noch »Berg« kontra »Insel«, und einer muss da unterliegen. Aber der Sieger hat es dann im Urlaub auch nicht leicht. Entweder muss der Papa den Sohn wie einen störrischen Esel über Mugeln treiben oder der Sohn sitzt verzagt am Strand und bangt, dass den röchelnden Papa im Hotelbett der Hitzschlag trifft.

Aber – wie gesagt – so ein Familienleben ist was Schönes, und je größer die Familie, umso schöner wird es angeblich!

Sehr lebenserleichternd

So eine Tiefkühltruhe ist doch wirklich etwas enorm Lebenserleichterndes! Nicht nur, dass man zum Beispiel sehr, sehr preisgünstig ein halbes Schwein oder Reh erwerben kann, um es dann portionsweise aus der Truhe zu holen, aufzutauen und zuzubereiten. Man kann auch Reste von bereits Zubereitetem einfrieren, um es an den Tagen, an denen man keine Zeit oder keine Lust zu kochen hat, aufzutauen und genüsslich zu verspeisen.

Man kann auch – und das ist besonders lebenserleichternd – von den guten Speisen, die sehr viel Arbeit machen, gleich eine komplette »Restaurant-Menge« fabrizieren und den Überschuss einfrieren. Weiß doch jeder, dass die Erzeugung von 50 Fleisch- oder Grammelknödeln weit weniger Mühe macht als die Erzeugung von zehnmal fünf Fleisch- oder Grammelknödeln.

Nur – bitt'schön! – braucht man halt schon ein Minimum an »Tiefkühl-Buchführung«, weil es nicht ganz optimal ist, wenn man zum Schweinsbraten statt der fünf ungefüllten Erdäpfelknödel, mangels eines ordentlichen Hinweises auf dem Plastiksackerl, fünf Fleisch- oder Grammelknödel aufgetaut hat!

Man sollte auch wissen, was alles im Eiskalten des Auftauens harrt, weil man nämlich auch eiskalte Finger kriegt, wenn man ewig lang in der Truhe herumgräbt, um die Lachsforelle zu finden, die sich der Ehemann, als er einmal mutterseelenallein für sein Nachtmahl sorgen musste, gebraten hat!

Bei halben Schweinen oder halben Rehen ist auch einiges zu bedenken. Um solche Hälften effizient zu verwerten, sollte man tunlichst einen Allesfresser-Hausfreund adoptieren, der sowohl Fett als auch Sehnen und Hautiges gern verspeist. Sonst passiert es leider, dass die Truhe einen dicken Bodensatz aus Schweins- und Rehteilen kriegt, für die familienintern keinerlei »Nachfrage« gegeben ist. Aber falls es doch dazu kommt, gibt es einen Trost: Eine randvolle Truhe verbraucht wesentlich weniger Energie als eine halb leere (behauptet wenigstens mein Gemahl).

Noch etwas ungemein Lebenserleichterndes hat so eine Tiefkühltruhe! Alles, was darin ruht, hat ein »Ablaufdatum«, und wenn Sie eine ordentliche »Tiefkühl-Lagerhaltungs-Liste« führen, brauchen Sie sich nie mehr den Kopf darüber zu zerbrechen, was Sie heute, morgen und übermorgen kochen sollen, dann sehen Sie einfach auf Ihrer Liste nach, was diese Woche »abläuft«, und tauen es auf! Mag allerdings vorkommen, dass diese Woche ausschließlich die sieben Pakete Szegediner Gulasch »ablaufen«, aber da muss man halt durch! Gibt schließlich nichts Lebenserleichterndes, wo nicht ein winziges Hakerl dran ist.

Pomodori secchi

In fast jedem Eiskasten logieren nebst »wechselndem Belag« auch Dauermieter, häufig – meiner Beobachtung nach – sind es uralte Oliven in trübem Essig, bei mir dauermieten jedoch »Pomodori secchi in olio di oliva«. Angefangen hat es, als ich ein Glas davon kaufte, weil unser Otti von diesen getrockneten Paradeisern in Öl geschwärmt hatte. Aber er aß dann, bei uns zu Besuch, die verschrumpelten Dinger nicht. Er habe sich an ihnen unlängst »übberessen«, sagte er. So putzte mein Gemahl, der nie etwas verkommen lässt, das Zeug ins Glas retour und tat's in den Eiskasten, wo's – zu meinem Ärger – monatelang stand. Oft, wenn's »Antipasto misto« gab, entsann ich mich seiner, leider immer erst knapp vor dem Essen, und holte ich's dann raus, war's Öl gestockt, und warten, dass es bei Zimmertemperatur flüssig werde, dazu war keine Zeit. Dann entdeckte ich in einem Römerbraten-Rezept unter den Zutaten: 150 g Pomodori secchi. Ha, dachte ich, nun wird der Dauermieter delogiert!

Tags darauf, als Besuch angesagt war, machte ich mich an den Römerbraten, versah ihn, auf dass kein Rest bleibe, mit dreifacher Pomodori-secchi-Zugabe und entsorgte hernach aufatmend das Glas.

Eine Stunde später überreichte mir ein Gast »statt Blumen« ein zylindrisch Ding, das sich nach Abnahme des Wickelpapiers als ein Glas »Pomodori secchi« entpuppte! Ich trug's in die Küche, murmelte »Du wirst kein Dauergast, dich verschenke ich weiter« und machte mich an die Fertigstellung des Mahls. Eine Gästin wieselte mir nach und fragte: »Kann ich helfen?« Da man

Hilfe nie ablehnen soll, deutete ich zur Kredenz, aufs Kirschenglas, und sagte: »Vielleicht kriegst du den Deckel auf, ich schaff's nicht.« Kurz darauf reichte mir die Gästin das geöffnete Gastgeschenk. Wenn zwei Gläser auf der Kredenz stehen, muss man halt sagen, welches man meint! Jedenfalls ist ein Glas, aus dem beim Öffnen Öl schwappte und 's Label tränkte, nicht verschenkbar, den komischen Braten mache ich nie mehr, der war keine Gaumenlust, und daher logiert nun im Eiskasten wieder mein mir vertrauter »Dauermieter«. Aber nichts im Leben ist Zufall, alles hat seinen verborgenen Sinn, und wenn's Schicksal darauf besteht, mich mit »Pomodori secchi« zu segnen, muss ich mich eben fügen.

Diese kleine Geschichte trug ich Freundin Anni vor, als sie mir berichtete, dass der Herr, von dem sie zwiefach geschieden ist, begehrt, zum dritten Mal bei ihr einzuziehen, und sie nicht wisse, ob sie dazu »Ja« sagen solle. Keine Ahnung, warum sie mich ankeifte, ich möge nicht von verschrumpelten Paradeisern reden, wenn sie Probleme mit ihrem Ex-Ex-Künftigen habe. Vielleicht hat die Person einfach nicht überzuckert, was »Schicksal« ist.

Diesmal: Languste oder Lachs?

Die Weihnachtswünsche der Lieben hat die Hausfrau so gut wie möglich zu erfüllen, und das gilt nicht nur für die Packerln unter dem Christbaum, das gilt auch fürs Weihnachts-Festmahl, und da die Essenwünsche der Lieben so unterschiedlich wie ihre Packerl-Wünsche sind, muss die »Harmonisierung« der Gaumenfreuden ordentlich geplant werden, was kein Kinderspiel ist. So blättert der hilfreiche Ehemann im Kochbuch und sagt: »Der Lachs da, auf Blattspinat mit Parmesan-Béchamel, der wäre ideal!«

Sicher wäre er ideal! Aber leider verabscheut die eine Tochter Spinat in jeglicher Form, den Defekt hat sie seit Babytagen, und der anderen Tochter graust vor Béchamel.

So blättert der Ehemann entsagend um, hält der Ehefrau das Foto eines knusprigen Entleins unter die Nase und sagt: »Dagegen kann niemand was haben!«

»Dagegen hat mein Backrohr was!«, erwidert die Ehefrau, denn für Gemahl, Töchter, Schwiegersöhne, Oma, angereiste Kusine und am 24. 12. stets zu Gast weilenden Hausfreund bräuchte es vier Entlein, und die gehen ins Haushalts-Backrohr leider nicht rein.

»Dann frag halt die Kinder«, sagt der Ehemann und klappt resigniert das Journal zu.

»Kann ich mir sparen«, sagt die Ehefrau. »Von denen höre ich doch nur, dass ihnen alles recht ist!«

»Dann kannst ja eh den Spinat-Béchamel-Lachs machen«, sagt der Ehemann hoffnungsfroh.

»Das sagen sie doch nur, weil sie wissen, dass ich nie was koche, was sie nicht mögen«, erklärt die Ehefrau.

»Dann koch was, von dem du weißt, dass sie's gern essen«, sagt der Ehemann und schaut drein, als denke er: Auf meine Wünsche kommt es sowieso nie an!

Die Ehefrau seufzt und sagt: »Die Kinder haben sich auch beim Essen total auseinander entwickelt, da gibt es außer Joghurt kaum was, was sie beide gleichermaßen mögen.«

»Wie wär's mit Langusten?«, fragt der Ehemann. »Einmal im Jahr kann man sich die schon leisten, und die Schwiegersöhne schwärmen doch von ihnen so!«

»Dann isst aber die Oma keinen Bissen«, sagt die Ehefrau.

So geht die Debatte tagelang weiter und dreht sich im Kreise, bis – wie jedes Jahr – etliche Tage vor Weihnachten die Oma anruft und sagt: »Das Kälberne für die Schnitzel habe ich wieder beim Bio-Bauern bestellt, er liefert's euch am Dreiundzwanzigsten!« Womit – wie jedes Jahr – die Debatte ums Festessen beendet ist, denn dass zu Weihnachten Schnitzel mit Erdäpfel-/Vogerlsalat zwischen Räucher-Forelle und Schoko-Roulade serviert werden, ist seit 30 Jahren klar, und die geringste Abweichung erschiene allen am Tische Weilenden als unverzeihlicher Traditionsbruch.

Kannst alles wegwerfen!

Zuerst geht's Kind nur für ein Jahr weg, weil's superklug ist und ein begehrtes USA-Stipendium ergattert hat. Klar, dass es sein Hab und Gut daheim lässt und nur das Nötigste mitnimmt. Hernach kommt's Kind heim, aber nicht für lang. Es schaut sich nach einem tollen Job um, seiner Ansicht nach gibt's die tollsten im Ausland, so sagt's bald wieder feuchten Auges »Baba« und nimmt diesmal wesentlich mehr vom Hab und Gut mit. Ein paar Jahre später hat's Kind selbst ein Kind, lebt mit dem und Mann wieder woanders im Ausland, und eine Spedition karrt viel von seinem Hab und Gut dorthin, wo's Kind nun wohnt. Aber es bleibt noch immer ein Rest daheim bei Mama, in Kästen, Regalen und Kartons. Dann kommt's Kind zu Besuch, besieht den Rest und sagt: »Kannst alles wegwerfen!«

Das Kind fliegt dorthin, wo es jetzt daheim ist, die Mama will auftragsgemäß – auch, weil's nicht übel wäre, zusätzlichen Stauraum zu haben – das verschmähte Hab und Gut entsorgen, aber sie ist dem Auftrag nicht gewachsen! Da ist eine Schachtel mit Briefen, erste, zweite, dritte »große Liebe« des Kindes. Nein, die Mama holt die Briefe nicht aus den Kuverts, sie ist diskret, aber sie kann doch nicht das Schrifttum der jungen Männer, die ihr seinerzeit ans Herz gewachsen waren, die sie gefüttert und getröstet hat, roh in den Altpapier-Container werfen! Das kann sie auch nicht mit den Schulheften und Skripten tun, hieße ja glatt, all ihr Bangen und Daumendrücken vor Prüfungen des Kindes zu entehren. Die drei Jeans, Größe 27? Gewiss wird das Kind nie mehr in eine davon passen, aber sie sind doch »Zeitzeu-

gen«! Und der riesige Papierfächer, made in Japan, also
bitte, wochenlang hat's Kind drum gegreint, endlich hatte die Mama einen Laden eruiert, wo man ihn hatte, und
das Kind ist ihr aus Dankbarkeit um den Hals gefallen,
obwohl das damals bei ihm nicht mehr alltäglich war.
Zudem prosaisch gedacht: Die Poster, Kinkerlitzchen,
Perlenketten, Talmi-Armreifen, modischen Nippes haben die Mama allerhand gekostet! Und der kleine plü-
scherne Garfield war sogar einer der ersten plüschernen
Garfields, die's in Wien gab, gekauft von der Mama in
Paris! Das seidene Veilchen-Sträußlein? Keine Ahnung,
wer es dem Kind verehrte, aber es baumelte mindestens
ein Jahr lang an einem Fädchen vom Plafond über dem

Bett des Kindes, damit es dieses beim Erwachen als Erstes erblickte; es muss ihm also sehr viel bedeutet haben.

Sorry, wenn's Kind dereinst weinend Mamas »Erbmasse« wird sichten, wird's verblüfft seine eigene auch wieder übernehmen müssen, aber dann wird's hoffentlich schon so lang Mama sein, dass es weiß: Keine Mutter ist fähig, des Kindes Vergangenheit einfach in den Müll zu werfen.

Schlaraffenlandzeiten

»Das Leben ist am schwersten drei Tage vor dem Ersten«, seufzte meine Großmutter immer gegen Monatsende und kochte dann so lange Krautfleckerln und Bröselnudeln, bis der Großvater »am Ersten« mit dem Lohnsackerl kam. Manchmal war die Großmutter aber am Monatsende schon so pleite, dass sie nicht einmal mehr Geld für Kraut und Nudeln hatte. Dann ließ sie beim Greißler »aufschreiben« und genierte sich dafür gewaltig. Wenn sie »aufschreiben« ließ, wartete sie, bis keine andere Kundin in der Greißlerei war. Niemand sollte sie »ausrichten« können. Es sollte nicht heißen: »Die kann ja nicht wirtschaften!«

Das sind Sorgen von gestern. Der »Erste« spielt heute für Lohnempfänger keine große Rolle mehr, und »aufschreiben« ist im Supermarkt nicht üblich. Dafür hat unsereiner, wenn er nicht »wirtschaften« kann, seine Bank. Bei der überzieht er sein Konto; was nichts anderes als »aufschreiben« bedeutet. Der Unterschied ist bloß, dass die Banken saftige Zinsen fürs »Aufschreiben« verlangen, während das der Greißler gratis tun musste. Dafür wird ein Kontoüberzug aber nicht öffentlich. Keine Nachbarin weiß um ihn Bescheid, und wenn der Bankomat die Scheckkarte frisst, weil der Überzugsrahmen bereits überzogen ist, geht das auch diskret und unauffällig vor sich. Eine Nachbarin jedenfalls wird nicht gerade Augenzeugin dieses Vorfalls sein und wird daher auch nichts Abträgliches in der Gegend herumtratschen können.

Und wenn der hinterhältige Bankomat die Scheckkarte gefressen hat und nicht mehr ausspucken will, dann ist das kein großes Unglück. Dann nimmt man halt bei seiner Bank einen Kredit auf, Umschuldung heißt das, und schon ist das Konto – hokuspokus – wieder in den schwarzen Zahlen, und man bekommt eine neue Scheckkarte, und der Bankomat spuckt wieder brav Scheinchen aus, und man kann kaufen, was man nur mag.

Die neue Scheckkarte kostet zwar eine Kleinigkeit, und die Kreditgebühren muss man natürlich auch berappen, und den Kredit und die Zinsen für den Kredit muss man klarerweise auch zurückzahlen. Aber abgesehen davon ist das doch wie im guten alten Schlaraffenland!

Hin und wieder bekommt man leider böse Träume und Albdrücken im Schlaraffenland. Träume voll Zahlen. Und alle Zahlen sind rot!

Solche bösen Träume mit roten Zahlen blieben meiner Großmutter erspart. Sie hatte stets einen tiefen, traumlosen Schlaf. Angeblich deshalb, weil ein gutes Gewissen ein sanftes Ruhekissen sein soll. Aber was hatte die arme Frau denn außer einem sanften Ruhekissen sonst schon?

Krautfleckerln am Vorletzten und Bröselnudeln am Letzten! Und ein kleines schwarzes Bücherl beim Greißler!

Wer wollte da schon mit ihr tauschen? Ach, Sie hätten gar nichts gegen Krautfleckerln und Bröselnudeln, wenn Sie dafür schuldenfrei wären? Ja warum, geneigte Leserin und geneigter Leser, werfen Sie dann nicht einfach Ihre Scheckkarte weg?

GANZ FRAU ...

Ein Traummann

Meine Oma schwärmte gern von Rudolfo Valentino und stieß damit bei Töchtern und Enkelinnen auf blankes Unverständnis. Meine Mutter wiederum hatte es mit Willi Forst und erntete dafür weder bei ihren Töchtern noch bei den Enkelinnen mehr als Gelächter. Wenn ich – rückerinnernd – erzähle, welch »toller Mann« Jean Marais in seinen besten Jahren gewesen sei, zuckt mein Nachwuchs mit den Schultern und schaut in der Zeitung nach, wo man einen Film mit Alain Delon sehen könnte.

Jede Frauengeneration hat eben, modischen Trends entsprechend, andere Vorstellungen vom »Mann der Träume«. Aber es gibt einen Kino-Mann, der ist anscheinend für alle Frauengenerationen maßgeschneidert: Humphrey Bogart!

Um in den Genuss von zwei Stunden Bogart zu kommen, pilgerte meine Oma noch in reifen Jahren quer durch Wien. Um »Bogi« wieder zu sehen, nimmt meine Mutter gegen ihre üblichen Gewohnheiten sogar den Nachtfilm-Termin wahr. Entgeht mir aus Unachtsamkeit ein Bogart-Film, bin ich traurig. Und meine Töchter hätten gern einen Video-Recorder, weil sie dann zweimal die Woche »Casablanca« sehen könnten. Da dies nicht nur in meiner Familie so ist, also nicht als seltene Erbkrankheit abgetan werden kann, muss man fragen: Was macht Herrn Bogart zum Dauerbrenner? Der Körperbau kann es nicht sein. Schließlich agiert Humphrey Bogart nicht grundlos im Trenchcoat. Bogart in der Badehose wäre ein Jammer. Sein edles Antlitz? Wohl kaum! Es hat schon aparter geraffte Knitterfalten in hageren Männergesichtern gegeben und keine Henne hat danach gekräht. Ist es etwa seine Mimik? Da selbige nicht vorhanden ist, kann sie es nicht sein, die Frauenseelen zum Vibrieren bringt.

»Er hat eben diese unheimliche Ausstrahlung«, hört man von Bogart-Fans aller Altersgruppen. Was strahlt denn da? Vor allem strahlt da Einsamkeit! Ein »lonely wolf«, kaum fähig zur Kommunikation, kaum fähig, Trauer oder Freude zu zeigen, trabt da über die Leinwand. Natürlich hat er Gefühle. Aber er zeigt sie nicht. Höchstens, dass er hin und wieder einen Mundwinkel verzieht. Er bleibt »cool« und besäuft sich, wenn er gar nicht mehr zurechtkommt mit sich und den anderen. Aber auch nach zwei Flaschen Bourbon torkelt H. B. natürlich nicht, wird auch nicht laut, erzählt auch nicht dem Barkeeper von seinen Sorgen.

Er ist so ein echter »Wie's-innen-aussieht-geht-keinen-was-an-Mann«. Eine Frau, die mit so einem Typ zusammenleben müsste, hätte ein sehr spannendes Leben. Jeden Morgen, wenn er sich von ihr verabschiedet, dürfte sie sich fragen: »Kommt er am Abend wieder oder sehe ich ihn nie mehr im Leben?«

Im wirklichen Leben sind Frauen an solchen Männern kaum interessiert. Warum halten sie ihnen dann im Kino jahrzehntelang die Treue? Aus dem gleichen Grund, aus dem Männer – nun auch schon seit Jahrzehnten – der Monroe die Treue halten.

Man träumt nämlich nur sehr selten von dem, was einem wirklich guttäte. Leider, leider!

Mut zum Hut?

Das Verhältnis der »Normalfrau« zu Hüten ist ein sehr problembelastetes.

Unter Hüten verstehe ich nicht Pelzkappen, Basken-mützen, Schirmkappen, regenfeste Südwester oder sons-tige wollene, plastikene Dinger, die Frauenköpfe vor Witterungseinflüssen jeglicher Art beschützen. Mit Hü-ten meine ich die »Zierhüte«, je nach Modelage, üppig mit Krempe, Federn, Schleier, Blümchen oder Flatter-band versehen.

Nur sehr selbstbewusste Frauen schreiten mit solchen allerliebsten »Zierhüten« durch die Gegend.

Den Ankauf einer solchen »Kopfkrönung« tätigt frei-lich einmal im Leben fast jede Frau. Meistens handelt es sich dabei um einen »Spontankauf«, der dann passiert, wenn sich eine Frau gerade psychisch im »allerhöchsten Hoch« befindet und in diesem wunderschönen Seelen-zustand eines Hut-Salons gewahr wird. Da hält sie sich dann plötzlich für ein Wesen, welches dazu geeignet ist, »Zierhüte« spazieren zu führen.

Doch die »allerhöchsten Hochs« in einem normalen Frauenleben sind rare Sternstunden und der Anlässe, so einen Hut aufzusetzen, sind im normalen Frauenleben gar wenige. Also lagert der »Zierhut« im Schrank und wartet darauf, dass endlich einmal Anlass zu seinem Ausgang und positive Gemütsverfassung seiner Besitze-rin zusammentreffen mögen. Irgendwann einmal pas-siert das dann auch. Die Frau holt ihren »Zierhut« aus dem Schrank, setzt ihn auf, schaut in den Spiegel und ist sich sicher: Der Hut ist schön! Ich bin schön! Ab jetzt werden wir beide sehr oft miteinander ausgehen!

Und dann kommt ein Stück Nachwuchs ins Zimmer, starrt entgeistert die »behütete« Mama an und fragt: »Mit dem Deckel willst weggehen?« Oder der Ehemann, der die Frau beim »Ausgang mit Hut« begleiten soll, kommt ins Zimmer, schaut nicht minder entgeistert, weist auf sein kariertes Hemd und seine Jeans und sagt vergrämt: »Wennst so angezogen bist, müsste ich mich ja auch umziehen!«

Und dann nimmt die Frau den Hut halt wieder vom Kopf. Es kann sogar ein Hund sein, der den »Zierhut« wieder auf seinen Schrankplatz verweist. Sagte eine Freundin zu mir: »Wie ich den Hut aufgesetzt habe, hat unser Tasso so schrecklich zu bellen angefangen. Das hat mich verunsichert.«

So oder so, irgendwer hindert uns Normalfrauen immer daran, unseren »Zierhut« auszuführen. Trotzdem ist es schön, einen im Schrank zu haben, denn das zeugt davon, dass wir uns selbst – ganz im Geheimen – doch ein bisschen anders sehen als Ehemann, Nachwuchs und Haushund.

Schlank sein leicht gemacht

Die erste Hürde beim Abnehmen ist die, dass bereits der Entschluss dazu hungrig macht. Man braucht bloß daran zu denken, die Nahrungsaufnahme zu reduzieren, und schon knurrt der Magen wie ein hungriger Wolf und hat Lust auf Zufuhr, selbst wenn er gerade ein dreigängiges Menü in sich beherbergt.

Doch wenn man sich nicht an die erste Schlankheitskur macht, sondern schon etliche hinter sich hat, weiß man das ja, nimmt es nicht weiter krumm und versucht, sich an seinen täglichen tausend Kalorien so gut als möglich zu erfreuen. Die Tricks sind ja bekannt: winziges Tellerchen nehmen, Bröckelchen artig hinlegen, mit allerlei lieblichem Null-Kalorien-Grünzeug hübsch garnieren, jeden Bissen zweiunddreißigmal kauen und bei dieser Kauarbeit nur ja keine Zeitung lesen! Die hochinteressante Lektüre könnte einen vergessen lassen, dass man schon siebzehnmal zweiunddreißigmal gekaut hat, und man könnte deshalb irrigerweise in aller Unschuld sein Tellerchen noch einmal füllen!

Natürlich hat man auch alles aus dem Haushalt zu entfernen, was in Versuchung führen könnte: Schokolade, Kekse, Bier, Soletti, Eierlikör, Salzmandeln, Hustenbonbons, sogar das uralte Döschen Leberpastete.

Dafür holt man sich einen Vorrat an Salatgurken, Wassermelonen und Mineralwasser. Und etwas Ballaststoff. Von wegen Darmtrakt. Man kaut also, als Zwischenmahlzeit, Gurke, süffelt Mineralwasser, schnipselt in regelmäßigen Abständen ein Schnittchen vom Leinsamen-Ballaststoff-Riegel und verliert täglich zwischen hundertvierzehn und zweihundertdrei Gramm an Gewicht.

Das beflügelt, und man eilt beschwingt in die nächste Siebentausend-Kalorien-Woche. Und wieder in die nächste! Aber dann kommt ein Tag, da räumt man im Küchenkasten herum, weil da noch etwas Süßstoff sein sollte, und hat plötzlich ein Glas Cocktailkirschen in der Hand. Letztes vergessenes Relikt aus fetteren Zeiten! Hinterher weiß man nicht, wie das passieren konnte, doch auf einmal hat man total klebrige Finger, und das Cocktailkirschenglas ist leer. Sogar den Zuckersaft hat man getrunken, obwohl der penetrant nach Parfüm geschmeckt hat. Weil sich ein »Sündenfall« auch wirklich »auszahlen« soll, wieselt man aus dem Haus auf ein Gulasch mit Bier oder eine Sachertorte mit Schlag; je nachdem, was man wochenlang speziell entbehrt hatte. Worauf der Hunger-Bann gebrochen ist und die fünf Kilo im Nu wieder da sind.

Aber was soll's? Schlank zu sein ist ein Vergnügen, und nach Lust und Laune essen zu können ist ein Vergnügen. Man hat auch seine Vergnüglichkeiten abwechslungsreich zu gestalten!

Mütterlicher Triumph

Ob folgende wahre Geschichte zum Lachen oder zum Weinen ist, möge die Leserin, der Leser selbst entscheiden.

Also: Zwei Frauen, nennen wir sie Elfi und Evi, sind seit Kindertagen befreundet. Vor 18 Jahren bekamen beide einen Sohn, und wie das bei jungen Müttern üblich ist, waren die Söhne Gesprächsthema Nummer 1. Ist ja auch aufregend, wie sich Babys entwickeln! Bloß tat dies Elfis Sohn hurtiger als der von Evi. Das erste Lachen, das erste Kopfheben, der erste Zahn, alles war bei Elfis Sohn ein paar Wochen früher da. Den ersten Schritt tat er natürlich auch früher, und Mama und Nein sagen konnte er bereits, als Evis Sohn nur Dadada herausbrachte. Das vergrämte Evi.

Was sie grämte, war weniger der Entwicklungsrückstand des eigenen Kindes als der Hochmut, mit dem Elfi von ihrem Kind sprach, und die milde Herablassung, mit der sie Evis Sohn behandelte. Einmal nannte sie ihn sogar einen »Spätentwickler«. In aller Unschuld natürlich. Doch Evi traf es in tiefster Seele, und tief getroffene Seelen reagieren sonderbar. Evi fing, ihren Sohn betreffend, zu mogeln an. Klagte Elfi über die Kosten von Windeln, sagte Evi: »Meiner ist schon rein!« Sagte Elfi stolz, ihr Sohn könne bis 10 zählen, sagte Evi: »Meiner kann von 10 zurückzählen!«

Dann kamen die Söhne in die Schule. Elfi berichtete, dass ihr Sohn »Klassenbester« sei. Evi, im Mogeln schon sehr trainiert, berichtete Gleichlautendes. Die dritte Klasse Gymnasium musste Evis Sohn wiederholen. Doch dies verschwieg Evi der Elfi. »Den Tri-

umph gönn' ich ihr nicht«, erklärte sie ihrem Ehemann.

Nun sollte aber heuer Evis Sohn, wäre er nicht sitzen geblieben, maturieren. Und Evi befand sich in einer abscheulichen Klemme! Wie, fragte sie sich, soll ich denn der Elfi eine Matura samt Maturareise vormogeln? Und im Herbst ein Studium? Richtig erleichtert war sie, als Elfi plötzlich keine Zeit mehr hatte, sich mit ihr zu treffen. Musste sie wenigstens nicht »das Blaue vom Himmel herunter« lügen! Aber verwundert darüber, dass Elfi plötzlich so gar keine Zeit hatte, war sie schon. Die hatte doch immer jede Menge Zeit gehabt!

Vorgestern traf Evi zufällig Elfis Schwiegermutter auf der Straße. Wie es der Elfi gehe, fragte sie. Und was der Sohn von der Elfi im Herbst studieren werde. Antwortete die Schwiegermutter: »Heuer doch noch nicht. Unser Burli ist in der fünften Klasse sitzen geblieben!«

Nun hockt die Evi daheim und überlegt sich allerhand. Gern würde sie die Elfi anrufen. Ist doch jammerschade um eine uralte Freundschaft. Die sollte doch nicht wegen zweier gemogelter »Wunderkinder« flötengehen! Zehnmal hat die Evi schon zum Hörer gegriffen und dann wieder aufgelegt. Aber sie wird es schon noch schaffen!

Zähne zeigen ...

Heute holte ich aus meinem Briefkasten ein »Probe-Exemplar« einer Damenzeitschrift der gehobenen Luxussorte. Gratis! Die kostenlose Lektüre des dicken Hochglanzdings soll mich wohl dazu animieren, es fürderhin für 4 Euro regelmäßig anzukaufen. Und ich muss gestehen, ich trage mich auch mit dieser Absicht, denn das »Probe-Exemplar« allein schon vermittelte mir Weisheiten, von denen ich bis jetzt nichts geahnt habe. Etwa die, warum Männer hinter manchen Frauen her sind und hinter anderen nicht.

Also: Die Entscheidung, liebe Leserin, ob ein Mann hinter Ihnen her zu sein gedenkt, fällt in 30 Sekunden! In dieser kurzen Zeitspanne »checkt« er alles an Ihnen ab, und wenn Sie wollen, dass er »hinterher« ist, dann haben Sie Folgendes zu beachten: Sie müssen mittelmäßig verhüllt sein. Nachlässige Kleidung irritiert Männer, zu modische Klamotten irritieren ebenfalls. Dieses Mittelmaß sollte auch für blanke Haut gelten. Nicht zu wenig, nicht zu viel ist da die Devise. Also: Prunkt Ihre untere Hälfte bereits im »Mini«, verhüllen Sie die obere Hälfte Nonnen-like, ist Ihre obere Hälfte bloß mit einem klitzekleinen Top angetan, sollten Ihre Beine bis zu den Knöcheln rockumweht sein. Und nun kommen wir zum Gesicht!

Sie brauchen:
1. Hohe Backenknochen.
2. Große und weit auseinanderstehende Augen.
3. Ein Lächeln, das so breit wie die Hälfte Ihres Gesichtes ist.

4. Eine Nase, die nicht mehr als 5 Prozent Ihrer gesamten Gesichtsfläche einnimmt.
5. Hohe Augenbrauen.
6. Ein schmales Kinn.
7. Große Pupillen.
8. Blonde und dazu noch lange Haare.

Und klein zu sein ist auch erforderlich! Darum buckeln und ducken Sie sich wenigstens, wenn schon Ihre Nase 8 Prozent der Gesichtsfläche ausmacht oder Ihre Backenknochen zu weit dem Halse zu liegen. Und bringen Sie in dieser Haltung, bitte schön, einen »offenen Blick« zuwege, denn den mögen Männer. Aber wenn Sie partout nicht offen blicken können, dann streichen Sie wenigstens durch Ihr Haar. Warum? Das signalisiert, dass Sie Schutz brauchen und gestreichelt werden wollen und wirkt anziehend auf Männer. Lächeln müssen Sie natürlich auch. Dabei sollten Sie die Zähne zeigen, denn dieses ist, laut Verhaltensforschung, eine Unterwerfungsgeste, welche ausdrückt: Du brauchst keine Angst vor mir zu haben, tritt mir ruhig näher!

Falls Ihnen, liebe Leserin, die Tipps des Damenjournals nicht helfen, hätte ich noch einen auf Lager. Der ist mir bei »Verhaltensforschung« eingefallen. Schimpansen kratzen sich angeblich gern am Kopf, um Kontaktbereitschaft zu signalisieren!

»... ABER! ...«

Meine liebe Freundin Suserl ist um Objektivität bemüht. Bespricht man in ihrer Anwesenheit die traurige Lage von gestressten Frauen, die sich zwischen Beruf, Haushalt und Kindern zerspragein und dazu noch Schuldgefühle haben, weil sie weder für die Kinder noch im Beruf und schon gar nicht im Haushalt all das schaffen, was man »optimal« zu nennen pflegt, dann unterbricht Suserl mit einem resoluten »Aber!«. Und hinter diesem »Aber!« erzählt sie dann ausführlich von einer – ihr gut bekannten – Frau, die keinen Beruf hat und keine Kinder, dafür aber eine tagtägliche Putzfrau und einen hobbykochenden Ehemann. Und diese Frau, verkündet Freundin Suserl, die sei schon psychisch krank vor lauter Langeweile und Unausgefülltheit. Und abschließend sagt Suserl noch: »Man muss eben auch immer die andere Seite der Medaille sehen!«

Spricht man in Suserls Gegenwart davon, dass viele Herren, so sie ihre angeblich besten Jahre erreicht haben, dazu neigen, ihre gleichaltrige Partnerin gegen eine wesentlich jüngere auszutauschen, und dass man dieses für eine Sauerei hält, dann kommt ebenfalls Suserls »Aber!«. Und hinter dem »Aber!« erzählt sie dann ausführlich von einer – ihr gut bekannten – Frau, die, obwohl weit über vierzig, ihrem treuen Ehemann »den Weisel« gegeben habe und nun ihr Bett mit einem Jüngling teile, der leicht ihr Sohn sein könnte. »Man muss eben auch immer die andere Seite der Medaille sehen«, spricht sie, erhobenen Zeigefingers, abschließend.

Freundin Suserls »Aber!« kommt auch, wenn man davon redet, wie mies und übel verlassene Ex-Ehefrauen mit spärlichen Alimenten zurechtkommen. Da kennt Suserl dann eine Frau, die ihren Ex-Ehemann zugrunde gerichtet hat. Haus, Geschäft und Sparbücher hat sie ihm abgenommen. Und jetzt zahlt er noch die Schulden zurück, die sie gemacht hat! Freundin Suserl kennt sogar »die andere Seite der Medaille« insofern, als dass sie eine Frau kennt, die ihrem Ehemann Ohrfeigen gibt! Und eine Frau, die bis weit über Mitternacht in Wirtshäusern hockt, während ihr Mann daheim den Schlaf der unmündigen Kindlein betreut, die kennt sie natürlich auch.

Weist man Freundin Suserl darauf hin, dass sie uns da bloß von den Ausnahmen erzählt, ertönt wieder ihr allerliebstes »Aber!«. Hinter diesem »Aber!« folgt jedoch keine weitere Erläuterung mehr. So blöd ist Suserl wieder nicht, dass sie ehrlich verkünden würde: »Es ist schön, wenn ich was daherplappere und alle Männer nicken mir begeistert zu!«

Kleiner Unterschied

Meine Freundin Anna ist von unverblümter Gemütsart und steht beinhart zu dem, was sie tut. Manchmal ruft sie bei mir an und meint, dass wir uns doch wieder einmal zu einem Plausch treffen könnten. »Wir haben schon so lange keine Bekannten mehr ausgerichtet«, sagt sie und kichert voll der innigen Vorfreude in den Hörer.

Meine Freundin Berta findet das widerlich! Berta verabscheut Menschen, die einzig und allein zur Erheiterung ihrer Gesprächspartner über Freunde und Bekannte tratschsüchtig herfallen. Nie im Leben würde Berta – so wie das Anna gern tut – ausführlich schildern, wie abstrus der Nudelauflauf bei Cilli geschmeckt habe, wie entsetzlich Dora im rosa Tüllkleid ausgesehen habe, wie sich Else und Frieda im Kaffeehaus angefaucht hätten und wie Gerda um Mitternacht, blau wie ein Veilchen, im Damen-WC gehockt sei, unfähig, ohne fremde Hilfe diesen ungemütlichen Ort zu verlassen.

Unwürdig und hinterhältig findet Berta solche Tratschereien. Natürlich redet Berta, wenn man sich mit ihr trifft, auch über andere Leute. Aber sie tut es ausschließlich aus Besorgnis um deren Seelenlage. Voll des tiefen Mitgefühls berichtet sie von Cilli und deren momentaner Lebenskrise. Vom abstrusen Nudelauflauf erzählt sie ebenfalls ausführlich. Sogar ausführlicher als Freundin Anna. Aber sie tut es nur, um an diesem Beispiel Cillis entsetzliche psychische Situation zu erklären.

Über Dora macht sich Freundin Berta noch mehr Sorgen, denn Dora hat eine faustdicke Midlifecrisis! Einfühlsam erklärt Berta das unter Hinweis auf das lächerliche rosa Tüllkleid. Berta ist auch nicht so oberflächlich,

in Else und Frieda bloß zwei keifende Frauen zu sehen. Berta kennt den tiefen Konflikt der beiden, der schon in der Volksschule begonnen hat. Und die jüngste Keiferei im Kaffeehaus muss sie leider auch erzählen, obwohl ihr das ziemlich zuwider ist, aber nur so kann man die ganze Problematik richtig sehen.

Um Gerda ist Freundin Berta am meisten besorgt. In Bezug auf Gerda muss sie einem anvertrauen, dass der Grund für Gerdas Trunksucht nicht – wie bisher angenommen – Ehemann Otto sei, sondern ein nie aufgearbeiteter Ödipus-Komplex. An dem, was Gerda des Mitternachts auf dem Damen-WC lallte, war das eindeutig zu erkennen!

Fazit: Trifft man sich mit Berta, bekommt man dieselben Geschichten zu hören, die Anna erzählt. Einziger Unterschied für den, der zuhört: Mit Anna darf man grinsen, mit Berta muss man sorgenvoll seufzen.

Für Freundin Anna und für Freundin Berta hat die Sache aber noch eine andere Seite. Verabschiedet sich Anna nach zwei Stunden Kaffeehaustratsch, schaut sie immer ein bisschen schuldbewusst und reuig. Manchmal sagt sie auch einsichtig: »Gelt, ich bin schon ein boshaftes Weib?«

Berta hingegen schreitet stets hocherhobenen Hauptes von dannen und hat das schöne Bewusstsein, ein edler Mensch zu sein, dem die Mitmenschen und deren Wohlergehen sehr am Herzen liegen.

Junges Kaufverhalten

Zeitungsmeldungen ist zu entnehmen, dass Kinder und Jugendliche – laut Umfrage – einen enorm hohen Einfluss auf das Kaufverhalten der Eltern haben. Das heißt: Papa und Mama erwerben fast ausschließlich Dinge, die vor den Augen ihrer Kinder Gnade finden. (Nur wenn es um so langweilige Produkte wie Waschmaschinen, Bügelautomaten und Rasierapparate geht, entscheiden die Eltern allein.)

Meine Freundin Annemarie will das nicht glauben. »Unfug«, sagt sie und schüttelt den Kopf. »Soweit kommt's noch, dass ich mir von den Kindern diktieren lasse, was mir zu gefallen hat!« Während sie dies sagt, knetet sie Mürbteig. Auf einem Marmorbrett knetet sie den Teig.

Da Freundin Annemarie eine Frau ist, der man nicht widersprechen soll, weil sie sonst bös wird, versuche ich das Thema zu wechseln, deute auf das Marmorbrett und sage: »Ein tolles Nudelbrett hast du. Ist das neu?«

»Haben wir gestern gekauft«, antwortet Freundin Annemarie stolz. »Wir«, erfahre ich, waren Annemarie und ihre Tochter. Und gleich hinterher erzählt mir Freundin Annemarie, dass sie zum Kleiderkaufen immer ihren Sohn mitnimmt, weil der einen auserlesenen Geschmack in Kleiderfragen hat. Und morgen, sagt mir Freundin Annemarie zum Abschied, wird sie mit Sohn und Tochter etliche Elektrogeschäfte aufsuchen. Ein neuer Fernsehapparat muss nämlich her, und die jungen Leute, meint Freundin Annemarie einsichtig, verstehen halt von »technischen Daten« viel mehr als unsereiner. Ich aber kann mich eines milden Lächelns nicht enthalten und sage zu ihr: »Na siehst? Deine Kinder haben also doch einen gewaltigen Einfluss auf dein Kaufverhalten.«

»Nie im Leben!«, ruft Freundin Annemarie empört. »Wir haben bloß den gleichen Geschmack.« Und fügt dann noch hinzu: »Weil ich eben trotz meines fortgeschrittenen Alters ein sehr moderner Mensch geblieben bin.«

Womit wir »am Punkt« sind! Wir leben in einer Zeit, in der Jungsein »in« ist. Wer nicht zum sprichwörtlichen alten Eisen gehören will – und wer mag das schon? –, hat Jugendlichkeit zu demonstrieren. Er muss sich also bemühen, das Verhalten von Jugendlichen zu imitieren. Wie ein Jugendlicher zu denken oder zu fühlen, gelingt einem durch und durch erwachsenen Menschen kaum. Seine Freizeit wie ein Jugendlicher zu gestalten, ist ihm ebenfalls zuwider. In Discos herumzusitzen oder vor einem Videospiel zu hocken, steht einem Erwachsenen nicht gut zu Gesicht. Und sich einer »ersten Liebe« hinzugeben, ist ihm völlig unmöglich.

Was bleibt also? Man kann das Kaufverhalten der nachfolgenden Generation imitieren. Und das tut der erwachsene Mensch – laut Statistik – reichlich.

Es ist ja nicht schlimm, wenn sich Freundin Annemarie ein Nudelbrett zulegt, das der Tochter gefällt. Schlimm wird es erst, wenn die Werbung das alles verarbeiten wird. Werden dann im TV knackige Frischwärts-Typen die allerneueste Rheumasalbe anpreisen?

Meine Biester – deine Biester

»Alles, was recht ist«, sagt Freundin Anna kopfschüttelnd zu mir, »aber wie die Berta ihre Kinder verwöhnt, das ist ja nicht mehr normal, das ist ja wahre Affenliebe! Dem einen macht sie ein Naturschnitzel, dem anderen ein Wiener Schnitzel und dem dritten ein Pariser Schnitzel! Als ob die drei nicht das Gleiche essen könnten. Kein Wunder, dass diese Kinder richtige Biester sind!«

»Also weißt du«, sagt Freundin Berta kopfschüttelnd zu mir, »wie die Anna ihre Kinder verwöhnt, das ist ja direkt grotesk! Die eine kriegt Reitstunden, die andere spielt Tennis und die dritte muss partout im Sommer Schi laufen. Der helle Irrsinn. Kein Wunder, dass diese Kinder richtige Biester sind!«

Kommt der lieben Berta Annas Meinung zu Ohren, schaut sie empört und erklärt, dass die gute Anna verblendet sei und bösartig daherrede, denn Fleisch in dreierlei Versionen auf den Tisch zu bringen sei im Falle ihrer Sprösslinge kein Akt der Verwöhnung, sondern einfachste Notwendigkeit, um die »schlechten Esser« überhaupt am Leben zu erhalten.

Kommt der guten Anna Bertas Meinung zu Ohren, schaut sie empört und erklärt, dass die liebe Berta komplett »meschugge« sei, denn sportlich begabte Kinder zu fördern sei einfach Elternpflicht und beileibe kein Akt der Verwöhnung.

Anna sieht auch schon klar in die Zukunft von Bertas Kindern und weiß daher, dass sich die »Biester« in ein paar Jahren zu regelrechten Ungetümen auswachsen werden, weil Berta leider so »schrecklich inkonsequent«

mit ihren Kindern verfährt und ihnen am Montag verbietet, was sie ihnen am Dienstag erlaubt.

Berta wiederum tun Annas Kinder schrecklich leid. »Die armen Hascherl«, sagt Berta, »können sich ja im Leben überhaupt nicht auskennen. Anna hat keine klare Linie bei der Erziehung. Einmal so und einmal so, das ist für Kinder nicht gut. Kinder brauchen klare Richtlinien!« Außerdem weiß Berta noch, dass Anna ihre Kinder schlicht überfordert, weil Anna immer erklärt, ihre Kinder seien hochbegabt, aber faul. In Wirklichkeit seien Annas Kinder bloß mittelmäßig begabt und litten enorm unter der Fehleinschätzung der Mutter. Anna hingegen ist klar, dass Berta ihre Kinder quält, weil die Kinder ins Gymnasium gehen müssen. »Was tut sie ihnen denn da an? Die armen Würmer sind doch dort fehl am Platz! Warum lässt sie die Kinder nicht ein Handwerk erlernen?«

Auch in etlichen anderen Erziehungsfragen erkennt Anna scharfsichtig, was Berta falsch macht. Und Berta ist sich über Annas sämtliche Todsünden in Erziehungsfragen völlig klar.

Etwas überspitzt formuliert: Würde Anna Bertas Kinder betreuen und Berta Annas Kinder, wäre die Sache eigentlich geritzt. Aber wer tauscht schon die eigenen »süßen Lieblinge« gegen die Biester der anderen?

»... aus Liebe«

Heutzutage ist das Familienleben ja schon ein halbwegs demokratisches. Die Zeiten jedenfalls, wo Kinder und Jugendliche nicht wagen durften, an ihren Eltern Kritik zu üben, sind vorbei.

Dass die Mütter wesentlich härter und öfter von den Kindern kritisiert werden als die Väter, liegt gewiss nicht daran, dass die Väter der »bessere Elternteil« sind, sondern nur daran, dass Mütter wesentlich intensiver mit der Nachwuchsbetreuung befasst sind und dadurch viel mehr Angriffsfläche zum Aufbegehren und Motzen bieten. Und dass es unter den Kindern wiederum die Töchter sind, die an den Müttern am meisten auszusetzen haben, liegt wohl am Nahverhältnis Mutter/Tochter.

Und weil wir – gottlob! – nicht in Zeiten leben, wo Kinder duckmäusern müssen, tun Töchter ihre Kritik an Müttern eben lautstark kund (frühere Tochtergenerationen hatten an ihren Müttern garantiert nicht weniger auszusetzen, nur schwiegen sie halt brav).

Soweit ich es bei mir zu Hause und in meinem Bekanntenkreis feststellen kann, reagieren Töchter besonders kritisch, wenn die Mutter über zu viel Arbeit klagt und Beschwerde über den Ehemann führt, weil er nicht mithilft und sich wie ein Pascha bedienen lässt.

»Ja, warum bedienst du ihn denn?«, fragt die Tochter dann streng und hat auch gleich die Antwort parat. »Du redest dem Papa ja direkt ein, dass er zur Hausarbeit unfähig ist. Du willst ja gar nicht, dass er hilft! Oft schon wollte er etwas tun, aber du warst immer viel schneller und hast alles erledigt, bevor er sich dazu aufgerafft hat! Du willst nämlich unentbehrlich sein! Das ist es!«

Hört die einsichtige Mutter solche Kritik, geht sie in sich und fragt sich, ob da etwas Wahres dran sein könnte. Und hat sie einen speziell einsichtigen Tag, muss sie sich eingestehen, dass die Tochter gar nicht so Unrecht hat.

Aber leider, sagt sie sich dann seufzend, ist da nicht mehr viel zu ändern. Sie fühlt sich weder vital genug, ihr eigenes Verhalten grundlegend zu ändern, noch zäh genug, dem Partner nach so vielen Pascha-Jahren eine radikale Umerziehung angedeihen zu lassen.

Einen Trost aber hat die Mutter: Ihre Tochter, die ist emanzipiert und klug. Die wird das später anders machen! Die weiß nämlich, schon lange bevor sie noch einen Partner hat, wie gleichberechtigte Partnerschaft laufen muss!

Doch so ein netter Muttertrost währt auch nicht ewig. Da bringt dann nämlich die Tochter eines Tages einen netten Knaben ins Haus, und der wird dann, weil ihn die Tochter mag, zum ständigen Gast.

Und wer kocht dem netten Knaben Kaffee und ein Süpplein? Wer näht ihm den Knopf an und stopft seine Wäsche in die Waschmaschine und bügelt sie nachher? Die Tochter!

»Aber geh«, entgegnet die Tochter der mütterlichen Kritik. »Das ist doch was anderes! Ich lasse mich ja nicht unterdrücken. Die paar Handgriffe, die mache ich aus Liebe. Wer liebt, der rechnet nicht auf.«

Ach, ihr lieben Töchter! Glaubt ihr, bei uns hat das anders angefangen?

Der erste Eindruck

Mariechen ist Menschenkennerin! Um über jemanden Bescheid zu wissen, hat sie weder Informationen über ihn noch Gespräche mit ihm nötig. Sie ist in der schönen Lage, »Blitzdiagnosen« zu stellen, denn für sie ist einzig und allein der »erste Eindruck« wichtig. Unsereiner, der nicht so begabt wie Mariechen ist, findet natürlich auch oft Menschen »auf den ersten Blick« sympathisch oder unsympathisch. Aber Mariechen findet noch weit mehr! Mariechen findet etwa auf den »ersten Blick« heraus, dass sie eben einen unerhört geizigen Mann kennengelernt hat. »Ja, hast nicht seine gierigen Augen gesehen?«, flüstert sie mir wissend zu.

Gierige Augen, das sind für Mariechen Augen, die eng beieinander liegen. Eine spezielle Erklärung dafür, warum gerade gierige Geizhälse mit solchen Augen durchs Leben gehen, hat Mariechen keineswegs parat. So was sagt ihr einfach ihr Gefühl! Manchmal nennt sie es auch: »Mein Instinkt!«

Dieser Instinkt sagt ihr auch, dass Menschen mit langen, dünnen Fingern, welche vorne spitz zulaufen, sehr »besitzergreifend« sind. Und ein ganz gewisses Grübchen an einer ganz gewissen Stelle eines männlichen Kinns verrät Mariechen allerhand über das Verhalten des Grübchenträgers in Sachen Erotik.

Vor einem Jahr hat sich Mariechen von ihrem Mann scheiden lassen. Dieser Mann hatte dicke, rosige Patschhandi, an der gewissen Stelle am Kinn das gewisse Grübchen und Augen, die so schrecklich weit auseinander standen, dass es schon nicht mehr normal war. Mariechens Gründe zur Scheidung waren: »Geizig ist er! Und wahnsinnig besitzergreifend! Und außerdem bin ich zu jung, um wie Bruder und Schwester mit einem Mann zu leben!«

Selbstkritik in Sachen »Blitzdiagnose« übt Mariechen trotzdem nicht. Nein, sagt sie, auf den ersten Eindruck sei Verlass! Ihr Mann sei bloß die Ausnahme gewesen, die jede Regel bestätige.

Nur in einer Beziehung hält Mariechen nichts vom »ersten Eindruck«. Dann nämlich, wenn es um den geht, den sie auf andere macht. »Was?«, schluchzt sie. »Der Kerl hat mich für sauertöpfisch gehalten? Wegen meiner Falten von den Mundwinkeln zum Kinn? So eine Gemeinheit! Was kann denn ich für mein schwaches Bindegewebe! Ignorant, der!«

Und dann fügt sie, sich tröstend, hinzu: »Eh klar! Er hat ja auch angewachsene Ohrlapperln! Typisch für einen Ignoranten!«

Der Jammer mit der Ehrung

Frau Meier ist eine moderne Frau, mit wachem Verstand, Verkitschtem, Verlogenem abhold, Gefühlsduselei und Schönfärberei mag sie nicht. So schätzte sie auch den Muttertag nie, fand ihn verlogen, verkitscht, Realität schönfärbend! Sooft die Rede auf ihn kam, sprach sie funkelnden Auges: »Ja, ja, 364 Tage im Jahr grobe Vernachlässigung, am 365. Ehrentag zum Ausgleich! Damit's nachher wieder im alten Trott weitergehen kann!«

Schon als junges Mädchen pflegte sie diesbezüglich zu sagen, dass sie dereinst, falls einmal Mutter, nie den lächerlichen Ehrentag begehen werde, ersatzlos streichen werde sie ihn! Nun ist Frau Meier seit geraumer Zeit Mutter und feiert den Muttertag. Zähneknirschend am Anfang, später nur noch leise seufzend, jetzt abgeklärt lächelnd. Das hat sich halt so ergeben.

Was soll man denn tun, wenn Knirpse mit glänzenden Kulleraugen vom Kindergarten kommen und aufgeregt mitteilen, dass sie ein Geheimnis haben, ein wunderschönes, dass sie das nicht verraten dürfen, dass es die Mami erst am Sonntag erfahren und sich dann riesig freuen wird!

Da kann man nicht sagen: »Ich ahne, ihr habt ein Muttertagsgeschenk gebastelt, aber darauf lege ich keinen Wert.«

Und wenn die Knirpse am Muttertagsmorgen beim Bett stehen, der eine mit einem Tonfladen, darin »zur ewigen Erinnerung« der Abdruck seiner Patschhand, der andere mit einem getupften Joghurtbecher, angeblich geeignet, Ohrklippse oder Knoblauch darin aufzubewahren, muss man doch beglückt »Danke« stammeln.

Und wenn die Knirpse größer sind und in der Schule ein Gedicht lernen, in dem sich Mütterlein auf Sonnenschein und Herz auf Schmerz reimt, kann man ihnen auch nicht verwehren, das mühsam Erlernte aufzusagen.

Außerdem hat Frau Meier nicht nur Kinder, sie hat auch eine Mutter. Und die will einen gefeierten Muttertag! Und wenn Frau Meier bei sich daheim den Muttertag abschaffen würde, würde es ihrer Mutter zeigen, dass sie diesen Tag nicht mag. Und die Mutter würde das als Rüge ihres eigenen Bedürfnisses nach Ehrung auffassen und wäre gekränkt. Und kränken will Frau Meier ihre Mutter wahrlich nicht.

Was Frau Meier allerdings nicht weiß, ist, dass sich ihre Mutter seinerzeit auch erst mühsam an den Muttertag gewöhnte. Durch eine kleine Tochter, die mit rosa Papierherz, Vergissmeinnicht-Sträußlein und Verslein darauf bestand, die Mutter zu ehren.

... wie man sich fühlt

Zu den Spruchweisheiten, die einem ab einem gewissen Alter regelmäßig serviert werden, gehört zweifelsohne: »Der Mensch ist nicht so alt, wie in seinem Taufschein steht, er ist so alt, wie er sich fühlt.«

Sicher, sicher, da ist schon allerhand Wahres dran, aber wie sich der Mensch fühlt, hängt halt leider gewaltig davon ab, wie man mit ihm umgeht.

Da fühlt sich zum Beispiel eine Mutter gerade »unerhört blutjung«. Und dann geht sie mit ihrer tatsächlich unerhört blutjungen Tochter spazieren und muss zur Kenntnis nehmen, dass sämtliche bewundernden Blicke von entgegenkommenden Männern nicht ihr gelten, sondern ihrem Töchterlein. Nach Beendigung des Spazierganges wird bei der armen Frau das schöne Gefühl des »Blutjungseins« wohl erheblich dahingeschmolzen sein.

Und wenn ein gnadenloser Ehemann seiner fünfzigjährigen Ehefrau, die sich »wie dreißig« fühlt, mehr oder minder zart andeutet, dass eine verwegene Lockenpracht in Burgunderrot nicht zu »einer Frau im Oma-Alter« passe, gleicht sich bei der gerügten Fünfzigerin das Gefühls-Alter ziemlich schnell dem Taufschein-Alter an. Umgekehrt funktioniert es freilich auch. Da ist eine vierzigjährige Frau, die hadert seit Tagen mit sich, sooft sie in den Spiegel schaut. Alt, uralt kommt sie sich vor, wenn sie – was sie dreimal täglich tut – ihre beginnenden Fältchen im Vergrößerungsspiegel mustert. Wie hundert und ein bisschen drüber! Und dann geht sie eines Tages mit vergrämtem Sichelmund aus dem Haus, und vor der Haustür trifft sie eine Bekannte, die sie seit Jahren nicht gesehen hat, und die ruft aus: »Gut schauen Sie aus, gar nicht verändert haben Sie sich! Toll, wie Sie sich halten!« Und nach Beendigung des kleinen Gesprächs geht die Frau weiter, und an der Straßenecke stößt bei ihrem Anblick ein junger Mann, der Kartons aus einem Lkw ablädt, einen anerkennenden Pfiff aus. Und wie die Frau in ein Geschäft kommt, hält ihr ein Herr in besten Jahren die Tür auf und sagt: »Nach Ihnen, schöne Frau!« Heimgekehrt, fühlt sich die Dame sicher nimmer wie hundert und ein bisschen drüber.

Bitter an der Sache ist nur, dass es jede Menge Leute gibt, die einem beibringen, sich nicht jünger als im Tauf-schein vermerkt zu fühlen, aber die Menschen ausster-ben, die aufbauende Komplimente parat haben. Ob das daran liegt, dass die Menschen immer grantiger werden, oder daran, dass sie immer ehrlicher werden, ist An-sichtssache.

Im Gespräch ...

Männer und Frauen passen eigentlich überhaupt nicht zusammen, sagen viele Psychologen. Wenigstens dann nicht, wenn es darum geht, miteinander ein Gespräch zu führen. Das schaffen die beiden Geschlechter einfach nicht! Können sie auch gar nicht, denn die Männer »kämpfen« angeblich unentwegt gegen ihren Gesprächspartner an, dauernd geht es ihnen nur – ob bewusst oder unbewusst – darum, Macht auszuüben, das Gespräch zu dominieren, sich dem anderen überlegen zu fühlen, ihn zu unterjochen und damit dem eigenen Standpunkt zum eindeutigen Sieg zu verhelfen.

Die Frauen hingegen, sagen diese Psychologen, sind immerzu bestrebt, im Gespräch »Beziehungen aufzubauen«, und das schließt ein, dass sie den Standpunkt des Gesprächspartners verstehen wollen und bereit sind, darauf einzugehen. Sie wollen Meinungen austauschen, daran, den Gesprächspartner zu bekämpfen, ist ihnen überhaupt nicht gelegen. Und so ergibt es sich also im Gespräch zwischen Mann und Frau, dass die beiden, je länger sie aufeinander einreden, umso mehr aneinander vorbeireden.

Als Frau hört man solche Behauptungen ja unheimlich gern, weil den Frauen in diesem Fall von den Psychologen eindeutig die bessere »Note« gegeben wird. Auf den Gesprächspartner eingehen ist schließlich menschenfreundlicher, als ihn besiegen zu wollen. Doch hundertprozentig daran zu glauben, dass es wirklich so zugeht im Leben, fällt einem nicht gerade leicht. Mag ja sein, dass die Absicht der meisten Männer der »Sieg« im Gespräch ist, dass sie alle gern große »Kämpfer« in der

Rede-Schlacht wären. Und untereinander, so von Mann zu Mann, mag das auch funktionieren.

Aber mit uns Frauen doch nicht, denn die Waffen im Gespräch sind halt nun einmal die Wörter. Und jeder Mensch, der nicht völlig taub durchs Leben geht, weiß doch: Von dieser Waffenart besitzen wir Frauen ein schier unbegrenztes Arsenal, das nie leer wird. Während die Männer da sehr oft gewaltige Nachschubprobleme haben und ihnen schnell die Munition ausgeht. Wenn die Geschlechter zum großen Wettkampf im »Niederreden« antreten würden, wäre es doch gar keine Frage, wer da die Siegerplätze belegen würde! Da käme der beste männliche Teilnehmer allerhöchstens auf Rang dreiunddreißig!

Männliche zwischengeschlechtliche Taktik im Meinungsaustausch ist stures, beleidigtes Schweigen oder kurzatmiges Gebrüll. Und diese Taktik wird eingesetzt, weil eben die Frau unweigerlich als Sieger aus dem Gespräch hervorgehen würde. Und dass sie den Sieg gar nicht beabsichtigt, sondern nur den Mann besser verstehen will, also – bittschön! – diese Meinung wäre schon ein wenig naiv.

Was kränkt, macht krank

Ich kenne eine Dame, die löst seit drei Jahrzehnten sämtliche ihrer ehelichen Konflikte mit der simplen Methode: Was mich kränkt, macht mich krank. Hat diese Dame am Verhalten ihres Ehemanns etwas auszusetzen, erkrankt sie blitzschnell, wobei sich die Sorte ihres Blitzleidens aus dem Delikt ergibt, welches der Ehemann begangen hat: Linksseitige Migräne bei den kleineren, Magenschmerzen bei den mittleren, Herzbeschwerden bei den ganz großen, ungeheuerlichen Vergehen.

Um mit der Methode Erfolg zu haben, bedarf es natürlich eines Ehemanns, der sich auch nach drei Jahrzehnten immer noch von den Blitzerkrankungen der Frau Gemahlin tief beeindrucken lässt; aber solche Ehemänner sind gar nicht so rar, wie man annehmen sollte. Und dass sie sich so einfühlsam verhalten, hat wohl weniger mit riesengroßer Liebe zu tun als mit riesengroßer Ratlosigkeit.

Was soll man denn, so man nicht an Trennung denken will, auch dagegen tun, wenn der Partner Krankheit als Waffe in Konfliktfällen einsetzt? Meine blitzkränkliche Dame etwa schwindelt ihre Beschwerden ja nicht einfach vor. Sie spürt den Druck im Magen, das Pochen hinter der Stirn, das Stechen in der Brust ja wirklich!

Und da kommt es dann echt nicht darauf an, ob die Fachärzte ihr Herz und ihren Magen für pumperlgesund halten. Und bei Migräne ist ein »Befund« sowieso nicht möglich.

Und zudem tut die Dame ja nichts anderes, als ihrem Ehemann mitzuteilen, dass sie unter seinem Verhalten fürchterlich leidet. Sie schreit es ihm bloß nicht ins Gesicht, sondern stellt es stumm leidend dar, mit der Hand an der Stirn, am Magen oder auf der linken Brustseite.

So war diese Dame übrigens schon im Volksschulalter. Wenn wir im Hinterhof spielten und sie ihren Willen gegen die anderen Kinder nicht durchsetzen konnte, hockte sie sich auf den Hackstock, griff sich mit beiden Patschhänden an den Kopf, verzog das Gesicht und teilte uns mit, dass sie »Kopfiwehweh« habe. Bloß, bei uns wirkte das halt nicht. Und bei ihren ersten drei »Lieben« wirkte es auch nicht, die zerbrachen.

Erst ihre vierte »Liebe«, ihr nunmehriger Ehemann, stieg willig darauf ein. Der war nämlich bereits tadellos trainiert. Von klein auf! Seine Frau Mutter war ebenfalls eine große Meisterin im Kränkungs-Erkranken. Sie bekam bei allfälligem Bedarf Erstickungsanfälle mit rasantem Gliederzucken, die bei gröberen Vergehen des Sohnes in Ohnmachtsanfälle ausarteten, welche des Notarztes und eines Rettungswagens bedurften. Und so gesehen hat er es sich durch die Heirat ja enorm »verbessert«.

Die Freunde bleiben dem Ex?

Da in Österreich jede dritte Ehe geschieden wird, haben klarerweise die meisten Leute unter ihren Freunden und Bekannten etliche »Scheidungsfälle«. Erstaunlicherweise scheint aber der »gesellschaftliche Umgang« mit Geschiedenen für viele Leute noch immer ein Problem zu sein. Vor allem geschiedene Frauen erzählen, dass sie sich nach der Trennung vom Partner auch vom gemeinsamen Freundes- und Bekanntenkreis geschieden und allein gelassen fühlen.

Aus der Sicht dieser Frauen sieht das so aus: Knapp vor und knapp nach der Scheidung kann die Frau mit Aufmerksamkeit und Anteilnahme rechnen; möglicherweise verbirgt sich unter dieser Zuwendung ja blanke Neugier, aber jedenfalls kümmert sich der Freundes- und Bekanntenkreis um die Frau, ruft an, trifft sich mit ihr, hört ihr zu, wenn sie von ihrem Seelenzustand und ihren neuen Lebensproblemen berichtet.

Doch bald danach bleiben die Einladungen der Freunde und guten Bekannten aus, ihre Besuche auch, die Anrufe werden spärlicher, schließlich wechseln sie gerade noch, wenn sie der Frau zufällig auf der Straße begegnen, ein paar nichtssagende Floskeln mit ihr. Meistens mit dem vagen Schlusssatz: »Wir müssen uns unbedingt wieder einmal treffen, ich ruf dich demnächst an!« Aber der Anruf kommt dann doch nicht, und nimmt sich die geschiedene Frau ein Herz und ruft selbst an, kommt auch kein Treffen zustande, sondern wieder nur Vertröstung auf »demnächst«, weil die Freunde und Bekannten im Moment gerade so viel um die Ohren haben und jeden Tag »besetzt« sind. Sie hört wieder: »... ich ruf dich an!«

Der bittere Schluss der Frauen, denen es so erging, lautet: Als Geschiedene bin ich bloß in raren Einzelfällen willkommen, ansonsten sind mir nur die Freunde und Bekannten geblieben, die ich »extra und allein« hatte, mit denen mein Ex-Gemahl nie befreundet gewesen ist. Alle anderen Leute, die wir gemeinsam kennen- und schätzen lernten, wurden nach der Scheidung zu »seinen« Freunden, die mit mir nichts mehr zu tun haben wollen. Ist das generell so? Vielleicht wimmelt ja mein Bekanntenkreis vor lauter Ausnahmen mit böser Erfahrung.

Liebe Leserinnen und Leser, überdenken Sie einmal Ihr »Kontingent an Geschiedenen«, rechnen Sie nach, wie oft Sie die Frauen der Ex-Paare seither einluden, anriefen, besuchten. Falls Sie merken sollten, dass der Kontakt tatsächlich »merkwürdigerweise und ohne böse Absicht« abgebrochen ist, dann nichts wie ans Telefon; auch jahrelang unterbrochener Kontakt ist wieder herzustellen, geänderte Telefonnummern lassen sich bei der Auskunft erfragen.

Reif?

Natürlich gibt es Frauen, die sich täglich mehrmals im Vergrößerungsspiegel derart selbstkritisch betrachten, dass sie den Zustand ihrer Gesichtshaut ganz genau kennen. Aber die meisten Frauen haben Wichtigeres zu tun, als diese Kontrolle regelmäßig auszuüben. Und da kann es eines Tages passieren, dass man heiter, beschwingt, dynamisch, vital und bester Dinge eine Parfümerie betritt und eine Flasche Parfüm ersteht, und die jugendliche Verkäuferin, darauf trainiert, den Absatz zu heben, hält einem, bevor es ans Zahlen geht, einen Cremetopf hin und spricht: »Da gibt es jetzt auch ein ganz neues, wirklich wirksames Produkt für die reife Haut, gnä' Frau!«

Das kann dann »Gnä' Frau« ganz schön aus dem Gleichgewicht bringen, weil sie bis dahin ihre Haut noch immer in alter Gewohnheit als »jugendlich« eingestuft hat. Sie könnte sich natürlich damit trösten, dass Cremes für »reife Haut« viel teurer sind als Cremes für junge Haut und die Verkäuferin bestrebt ist, Teures an die Frau zu bringen.

Aber »Gnä' Frau« sieht das meistens anders. Ein echter »Profi«, sagt sie sich, hat da ein objektives Urteil gefällt. Und das nagt an »Gnä' Frau«. Das nagt sogar so sehr, dass sie nach dem Parfümerie-Besuch (den Cremetopf hat sie übrigens nicht gekauft) nicht mehr, wie vorgehabt, in die kleine Boutique geht, um das rosa Kleidchen zu kaufen. Vielleicht, denkt sie, trübe heimtrottend, ist rosa den »Unreifen« vorbehalten, vielleicht sind auch meine Knie zu »reif«, um unter dem kurzen Rockerl rauszuschauen, und ist der Ausschnitt zu groß für eine »reife« Oberweite!

Und während sie mit ihrer Parfüm-Flasche so zweifelnd dahintrabt, fragt sie sich entsetzt: Wie lange, um Himmels willen, bin ich denn eigentlich schon äußerlich »reif«, ohne es selbst gemerkt zu haben? Möglicherweise hat ja deswegen auch der Friseur so komisch geschaut, als ich ihm das Frisuren-Foto in der Zeitschrift gezeigt und gesagt habe, dass ich die Haare gern so geschnitten hätte! Und es war wohl nur Höflichkeit, dass er gesagt hat, mein naturgelocktes Haar würde sich dieser Frisur widersetzen. Wahrscheinlich hat er sich gedacht: Unmöglich, dieser überreifen Dame diese jugendliche Frisur zu verpassen!

Vielleicht hat »Gnä' Frau« ja Glück und trifft an der nächsten Straßenkreuzung einen alten Schulfreund, den sie seit Jahren nicht mehr gesehen hat, und der ruft verzückt: »Mein Gott, du wirst ja immer jünger, wie machst du das nur?« Das stellt das seelische Gleichgewicht von »Gnä' Frau« wieder her.

Na ja, Brille hatte der liebe Mensch zwar keine auf der Nase, und sehr kurzsichtig war er schon vor Jahren, aber immerhin ist er von Beruf Hautarzt, also als »Profi« einer Verkäuferin weit überlegen!

Vom Lob des Alterns

Schaut man sich in Buchhandlungen um, entdeckt man gut ein Dutzend Bücher, von Frauen verfasst, die Leserinnen nahe bringen wollen, dass das Frauenleben, je länger es währt, umso schöner wird. Mit »Hurra« und »Endlich« wird der 40. oder 50. Geburtstag begrüßt, und würden junge Frauen diese Bücher lesen, was sie freilich selten tun, würden sie neidisch auf ihre »reifen bis überreifen« Geschlechtsgenossinnen. Die Autorinnen dieser Art Sachliteratur gehen alle nach der Devise vor: Eine Frau ist so alt, wie sie sich fühlt. Ist sie bereit, sich alternd unverdrossen weiter jung zu fühlen, hat sie dazu aufgrund langen Daseins reichlich Lebenserfahrung und Weisheit und kann das Leben noch besser genießen als in Jugendjahren.

Wäre ich 20 Jahre alt, würde ich's vielleicht glauben und frohgemut auf Verdoppelung meiner Lenze warten. Da ich aber mehr als Verdreifachung erreicht habe, wage ich zu sagen: Die »Hurra« und »Endlich« sind etwas überzogen. Alt zu werden, ist auszuhalten, sogar sehr gut, aber kein Anlass zum Jubel!

Da zitiert etwa in so einem Alters-Lob-Werk Autorin X. die Dichterin Marie von Ebner-Eschenbach, die einmal geschrieben hat, dass Falten nur anzeigen sollten, wo ein Lächeln gesessen hat. Wenn man nun, so X., als reife Frau im Spiegel Falten erblickt, möge man stolz auf sie sein und sie selbstbewusst tragen; jedenfalls wenn man sie, wie's Ebner-Eschenbach empfahl, erwarb. Klingt gut, aber mein Hals hatte halt kaum mimisch Anteil, als ich jahrzehntelang lächelte, und ein Trost-Sprücherl für Halsfalten finde ich im Buch nicht.

Runder werden, sagt mir Autorin Y., sei eine gute Sache, erstens lieben Männer insgeheim eh das Mollige, zweitens seien Nerven, gebettet in Fett, belastbarer. Okay, aber wenn sich zwei angefutterte Kilo nicht mehr wie in jungen Jahren gleichmäßig über den Leib verteilt ablagern, sondern um die Mitte herum, frage ich mich doch, ob dort all die Nerven liegen, die sich fettumgeben wohler fühlen.

Und Autorin Z. tröstet mich damit, dass das Äußere überhaupt nicht wichtig sei. Innerlich, sagt sie, gehe es einem von Jahrzehnt zu Jahrzehnt besser, man werde gelassener, heiterer, selbstbewusster, klüger. Darf ich ergänzen: ... und pessimistischer, zynischer, abgebrühter, illusionsloser, müder.

Ist – wie gesagt – auszuhalten, man kann sich damit abfinden, daran gewöhnen. Ungeduldig drauf warten, dass man diesen Zustand erreicht, wäre übertrieben. In mir kommt der Verdacht auf, dass Damen, die solche Bücher schreiben, wen belügen; ob nur aus Tantiemen-Gründen die Leserinnen oder auch sich selbst, weiß ich aber nicht.

Von den Niedrigstaplerinnen

Haben Sie vielleicht auch so eine Dame in Ihrer Bekanntschaft, die sich unentwegt und bei jeder Gelegenheit selbst »runtermacht«? So eine, die etwa, wenn man mit ihr ins Kaffeehaus geht, in dieses eintretend, jammert: »Ich bin nicht zum Umziehen gekommen, hab den uralten Fetzen an, genier mich direkt, den Mantel auszuziehen!« Dann tut sie's natürlich doch, und darunter kommt ein Kleid zum Vorschein, um etliches neuer, moderner und edler als das, welches man selbst am Leibe trägt.

Solch Dame steht dann auch neben der Garderobe vor dem Spiegel, zupft an ihren wohlfrisierten Haaren rum und jammert: »Zum Verzweifeln, wie ich ausschaue!« Dann streicht sie sich über die Wange und seufzt: »Eine Haut, als ob ich meine eigene Großmutter wäre!« Und dann nimmt sie am Kaffeehaustisch Platz, schaut entsagend die Mehlspeiskarte an, klopft mit dünnen Fingerchen auf ihre ranke Hüftpartie und teilt mit: »Gusto hätt' ich, aber ich muss die überzähligen Kilos loswerden!«

Da sitzt man dann, mit Haaren, die wirklich längst fähigen Friseurhänden anvertraut gehörten, mit einer Haut, die gegen die der Dame echt großmütterlich wirkt, mit tatsächlich vorhandenen Speckpölsterchen neben dieser Person und kommt sich wie's sprichwörtliche »Letzte vom Allerletzten« vor.

Besucht man solch Dame daheim, bittet sie, gleich wenn man das Vorzimmer betritt, dafür um Entschuldigung, dass bei ihr leider »heute so gar nicht aufgeräumt« sei. Hat sie nicht mehr geschafft!

Zum Essen hat sie auch nur »eine Kleinigkeit« basteln können, man möge das bitte verzeihen. Natürlich verzeiht man, worauf sie dann in einem superperfekt aufgeräumten Wohnzimmer ein viergängiges Menü serviert, und man sitzt ganz klein da und sagt sich, dass man diese Dame nie zu sich heim einladen kann, denn wenn sie ihre superperfekte Ordnung für »unaufgeräumt« hält, muss ihr unsere heimische Ordnung als »Saustall« erscheinen und unser dreigängiges Abendessen als unwürdiger Happen. Und das Schwierigste an der Sache: Man weiß nie, ob die Dame »kokett« auf Lob aus ist oder ob sie von schrecklichen Minderwertigkeitskomplexen befallen ist.

Aber das lässt sich mit einem einfachen Trick rauskriegen. Man muss ihr nur recht geben, total recht! Man blicke sich also im aufgeräumten Wohnzimmer um und melde milde: »Macht nichts, bei mir daheim schaut's auch nicht besser aus!« Oder man betrachte die ranke Hüftpartie und sage wohlwollend: »Aber nimm langsam ab, das hält besser an!« Nickt die Dame dann zustimmend, hat sie Minderwertigkeitskomplexe, schaut sie jedoch völlig perplex-irritiert, ist sie bloß eine kokette »Niedrigstaplerin«.

Wie machen die das nur?

Eine ganz spezielle Sorte von Frauen sind die »Um-den-Finger-Wicklerinnen«. Vertreterinnen dieser Frauensorte erzählen gern verschmitzt lächelnd, dass sie es überhaupt nicht nötig haben, »mehr Rechte für Frauen« einzufordern, denn sie – oberschlau und urcharmant, wie sie von Geburt an sind – erreichen bei ihren Männern ohnehin alles, was sie wollen. Sie setzen immer ihren Willen durch, und das, ohne dass ihr Mann überhaupt etwas davon merkt. Das naive Tschapperl glaubt zwar, es gehe alles nach seinen Wünschen, aber in Wirklichkeit – schmunzel, schmunzel, ha, ha!!! – führt daheim sein schlaues Weiblein das Regiment und lenkt seine Gedanken und seine Taten ganz nach ihrem Belieben.

Ich will nun gar nicht darüber sinnen, ob das die richtige Vorstellung von Partnerschaft ist, denn solidarisch, wie ich mit allen Frauen bin, sage ich mir: Jede Schwester soll mit der Methode, die ihr zusagt, glücklich werden. Nur würde ich gar gern wissen, wie denn das »Um-den-Finger-Wickeln« in der Praxis und im Detail vor sich geht. Das sagen die Frauen, die sich dieser Kunst rühmen, nämlich nicht. Da muss man erst nachbohren.

Wie bringt zum Beispiel Elvira mit Charme und Schläue den Ehemann in die Küche zum Geschirrwaschen? »Ach«, sagt Elvira, »das will ich gar nicht, was soll ich mit dem Patschachter in der Küche, das mach ich mir lieber allein!«

Na gut, aber wie erreicht sie's, dass sie im Urlaub nicht ins Gebirge muss, wie der Ehemann will, sondern ans Meer, wie sie will? »Ach«, sagt Elvira, »was habe ich davon, wenn er am Meer dauernd motzt und ich seinen Sonnenbrand verarzten muss und seinen Durchfall wegen dem ungewohnten Essen auch? Da hab ich's im Gebirge besser, wo er ein rundum zufriedenes Kerlchen ist!«

Na, auch gut, aber wie wickelt Elvira den Ehemann um den Finger, damit er einverstanden ist, dass sie von ihrem ersparten Geld das Schlafzimmer neu tapezieren lässt? »Kein Problem«, sagt Elvira, »zuerst wollte er natürlich nicht, weil er meinte, ich soll ihm mein Erspartes für ein neues Auto geben, aber dann bin ich ihm dahintergekommen, dass er mit der Rosi ein Gspusi angefangen hat, und wie er gemerkt hat, dass ich es gemerkt habe, hat er nichts mehr gegen das Tapezieren gehabt, sogar mit einem neuen Doppelbett ist er jetzt einverstanden!«

Tja, wenn das so ist, dann kann man nur sagen: So viel Talent zum »Um-den-Finger-Wickeln« ist wahre Meisterschaft, zu der man es nur bringen kann, wenn man die Tugend des Selbstbetrugs perfekt erlernt hat; was uns unschlauen, uncharmanten Normalfrauen irgendwie nicht und nicht gelingen will.

Strenge Rechnung?

Zu den Sprichwörtern, die ich kaum schätze, zählt »Strenge Rechnung, gute Freunde«. Irgendwie ist das ungeheuer kleinlich. Gute Freunde, denke ich, sollten nicht zum Personenkreis zählen, mit dem i-Tüpferl-genau abgerechnet wird. Zur Freundschaft gehört ein tüchtiges Quantum an Großzügigkeit, da darf es keine Rolle spielen, ob das Konto von »Soll und Haben« ausgeglichen ist. Ich gebe allerdings zu, dass es einem manch Freund schwer macht, den Standpunkt bezüglich seiner Person durchzuhalten.

Da gibt es zum Beispiel die liebe Erika (Name aus einsichtigem Grund von mir geändert) in meinem Freundeskreis. Die Frau neigt dazu, ihre Besuche bis über Mitternacht auszudehnen, dann draufzukommen, dass die letzte Bim bereits in der Remise steht, sie leider kein Geld fürs Taxi eingesteckt hat und daher genötigt ist, den Fuhrlohn zu erbitten. Und beim nächsten Treffen hat sie vergessen, dass sie einem was schuldet, und man will nicht so »kleinlich« sein, die verschmerzbare Summe Geld anzumahnen. Obwohl, wenn man's zusammenrechnet – und das tut man insgeheim –, im Laufe der Zeit jede Menge roter Scheinchen in ihre Abtransporte investiert wurden.

Erika hat auch nie einen Fahrschein, wenn man mit ihr in die Bim steigt. Kauft man sich mit ihr ein Eis, hat sie nur einen Fünfziger im Börsel, den sie wegen der paar Cents nicht wechseln will. Sieht sie, zu Besuch weilend, eine interessante Zeitschrift, fragt sie, ob man die schon »ausgelesen« habe. Hat man, steckt sie die Zeitschrift ein. Sogar Düngestäbchen »zum Ausprobieren« fordert sie an. Obwohl sie einem zum Geburtstag eine einzelne Rose und ein Feuerzeug mit Firmenaufdruck spendiert, deutet sie vor ihrem Geburtstag indezent an, dass ihr ein handgestrickter Zopfmuster-Pulli sehr gelegen käme.

Keiner von uns schafft's, mit Erika eine Grundsatz-debatte über »Geben und Nehmen« durchzuziehen, wir lösen dieses Freundschaftsproblem lieber dadurch, dass wir Erika – wenn sie abwesend ist – zur Witzblatt-Figur erheben und uns über sie lustig machen. Stundenlang können wir uns dann schnurrige Anekdoten über ihre Schnorrerei erzählen und so Unmut in Heiterkeit verwandeln.

Richtig edel ist das nicht, es erleichtert aber gewaltig. Und Erika, denke ich, wird's wohl auch recht sein. Sie hat dadurch schließlich weiter kostenfreie Taxi- und Bimfahrten, Zopfmuster-Pullis, Düngestäbchen, Zeitschriften, Eisstanitzl und dazu ein Konto, das durch Ausgaben für Freunde nicht geschmälert wird. Und im Grunde rechnen ja auch wir »streng«. Jeden materiellen Vorteil, den sich Erika freundschaftlich rausschlägt, muss sie mit einer entsprechenden Portion »schlechter Nachrede« bezahlen.

Schwiegermama träumt anders!

Weist ein junger Mann eine passable Figur auf, gekrönt von einem hübschen Durchschnittsgesicht, das mit einer ordentlichen, am besten seitengescheitelten Kurzhaarfrisur überdacht ist, hat zudem erlesene Manieren und wirkt – wenigstens auf den ersten Blick –, als ob er noch nie die Absicht hatte, jemals ein Wässerchen zu trüben, ist also alles in allem das, was man als Himbeerburli zu bezeichnen pflegt, heißt es von ihm gern, er sei »der Traum aller Schwiegermütter«. Anzunehmen, dass damit nicht gemeint ist, Schwiegermütter träumten in eigener Sache von diesem jungen Mann, sondern dass ihnen unterstellt wird, sie würden das Himbeerburli weit lieber als Lebenspartner ihrer Tochter sehen, als den jungen Mann, den sich die Tochter als Partner nehmen will.

Ich fürchte, da sieht man die Träume vieler Schwiegermütter etwas zu eng und zu kleinkariert. Mütter neigen nämlich dazu, für ihre Töchter zu wünschen und zu erhoffen, was sie selbst in Jugendjahren wünschten und erhofften. Hätte Frau Mama in ihrer Jugend gern eine Gitarre gehabt, um in sentimentalen Stunden bei Kerzenlicht in die Saiten zu greifen, bekam aber keine, kriegt das Töchterl – wenn es sich nicht entschieden zur Wehr setzt – irgendwann von der Mama eine Gitarre geschenkt. Und wenn die Mama irrsinnig gern Lehrerin geworden wäre, ihre Eltern sie aber hartherzig in die Handelsschule steckten, träumt die Mama davon, dass ihre Tochter Lehrerin wird.

Warum sollte es anders sein, wenn die Mama vom Lebenspartner für die Tochter träumt? Ei freilich, aus reinen Vernunftgründen der Tochter dazu raten, das Himbeer-

burli zwecks Ehe in Betracht zu ziehen, dazu wird sie sich wohl überwinden können. Aber falls sie in jungen Jahren bis über beide Ohren in einen ständig unfrisierten, schwarzlockigen Hallodri mit blitzenden Paraveilchenaugen, Cary-Grant-Falte im Kinn, lockerer Lebensart und frechem Betragen vergeblich verliebt gewesen sein sollte und falls im Bekanntenkreis der Tochter ein ähnliches Exemplar auftauchen sollte, werden sich ihre geheimen Schwiegermutter-Träume garantiert um den gar nicht empfehlenswerten Jüngling ranken. Wäre doch wunderbar, wenn die Tochter kriegt, was ihr vorenthalten wurde! Mütter, die in Jugendjahren um Himbeerburlis einen Bogen machten, träumen auch ein Vierteljahrhundert später nicht von ihnen, nicht einmal als Schwiegersöhne. Wäre ja auch insofern unpassend, als Schwiegersöhne oft zu Besuch kommen und es die Leidensfähigkeit einer Mutter überstiege, etliche Jahrzehnte lang ein Himbeerburli zu bewirten, wenn da auch jemand sitzen könnte, der ihr Herz nostalgisch höher schlagen lässt.

Von Pech und Schwefel

Männer, das weiß ja ein jeder, die können wirklich zu-sammenhalten! Wie Pech und Schwefel können die das!

Na ja, in Konkurrenz zueinander treten sie schon manchmal, das muss im rauen Leben so sein, da tricksen sie einander auch ganz schön aus, spinnen auch hin und wieder Intrigen gegeneinander. Aber – bittschön! – alles durchdrungen von fairem Sportsgeist, welcher den nöti-gen Wettbewerb ja bloß positiv beflügelt!

Okay, soll auch schon vorgekommen sein, dass ein Mann einem anderen Mann, unter Umständen sogar sei-nem besten Freund, die Frau ausgespannt hat. Aber wenn einem Mann so etwas vom Schicksal auferlegt wurde, dann hat er gewiss schwer darunter gelitten und wochen-lang nicht mehr gewagt, in den Spiegel zu schauen vor lauter Schuldgefühl!

Außerdem sind solche unschönen Vorkommnisse im Männerleben bloß die Ausnahmen, die die Regel bestäti-gen, welche besagt, dass Männer wie Pech und Schwefel zusammenhalten oder – wenn das nicht möglich ist – wenigstens fair und korrekt miteinander umgehen. Das liegt nämlich einfach in der Natur des Mannes, die geradlinig ist und weder Arg- noch Hinterlist kennt!

Frauen hingegen, das weiß auch jeder, die können leider überhaupt nicht zusammenhalten, auch wenn sie sich noch so viel Mühe geben! Frauen stehen einander nämlich feindlich gegenüber, treten unentwegt zueinan-der in Konkurrenz und intrigieren gegeneinander mit wahrer Leidenschaft!

Von fairem Sportsgeist und positiv beflügelndem Wettbewerb kann bei ihnen, egal ob es um den Beruf oder das Private geht, keine Rede sein. Es gibt für sie nichts Schöneres, als der besten Freundin den Mann wegzuschnappen, und wenn sie es geschafft haben, dann sind sie so stolz auf sich, dass sie sich zehnmal so oft wie üblich in den Spiegel schauen.

Das liegt einfach in der Natur der Frau! So ist sie nun einmal, da kann sie auch gar nichts dafür. Da ist der Liebe Gott schuld dran. Der hat zuerst den Mann erschaffen und den mit allen edlen Charaktereigenschaften ausgestattet. Und wie er dann diesem edlen Geschöpf, zwecks Freizeitvergnügen, aus einem Ripperl eine Gefährtin gebastelt hat, waren halt nur noch die unedlen Charaktereigenschaften auf Lager. Hätte er zuerst Eva geformt und hinterher aus einem Ripperl von ihr den Adam, wäre es gewiss umgekehrt!

Neugier oder Interesse?

Dass ein Mensch Interesse für die Lebensumstände seiner Mitmenschen aufbringt, ist sehr normal. Nur maßlose Egozentriker befassen sich ausschließlich mit der eigenen Person. Zwischen Interesse und Neugier ist aber ein gewaltiger Unterschied. Interesse nämlich schließt auch Anteilnahme ein.

Interessiert sich – zum Beispiel – Frau Meier für das Liebesleben ihrer Nachbarin, so heißt das, dass sie sich Gedanken darüber macht, ob der neue Freund der Nachbarin auch wirklich ein netter Mensch sei, dass sie hofft, die Nachbarin möge mit ihm glücklich werden, und dass sie, falls dies nicht eintritt, auch bereit ist, der Nachbarin mit Zuspruch und Trost beizustehen.

Lauert Frau Meier jedoch bloß allabendlich hinter dem »Guckerl«, um zu sehen, ob die Nachbarin allein oder in Begleitung heimkommen werde, und kontrolliert sie um Mitternacht alle vor dem Haus parkenden Autos, um ihren Verdacht zu erhärten, dass der Besuch der Nachbarin noch im Hause sei, dann gilt Frau Meier als neugierig.

Die neugierigste Person, die ich je kannte, war eine alte Frau, die mit einem Operngucker bewaffnet und getarnt durch einen Spitzenvorhang von ihrem Wohnzimmerfenster aus das Leben im Haus gegenüber kontrollierte. Die alte Frau war 24 Stunden pro Tag im Dauereinsatz, wusste, was gegenüber gegessen wurde, wie gegenüber gewohnt wurde, wann gegenüber nach Hause gekommen wurde, wo gegenüber gestritten wurde und wer gegenüber mit wem gut Freund war. Die erregendsten Details im Haus gegenüber entgingen der alten Frau freilich, denn von denen schloss man sie – durch Herabziehen der Rollos – aus.

Eines Tages nun hatte eine Familie von der ständigen Opernguckerüberwachung genug. Der Mann raste über die Straße, stampfte die Treppe hoch, klingelte an der Tür der alten Frau und brüllte, als sie öffnete: »Mir reicht's! Haben Sie alte Schreckschraube nix anderes zu tun, als hinter uns herzuspionieren?«

Die alte Frau schlug entsetzt die Tür zu und war von da an nie mehr lauernd hinter dem Spitzenvorhang zu sichten. Bald darauf starb sie.

Zusammenhänge zwischen ihrem Tod und ihrer Opernguckerabstinenz sah niemand. Vielleicht gab es sie auch gar nicht. Aber sicher ist, dass sich die alte Frau ein bisschen Leben durch den Operngucker in ihre Einsamkeit herübergeholt hat. Vielleicht war sie gar nicht neugierig. Vielleicht hat sie wirklich Anteil genommen, hat sich Sorgen gemacht, wenn der Herr Doktor ins Haus gegenüber gegangen ist, hat sich gefreut, wenn sich im Haus gegenüber zwei geküsst haben, war traurig, wenn ein Kind im Haus gegenüber eine Ohrfeige bekommen hat und hat sich überlegt, ob sie der Frau im Haus gegenüber, die immer so allein beim großen Tisch sitzt, nicht doch einmal Gesellschaft leisten könnte. Vielleicht hat man der alten Frau bloß nie im Leben eine Chance gegeben, wirklich mitzuleben?

Die Leute im Haus gegenüber wissen das nicht. Sie waren ja nie neugierig auf die alte Frau. Und Interesse an ihr hatten sie schon gar keines.

... UND TYPISCH MANN

Senkrechte Helden

Herr und Frau Meier sitzen beim Nachtmahl, essen Knackwurst in Essig und Öl und schauen dabei ZiB-1.

»Was kochst denn morgen, wenn der Franz mit der Herta kommt?«, fragt Herr Meier.

Frau Meier nimmt die TV-Fernbedienung, drückt dem Vatikan-Korrespondenten die Stimme aus und antwortet: »Der Franz und die Herta werden wahrscheinlich nicht kommen. Der Franz hat seit heut' einen Hexenschuss!«

»Der Arme«, sagt Herr Meier mitfühlend. Er spießt eine Knackwurstscheibe auf die Gabel, starrt sinnend den sprachlosen Vatikan-Korrespondenten an und fragt Frau Meier: »Wieso haben nur Männer einen Hexenschuss?«

»Wie kommst denn auf die Idee, dass den nur Männer haben?«, gibt Frau Meier die Frage zurück.

»Na hörst!«, ereifert sich Herr Meier. »Allein im letzten Monat weiß ich fünf Fälle! Der Ottokar, der Hubatka, der Opa von der Anna, der Hans und der Ingenieur Pichlermeier! Alle sind sie eine Woche lang im Bett gelegen, mit dem Kreuz. Kannst du mir in unserer Bekanntschaft eine einzige Frau sagen, der das passiert wäre?«

Frau Meier schenkt Herrn Meier Bier nach. Sie bekommt zwei tiefe Denkfalten auf der Stirn. Trotzdem fällt ihr keine Frau ein, die – weder im letzten Monat noch im letzten Jahr – eine Woche lang aus Hexenschussgründen an das Bett gefesselt war.

Aber Frau Meier fällt etwas anderes ein. Sie sagt: »Weil sich die Frauen, wenn sie einen Hexenschuss haben, nicht ins Bett legen. Frauen ertragen Schmerzen leichter!«

»Einen Hexenschuss«, sagt Herr Meier und bekommt ein leidendes Gesicht, »kann man nicht senkrecht durchstehen. Es gibt eben Krankheiten, auch wenn sie nicht lebensgefährlich sind, gegen die der härteste Mann hilflos ist!«

Herr Meier weist mit dem Zeigefinger auf das TV-Bild. Auf diesem hat der Vatikan-Korrespondent Männern in Tarnanzügen Platz gemacht. Die Männer haben Stahlhelme mit Gezweig auf den Köpfen, Maschinengewehre in den Händen. Sie schleichen durch das Buschwerk.

»Nicht einmal diese Burschen«, sagt Herr Meier, »nicht einmal die, und das sind für mich Helden.«

Herr Meier unterbricht seine Rede und trinkt vom Bier. Frau Meier wartet geduldig, um zu erfahren, was es denn nun mit diesen »Helden-Burschen« auf sich habe.

Herr Meier setzt das Bierglas ab. Er wischt sich Bierschaum vom Schnurrbart und fährt fort: »Wenn einem von denen jetzt plötzlich die Hex ins Kreuz schießen tät, würd' er daliegen! Ein glatter Fall für den Sanitäter! Und wenn der Bursch auch noch so ein Held wär!« Frau Meier steht auf. Herr Meier braucht nämlich noch eine Flasche Bier.

Frau Meier geht in die Küche. Sie geht ein bisschen schief. Und ein Bein zieht sie etwas nach. Sie hat »irgendwas im Kreuz«. Es tut ziemlich weh. Aber ein Hexenschuss kann es ja wohl nicht sein ...

Herr und Frau Huber mögen einander sehr, aber Streit haben sie trotzdem oft. Meistens geht es darum, dass Herr Huber ein »Pascha« sei, weil er es ablehnt, die »Männer-Rolle« aufzugeben und auf »partnerschaftliches Verhalten« umzulernen.

Wenn er im Haushalt einen Finger rührt, dann nur, um ungeduldig auf den Tisch zu klopfen, weil das Essen noch nicht fertig ist. Frau Huber, obwohl berufstätig wie ihr Mann, muss für ihn kochen, waschen, bügeln und aufräumen. Frau Huber verzeiht Herrn Huber die häusliche Untätigkeit jedoch immer wieder, weil er – sagt sie – für sein unschönes Verhalten gar nichts könne. Seine Mutter habe ihn so erzogen! Nicht einmal richtig Brot schneiden habe der Mann können, wie sie ihn von seiner Mutter »übernommen« habe. Von klein auf an habe die Mama Herrn Huber auf die Männer-Rolle fixiert!

Seine ganze Kindheit über habe er gesehen, dass ausschließlich Frauen für den Haushalt zuständig seien, während Männer außer Haus, im Beruf, das ihre zu leisten hätten. »Jeder tue das Seine an seinem Platze«, habe ihm seine Mama immer wieder gepredigt, und Herr Huber habe es leider verinnerlicht.

Im tiefsten Grunde seiner Männerseele leide der arme Herr Huber auch unsäglich darunter, dass seine Frau berufstätig sei. Er sehe das als sein Versagen an. Wäre er ein richtig tüchtiger Mann, hätte es seine Frau nicht »nötig«, arbeiten zu gehen.

Darum, sagt Frau Huber, sei es auch so schwierig, den Mann zur Hausarbeit zu zwingen. Jeder Handgriff komme ihm als Strafarbeit vor. Als Strafe dafür, dass er es beruflich nicht allzu weit gebracht habe.

»Da kann man nichts mehr ändern«, sagt Frau Huber. »Wenn ich weiter mit ihm zusammenleben will, muss ich ihn so nehmen, wie er ist!«

Nun erwartet Frau Huber ein Baby. Für den Fall, dass es ein Bub werden sollte, hat sie sich fest vorgenommen, ihm eine andere Erziehung angedeihen zu lassen als seinerzeit die Schwiegermutter dem Ehemann. »Das bin ich doch allein schon meiner zukünftigen Schwiegertochter schuldig«, sagt sie und redet voll Optimismus davon, wie sie mit ihrem Sohn umgehen wird, damit er dereinst kein Fuzerl Pascha-Gehabe an den Tag legen werde.

Die schönen Hoffnungen von schwangeren Frauen soll man nicht zerstören; das macht gar leicht Sodbrennen! Aber Kinder – Frau Huber müsste es eigentlich an ihrem Ehemann erkennen – lernen am schnellsten und leichtesten durch das Beispiel, das ihnen ihre Eltern geben.

Wird sich also Frau Hubers Sohn den Papa zum Vorbild nehmen, wird Frau Hubers geplante Aufzucht kaum Erfolg haben. Wird der Sohn, angeleitet von der Mama, des Vaters Pascha-Haltung strikt ablehnen, wird das auch ein Jammer sein, denn eine positive Vater-Sohn-Beziehung ist für einen Buben sehr, sehr wichtig.

Wenn es Frau Huber auch nicht einsehen mag: Ohne grundlegende Veränderung des Vaters kann »fortschrittliche« Erziehung beim Sohn nicht viel nützen.

Was schenkt Vati Mutti?

Von uns Frauen heißt es in Männerkreisen ja allgemein, dass wir sehr rätselhafte Wesen mit unergründlichen Seelen seien, deren Wünsche von Männerhirnen schwer zu begreifen und noch schwerer zu befriedigen seien.

Eine einzige Gruppe von Männern scheint allerdings absolut nicht dieser Meinung zu sein. Die Herren, die ihr gut belegtes Brot in der Werbebranche verdienen, halten sich auf dem Sektor »Bedürfnisse der Frauen« nicht nur für Wissende, sondern sehen sich auch als einfühlsames Sprachrohr unserer geheimsten Wünsche. Gerade vor Weihnachten, wenn verzagte Ehemänner gar nicht wissen, was sie den Frauen ihrer Wahl ins festliche Papier wickeln sollen, sind die cleveren, damenkundigen Werbe-Männer eine echte Hilfe.

Nach ausführlichem Studium von Fernsehspots, Zeitungsinseraten, Postwurfsendungen, Plakaten und Radiowerbung bin auch ich nun im Besitz dieses Wissens und zögere nicht, es gratis und kurz gefasst an alle Männer weiterzugeben. Also:

Jungen, unverheirateten Frauen kann man so ziemlich alles schenken. Parfüms und Pelze, Spaniels und Spitzenblusen, Diamanten und Dessous, Schuhe und Schals, Bonbons und Bücher, Pfandbriefe und Pferdehalfter.

Ist eine Frau aber nicht mehr ganz jung und dazu noch verheiratet und hat sie außerdem Kinder, dann ist sie zu einer »Mutti« geworden, und Muttis Hausmütterchenherz ersehnt total andere Geschenke. Muttis mögen so frivole Luxusartikel wie Alleszerkleinerer und Bratpfannen, so »heiße Ware« wie Eierbecher, Fritteusen und Griller. Sie gieren im tiefsten Grunde ihrer Seelen nach

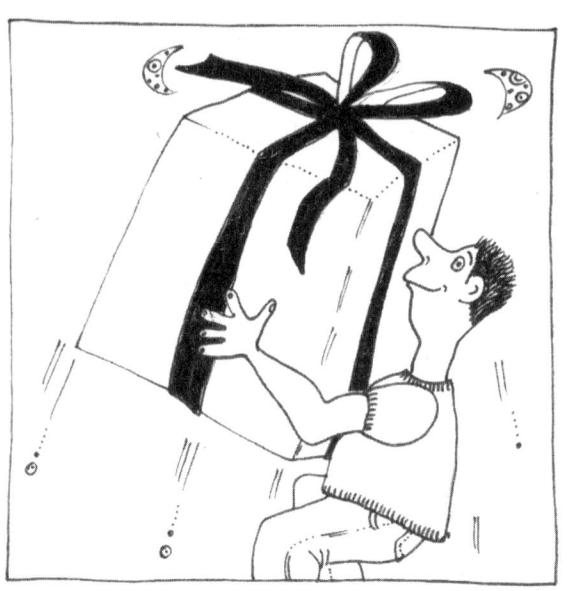

Joghurtzubereitern, Küchenmaschinen, Löffeln, Mixern, Omelettenpfannen und Passiersieben. Ihre geheimsten Sehnsüchte kreisen um Reindln, Spülmaschinen, Toaster, Universal-Reibeisen, Waschmaschinen und Zitruspressen.

Kurz gesagt: Wer »Mutti« ist, hat nichts mehr für sich selbst zu wollen, sondern ersehnt lediglich Arbeitshilfen, Küchenzubehör und Haushaltsgeräte, um anfallende Hausarbeit schneller und perfekter erledigen zu können.

Und da Muttis Hände – wir wissen es, seit wir unser erstes Muttertagsgedicht erlernt haben – niemals ruhen, ergibt sich aus Muttis Wünschen und deren Erfüllung die artige Konsequenz, dass Mutti nun noch mehr arbeiten kann. Die Arbeitszeit, die sie durch den Geschirrspüler einspart, kann sie ins Bodenschrubben investieren, und weil sie die Bedienung des Klopfstaubsaugers nicht mehr so erschöpft wie die des Teppichklopfers, kann sie am Abend noch locker die Hemden des Herrn Gemahl bügeln. Mit der Bügelmaschine, versteht sich, ist das ja fast keine Arbeit mehr.

Noch kürzer gesagt: Vati schenkt Mutti Dinge, die Vati davor bewahren sollen, im Haushalt ein helfendes Fingerchen zu rühren!

Alle Werbe-Männer dürften richtige Vatis sein.

Wer kann sich was leisten?

Die resignierte Feststellung: »So etwas Teures kann ich mir leider nicht leisten«, habe ich schon oft im Leben gehört und auch selbst getroffen. Aber unlängst hörte ich, zu meiner allergrößten Verblüffung, das genaue Gegenteil dieser resignierten Feststellung, nämlich: »So etwas Billiges kann ich mir leider nicht leisten!«

Anlass für diesen reichlich perversen Ausspruch war meine neue Armbanduhr. Stolz zeigte ich sie im Bekanntenkreis her und betonte, dass sie die Zeit auf die Sekunde exakt anzeige und trotzdem spottbillig gewesen sei. Wesentlich billiger sogar als die Reparatur meiner alten, teuren Armbanduhr. Daher, meinte ich, sei es doch vernünftig, sich nur mehr billige Uhren anzuschaffen, anstatt die teuren reparieren zu lassen.

Und daraufhin erklärte mir einer meiner Bekannten, ein sehr »erfolgreicher« Herr, dass er sich so eine billige Uhr einfach nicht leisten könne! Er kann sich auch keine Jeans und keine Schnürlsamthosen leisten, und einen Mittelklassewagen schon gar nicht. Er müsse, erzählte mir der »sehr erfolgreiche« Herr seufzend, eine teure Markenuhr tragen und einen Luxus-Nadelstreifenanzug. Und als Auto müsse er – wohl oder übel – eine Superkutsche haben, sonst leide sein »Image« und er gerate an den Bettelstab.

Ist ja auch klar wie Würfelsuppe! Wie sollen denn erfolgreiche Menschen andere erfolgreiche Menschen auf den ersten Blick als solche erkennen, wenn nicht an der gehobenen Ausstattung der Person? Darum tragen die »Erfolgreichen« ja auch so gern Markenartikel, die »in« sind, vorzugsweise noch mit dem Firmenemblem nach außen gekehrt. Ganz nach dem Motto: Schaut her, was ich mir doch alles leisten kann!

Vom Hals baumelt die Krawatte mit dem Cerruti-C, den Oberleib bedeckt ein Pulli mit dem Armani-Adler, am Handgelenk glitzert die Rolex-Uhr, und zur geglückten Beeindruckung in intimeren Stunden hat auch noch die rein seidene Unterhose (Boxer-Short, versteht sich!) ein Markenzeichen eingewirkt, das die erlesene Herkunft dokumentiert.

Außerdem erschnuppern sich diese »Erfolgreichen« natürlich auch an den Duftwässern. Sozusagen: Armani-Dackel riecht Zino-Davidoff-Spaniel und verbellt gemeinsam mit ihm Denim-Straßenmischung! Kennt man die Herren der erfolgreichen Sorte allerdings ein bisschen eingehender, merkt man doch, dass die Markenzeichen-Erfolgreichen bloß zu den armseligen Mittelklasse-Erfolgreichen gehören.

Zum wirklichen Erfolg im Leben gehört nämlich anscheinend, dass man sich leisten kann, sich nichts zu leisten. Die paar Millionäre jedenfalls, die ich im Laufe meines Lebens kennenlernte, trugen Schnürlsamthosen, abgewetzte Tweedsakkos und keine Krawatten, rochen nach gar nichts und fragten mich, weil sie keine Uhr hatten, nach der Zeit.

Und einer von ihnen lässt sich sogar, wenn sein Hemdkragen durchgewetzt ist, aus dem Hemdstock einen neuen Kragen machen.

Herr M. weiß Bescheid

Herr M. kennt sich aus im Leben. Er weiß Bescheid. Daher weiß er natürlich auch, was es mit den »Emanzen« auf sich hat. Das sind die »hautschiachn« Weiber, die aufgrund ihrer absoluten Hässlichkeit nie einen Mann abbekommen haben. Dadurch sind sie verbittert und böse geworden. Keinen Mann zu haben, das ist ja sonnenklar, ist schließlich das Allerschrecklichste, was einer Frau im Leben passieren kann, denn eine Frau – solo und single – ist gar nichts. Eine Frau bedarf zur Reifung und Entfaltung und Vollendung des Ehemannes. Und die »Hautschiachn«, denen sich ein Ehemann verwehrt hat, die verkümmern halt zu »Emanzen«. So wie bei den Blumen muss man sich das vorstellen! Werden die nicht gegossen und gedüngt, unter Umständen auch an einem stützenden Gerüst festgebunden, erblühen sie nicht richtig.

Bis gestern konnte Herr M. diese schöne Theorie ohne einen Funken von Zweifel hegen und pflegen, weil er noch keiner »leibhaftigen Emanze« begegnet war. Doch gestern brachte ihm seine gute Ehefrau ein Exemplar dieser Sorte von Mensch ins Haus. Diese Person behauptete zwar, keine »Emanze«, sondern eine Feministin zu sein, aber sie behauptete auch, unsere Gesellschaft sei von den Männern beherrscht, und Frauen hätten in ihr weit geringere Chancen. Da wusste Herr M., mit wem er es da zu schaffen hatte! Verwirrend für ihn war bloß, dass diese Person nicht »hautschiach« war. Sie war sogar wesentlich hübscher als die Ehefrau von Herrn M. und sämtliche Frauen, mit denen er bisher Nahkontakt hatte. Sie war, Herr M. musste es sich eingestehen, eine schöne Frau. Da war Herr M. ein bisschen ratlos. Heute Morgen aber war die Welt für ihn wieder blitzblank in Ordnung. In einer schlaflosen Stunde um Mitternacht herum hatte er sein Problem durchdacht und gelöst.

So wie es, sagte er sich, nicht nur eine »äußere« Schönheit, sondern auch eine »innere«, also eine seelische Schönheit gibt, so gibt es auch die rein äußerlich »Hautschiachn« und die innerlich, die seelisch »Hautschiachn«.

Seit Mitternacht weiß Herr M., dass die Frauen, deren Seelenleben so schwarz und hässlich ist, dass jeder Mann vor ihnen Reißaus nimmt, »Emanzen« werden.

Es könnte leicht sein, dass Herr M. – objektiv, wie er Frauen gegenüber ist – demnächst wird feststellen müssen, dass auch die Seele der »Emanze«, die ihm seine Frau ins Haus gebracht hat, absolut nicht unter die »hautschiachn« Seelen einzuordnen ist.

Was wird er denn dann tun? Na, eine schlaflose Stunde um Mitternacht herum wird er haben. In der wird er das Problem überdenken und lösen. Das wird nicht sehr schwer für ihn sein. Er muss ja bloß einen Grund dafür finden, warum auch Frauen, die weder »innen« noch »außen« hässlich sind, keinen Mann kriegen.

Denn dass nur der Mangel an Mann aus Frauen »Emanzen« macht, dabei wird Herr M. bleiben. Eisern. Eine Meinung, die man seit Jahrzehnten hat, die hat man schließlich lieb gewonnen und will nicht von ihr lassen.

Ausgleichshalber!

Unlängst saß ich im Speisewagen eines auf Wien zubrausenden Zuges Rücken an Rücken mit einem gesprächigen Mann, der einem neben ihm sitzenden Mann erzählte, warum er sich von seiner Frau ab- und einer anderen zugewandt habe. Ich hätte mir die Ohren mit Watte verstopfen müssen, um des Mannes Erklärungen nicht zu hören, aber derart diskretes Verhalten ist meine Sache sowieso nicht, ich lausche gern.

Also vernahm ich zuerst einmal, dass ihn, den Ehemann, in Wirklichkeit keine Schuld am Scheitern der Ehe treffe, obwohl die Kuh von einer Scheidungsrichterin das anders gesehen habe und er nun als Alleinschuldiger dastehe. Aber Richter, die fragen halt nicht nach den tieferen Ursachen und wahren Gründen ehelicher Entfremdung!

Die tieferen, wahren Ursachen und Gründe vernahm ich dann auch. Der arme Mann klagte: »Weißt, sie hat sich richtig gehen lassen, dabei war sie so eine fesche Frau, wie wir geheiratet haben!«

Und dann folgte seines Eheweibes Verfall im Detail. An Gewicht habe sie enorm zugenommen, und das nicht einmal über den ganzen Leib verteilt, total »aus der Fasson« sei sie gegangen, zu einer unansehnlichen »Wuchtel« geworden! Überhaupt nicht mehr »auf sich geschaut« habe diese Frau, ihre Frisur eine strähnige Katastrophe, ihre Kleidung reizlos, ihre Füße unentwegt in irgendwelchen Gesundheits-Latschen. Wo er doch seinerzeit gerade ihre Fußerln in den Schucherln mit den 11-cm-Stöckeln so geliebt hatte!

Dann seufzte der Mann etliche Male sehr tief und

sprach: »Wenn sie sich nur net so vernachlässigt hätt!«
Was wohl andeuten sollte, dass sicher alles anders gekommen wäre, hätte das Eheweib mehr »auf sich geschaut«.

Als sich der Zug Wien näherte, erhoben sich die zwei
Männer, um ihrem Abteil zuzustreben, und ich hatte
Gelegenheit, den armen Geschiedenen in voller Länge
und Breite zu sehen. Von oben nach unten beschrieben:
Spiegelglatze mit zausigen »Federn« beidseits der Oh-
ren, Hängebackerln, Tränensäcke, Kuchenbrösel im
Schnurrbart, Bauch Marke »Backhendl-Friedhof«, aber
behaart, wovon schwarze Haarbüschel zeugten, die zwi-
schen den Hemdknöpfen rausquollen. Gewaltige Platt-
Spreiz-Senk-Füße in dreckigen Latschen rundeten die
Erscheinung ab.

Na, sagt ja schon die gute alte Tante Jolesch, dass »alles, was ein Mann schöner ist wie ein Aff«, Luxus sei. Aber damit ist noch nicht erklärt, warum ein Mann, der »um nix schöner wie ein Aff« ist, meint, es stehe ihm eine Miss Austria als Ehefrau zu.

Zum gerechten Ausgleich vielleicht?

Der arme Herr N. N.

Der ergreifende Brief eines vierzigjährigen Lesers hat mich erreicht! Auf vier eng beschriebenen Seiten schildert mir dieser Herr, wollen wir ihn N. N. nennen, sein arg tragisches Schicksal. Dieser mühseligen Arbeit unterzog er sich jedoch nicht, um mir sein Herz auszuschütten, sondern um mir »heimzuleuchten«. Anhand seines tragischen Schicksals nämlich, meint Herr N. N., müsste ich doch endlich begreifen, dass in Wirklichkeit ausschließlich die Männer die »Tupferln« seien und von den Frauen »hinten und vorne nichts wie betackelt« würden. Herr N. N. schließt seinen Brief mit folgendem Satz: »Wenn Sie nicht völlig verblödet sind, müssten Sie an meinem Schicksal merken, dass wir Männer von den Frauen nur ausgebeutet, ruiniert und an den Bettelstab gebracht werden.«

Was dem armen Herrn N. N. von Frauen so Schreckliches widerfahren ist? Dieses ist ihm widerfahren: Vor achtzehn Jahren hat er in jugendlichem Leichtsinn eine Frau geheiratet. Doch die war nicht die richtige Frau für ihn. Also hat er sich vor zwölf Jahren wieder von ihr scheiden lassen. Und vor zehn Jahren hat er dann eine andere Frau geheiratet. Aber die war leider auch nicht die richtige Frau für ihn. Also hat er sich auch von dieser Frau wieder scheiden lassen.

Nun steht der arme Herr N. N. mit zwei Magengeschwüren da (einem aus jeder Ehe) und ist, »trotz gehobenem Einkommen«, total verarmt. Er kann sich weder einen zu seinem Einkommen passenden Wagen leisten noch eine standesgemäße Wohnung, weder einen Safari-Urlaub noch eine dritte Ehefrau. Obwohl er da eine an der Hand hätte, die vielleicht endlich die richtige Frau für ihn wäre.

Hinterhältig nämlich, haben beide Ex-Ehefrauen dem armen Herrn N. N. Kinder abgerungen. Je Ex-Ehefrau zwei Stück. Und für diese vier Kinder muss Herr N. N. nun Alimente bezahlen. Dabei hat er sich nie Nachwuchs gewünscht. Er war bloß, gutmütig wie er nun einmal ist, den Ehefrauen zeugend zu Willen. Herr N. N. schreibt: »Was könnte ich für ein Leben haben, wenn ich auf diese beiden Frauen nicht hereingefallen wäre!«

Ist das nicht ein Jammer? Da »verblutet« ein armer Mann beim Zahlen der Alimente, während sich seine »Geschiedenen« im Hochgenusse eben dieser Alimente dem Wohlleben ergeben. Höchstwahrscheinlich bezahlen sie von den Alimenten die Miete für eine Villa am Stadtrand, die Raten für einen schicken Sportwagen und die Flugkarten für den Südsee-Urlaub. Umschwärmt von Männern sind sie garantiert auch, denn Frauen, die Alimente für zwei Kinder bekommen, sind schließlich »gute Partien«. Oder nicht?

Das Tränenrätsel

Nach fünfzehnjähriger intensiver Forschung hat nun ein Biochemiker das Rätsel der Tränen gelöst. Nun ist nicht nur sicher, was schon immer gewiss war, nämlich, dass das Weinen manchmal »guttut«, sondern auch die alte Weisheit meiner Großmutter hat sich bestätigt: Weinen entgiftet den Körper!

Steht der Mensch unter Stress, setzt sein Körper Chemikalien frei. Diese werden durch das Weinen abgebaut. Mangan, zum Beispiel, ist in den Tränen 30-mal höher als im Blut. Es ist auch ein großer Unterschied, ob man aus Trauer und Verzweiflung weint oder ob bloß eine geschnittene Zwiebel die Tränendrüsen aktiviert. In »gefühlsmäßig« vergossenen Tränen wurde eine um 24 Prozent höhere Proteinkonzentration gemessen als in Zwiebeltränen.

Aber in beiden Tränenarten konnten drei Stoffe nachgewiesen werden, von denen man weiß, dass sie der Körper unter Stress freisetzt: ein Endorphin, das Schmerz reduziert, und zwei Hormone, ACTH und Prolaktin.

Warum ich Ihnen, verehrte Leser und Leserinnen, das so genau erkläre, obwohl ich nicht der Redakteur der »Wissenschaftsecke« bin?

Weil man da wieder einmal sieht, wie gut wir Frauen es doch haben! Wir dürfen weinen, wenn uns danach ist. Was aber ein »richtiger« Mann ist, der hat in allen Lebenslagen die Augen trocken zu halten, steckt also voll Stress-Chemie, die wir Frauen in regelmäßigen Abständen abbauen.

Ungebildet wie ich bin, weiß ich ja nicht, was dieser

Stau von Mangan, Protein, Endorphin, ACTH und Prolaktin in einem Männerkörper bewirkt, aber angenehm ist es sicher nicht. Leicht könnte es sein, dass viel von dem, was uns Frauen das Zusammenleben mit Männern oft so unerträglich macht, von diesem grauslichen Stau verursacht wird.

Seit ich um das Rätsel der Tränen weiß, bin ich einsichtig. Nie mehr werde ich sagen, dass mein Mann »einen Grant« hat! Nein, einen ACTH-Stau hat er (was immer das sein mag)! Prolaktin-Endorphin-vergiftet ist er, der arme Mann!

Daraus folgt: Die Männer müssen weinen lernen. Und: Es wäre hoch an der Zeit, dass sich die Institute für Erwachsenenbildung des Problems annähmen. Die Volkshochschulen etwa. Aber so viel ich auch in Kursprogrammen blättere, nirgendwo finde ich: WEINEN FÜR MÄNNER – ANFÄNGER oder WEINEN FÜR MÄNNER – FORTGESCHRITTENE.

Also müssen wir Frauen auch da wieder einmal zur Selbsthilfe greifen. Irgendwie, meine Damen, müssen Sie es schaffen, den Herrn Gemahl endlich zum Heulen zu bringen, wenn Sie an seinem Wohlergehen wirklich Interesse haben!

Na, ihr lieben Männer …?

Na, ihr lieben Männer, was sagt ihr denn nun? Wie gefällt euch denn das Ergebnis der neuen großen Studie über Autofahrer und Autofahrerinnen?

Noch nichts davon gehört? Also, dann wollen wir deren Ergebnis kurz zusammenfassen:

Frauen lenken ein Auto wesentlich besonnener als Männer, Frauen sind wesentlich partnerschaftlicher im Straßenverkehr als Männer, Frauen sind keine »Raser«, und sie sind auch keine »Schleicher«. Nicht nur die gefährlichen »Raser«, auch die lästigen »Schleicher« sind vorwiegend Männer!

Bei den jungen Menschen, die mehr Unfälle verursachen als erfahrene Fahrer und Fahrerinnen, steht das Verhältnis, wenn es um Verkehrsunfälle geht, 5:3 zugunsten der jungen Frauen. Und bei den Unfällen, in die Frauen verwickelt sind, sind sie nur zu 25 Prozent die Schuldigen. Frauen sitzen weit seltener alkoholisiert am Steuer als Männer, Frauen achten die Verkehrsregeln weit mehr als Männer, und Frauen neigen nicht so sehr zur Selbstüberschätzung wie Männer.

Frauen gehen auch beim Autoankauf bedachter und realistischer vor, und sie sind umweltbewusster als Männer.

Ach, das entspricht so gar nicht den Erfahrungen, die ihr, liebe Männer, tagtäglich beim Autofahren macht? Dass Frauen »miserable« Autofahrerinnen sind, ist euch durch leidvolle Begebnisse im Straßenverkehr zur Gewissheit geworden?

Vorurteilslos wie ihr seid, hättet ihr doch nie auch nur ein einziges, abfälliges Wörtlein über »Frau hinter dem

Lenkrad« verlauten lassen, wenn Frauen tatsächlich halbwegs »normal« ein Fahrzeug lenken könnten! Nie im Leben würdet ihr doch das Wagenfenster herunterkurbeln und einer Autofahrerin zubrüllen: »Steig auf an Dreiradler um, Mama«, wenn diese Frau nicht gegen alle Logik und Vernunft fahren würde!

Und die Studie? Ist die nun falsch? Ist die vielleicht von lauter hinterhältigen Frauen erstellt, die gemogelt haben?

»Aber nein!«, erklärt mir mein Freund Otto, ein begnadeter Autofahrer, »das wird schon stimmen. Frauen sind eben obrigkeitshörig und angepasst und kaum risikofreudig. Und wollen nicht selbst entscheiden. Wenn die ein Schild mit einem Dreißiger drauf sehen, dann fahren sie auch gleich einen Dreißiger!« Aber ein »wirklich guter« Autofahrer, erklärt mir Freund Otto, der behalte es sich eben vor, selbst zu entscheiden, ob er nicht auch mit fünfzig oder sechzig Stundenkilometer über den Rollsplitt brausen könne. Und wer das nicht könne – Studie hin, Studie her –, der möge auf ein Dreiradl umsteigen!

Der Anfang ist gemacht!

Neulich saß ich im Kaffeehaus, blätterte in Zeitschriften und konnte nicht umhin, den lauten Disput der vier Damen vom Nachbartisch zu verfolgen.

Über Männer redeten die lieben Damen. Völlig einig waren sie sich, dass Männer leider immer noch »total rollenfixierte« Geschöpfe seien, die unentwegt ihre »Männlichkeit« unter Beweis stellen müssten, aus diesem Grunde strikt alle »weiblichen Anteile« ihrer Psyche verleugneten und infolgedessen nicht bereit seien, »weibliche Tätigkeiten« auszuführen und »weibliche Tugenden« anzunehmen.

»Der Meine«, sprach eine, »fühlte sich schon in seiner Männlichkeit verletzt, wenn er den Kinderwagen schieben sollte!«

»Der Meine«, sprach eine, »hält es für unmännlich, ein Hemd zu bügeln!«

»Der Meine«, sprach eine, »hat sich sogar das Weinen verboten, als seine Mutter gestorben ist. Weil Tränen nicht männlich sind!«

Und die vierte Dame fügte hinzu: »Der Meine würde nie zugeben, dass er Angst hat. Ein Mann hat keine Angst zu haben! Und damit basta!«

Worauf die Frau des Kinderwagen-Verweigerers rief: »Aber wir Frauen müssen uns jede Menge männlicher Eigenschaften zulegen! Jede von uns muss ihren Mann stehen!«

Und die Frau des Bügeleisen-Muffels rief: »Aber kein Mann denkt daran, seine Frau zu stehen!«

Und die Frau des Tränen-Geizkragens rief: »Das wird noch Generationen dauern, bis die Männer endlich an-

fangen, ihre Fixierung auf die Männerrolle aufzugeben!«

Und die Frau des Ängste-Unterdrückers rief: »Wenn's überhaupt je einmal dazu kommen wird!«

»Aber nicht doch«, sprach ich und klatschte den vier Damen meine aufgeschlagene Zeitschrift auf den Tisch. In dieser waren nämlich, auf großen, bunten Fotos, Männer im Frisiersalon zu sehen. Mann mit linksseitigen Lockenwicklern! Mann unter der Haube! Mann mit Hennabrei im Haar! Mann mit gebleichten, Alufolie umwickelten Haarsträhnchen! Mann, der sich gerade einer »Ansatzdauerwelle« hingibt, und Mann, der darauf harrt, dass sich sein fahles Haupthaar rabenschwarz verfärbe! Und im beigefügten Text stand zu lesen, dass sich die Zeiten geändert haben und sich nun auch Herren im Frisiersalon ohne Bedenken der gleichen Behandlung hingeben wie Frauen.

Da kicherten meine vier Nachbardamen aber drauflos! Besonders der Mann unter der Haube, der mit dem Hennabrei, erheiterte sie maßlos.

Schnepfen, die! Da fangen nun endlich Männer an, ihre Frau zu stehen, und dann ist es auch wieder nicht recht!

Flotter Käfer, netter Wurm

»Der Teufel steckt im Detail«, sagt ein Sprichwort. Ob dem immer so ist, sei dahingestellt, aber wo es um Männer und ihre Einstellung zu Frauen geht, stimmt die alte Spruchweisheit garantiert.

Es gibt nämlich eine Menge Männer, die artig, brav und ehrlich immer wieder versichern, sie seien natürlich und logischerweise für die Gleichberechtigung der Frauen, Pascha-Allüren und Patriarchentum seien ihnen zuwider und nichts als echte und tiefe Partnerschaft mit Frauen sei ihr Anliegen.

Bewegt können diese Männer versichern, dass sie – hätten sie nur etwas zu sagen – nicht zulassen würden, dass Frauen für die gleiche Arbeit weniger Lohn als Männer bekommen. Ginge es nach ihnen, wären die Hälfte der Abgeordneten im Parlament Frauen und die Hälfte der Hausarbeit in jedem Haushalt Männersache.

Ganz gerührt wird man, wenn man diesen Männern zuhört. Am liebsten würde man sie zu Ehrenvorsitzenden der Frauenbewegung machen!

Doch dann geht ein hübsches Mädchen vorbei, und die so »frauenbewegten« Männer schauen dem Mädchen nach, und dann sagt einer: »Ein flotter Käfer!« Und die anderen nicken begeistert.

»Na und?«, höre ich jetzt manchen Leser murmeln. »Was ist denn daran so schrecklich?«

Also: Es gibt Marienkäfer und Kartoffelkäfer! Die Marienkäfer sind lieb, die lässt man ein bisschen auf der Hand herumkrabbeln, und wenn sie einem lästig geworden sind, pustet man sie in die Luft. Kartoffelkäfer sind schädlich und hässlich, die zertritt man. Ein Käfer zu sein, ist also keine besonders erstrebenswerte Sache, und es ist zumindestens erstaunlich, dass hübsche Mädchen von Männern mit diesem »Kosenamen« bedacht werden. Der Käfer ist aber keine Ausnahme. Die wienerische »fesche Katz« zeugt auch nicht gerade von partnerschaftlichem Interesse am anderen Geschlecht, denn Katzen hält man sich, weil sie schön sind und sich streicheln lassen und schnurren. (Aber wenigstens kratzen und fauchen können sie; das haben sie den Käfern voraus.)

Und die »klasse Puppe« hat Schlafaugen, man kann mit ihr spielen und sie weglegen, wenn man genug gespielt hat.

»O Gotterl, das ist doch arg humorlos, wenn man sich an so was stößt!«, höre ich nun wieder etliche Leser murmeln. »Ein flotter Käfer, eine klasse Puppe und eine fesche Katz, das sind doch einfach liebe, zärtliche Worte! Die sind doch weder böse noch frauenfeindlich gemeint!«

»Okay, okay! Humorlosigkeit ist ein Vorwurf, der immer trifft! Bierernst will man als Frau nun wirklich nicht sein. Darum sollten die Frauen endlich auch so viel Zärtlichkeit und Humor aufbringen wie die Männer und hinter diesen anerkennend herlinsen und dann entzückt sagen: »Schau, ein flotter Wurm!« oder: »Der dort ist aber wirklich ein fescher Kater!« oder schlicht: »Ein klasse Hampelmann!«

Wahr hingegen ist ...

Herr A. M., von Beruf Abteilungsleiter in einem großen Unternehmen, hat mir einen Brief geschrieben, in dem er mich ersucht, das Problem der sexuellen Belästigung am Arbeitsplatz einmal objektiv zu »beleuchten«, und zwar so, dass endlich die Wahrheit ans Licht kommt. In seinem Betrieb nämlich, meint Herr A. M., verhalte sich die Sache exakt umgekehrt. Da werden nicht Frauen von Männern, sondern Männer von Frauen sexuell belästigt.

Ja, ja, liebe Leserinnen, so geht es in Wahrheit in der rauen Berufswirklichkeit zu!

Ei freilich, dieses sagt auch Herr A. M., »grapschen und tapschen« tun berufstätige Frauen eher nicht; soweit ihm bekannt ist. Jedoch stellen gar viele Frauen eine enorme »optische Belästigung« dar. Diese Frauen nämlich umhüllen ihre Leiblichkeit auf eine derart aufreizende Art und Weise, dass die männlichen Arbeitskollegen arg darunter zu leiden haben. Das heißt in der Praxis: Sie tragen Miniröcke, sie schreiten in Strumpfhosen mit Naht einher und prunken in Oberkörperbekleidung, die keineswegs verbirgt, dass das weibliche Geschlecht mit zwei Brüsten gesegnet ist. Besonders belästigende Kolleginnen-Exemplare stöckeln wimpernklimpernd sogar auf zehn Zentimeter hohen Absätzen durch Büroräume, in denen Männer sind. Und sie schmücken die Halslöcher ihrer Blusen nicht mit Bubikragerln, sondern belästigen hilflose Abteilungsleiter mit »Ausschnitten«, welche unter einem gewissen Blickwinkel Einsichten ermöglichen. Und dazu kommt noch die gewisse laszive, hüftschwingende Gangart, welche das Arbeitsklima vergiftet und Portier wie Generaldirektor psychisch schwer belastet.

Bedenkt man dies alles, muss man wohl einsehen, dass Herr A. M. so Unrecht nicht hat. Zudem muss man diese ganze Problematik ja auch noch »zeitmäßig« betrachten! Ein paar kleine »Tapscher« und ein paar sanfte »Grapscher«, die dauern doch bloß wenige Sekunden. Aber die Ausschnitt-Minirock-Hüftwackel-Belästigung, die währt vierzig Arbeitsstunden pro Woche! Daher schlage ich, im Interesse von Herrn A. M. und allen seinen Leidensgenossen, die »Arbeitskutte« für berufstätige Frauen vor: ein knöchellanges, lausgraues Modell aus grobem »Wischtuch«-Material, lose wallend und am Halse à la Erdäpfelsack zugebunden.

Tja, dann bliebe nur noch das von Herrn A. M. erwähnte »Wimpernklimpern«. Doch dieses ließe sich leicht hinter einer »getönten Berufsbrille« verbergen.

Sie können es!

Die Meinungen darüber, was Männer »absolut nicht können«, gehen ja in Frauenkreisen weit auseinander. Manche Frauen sind überzeugt davon, dass Männer zwar kochen können, aber unfähig sind, die Sauerei, die sie dabei in der Küche machen, wegzuputzen. Andere Frauen trauen Männern diese Reinigungsarbeit zu, sind aber überzeugt davon, dass Männer »nie im Leben« ein Herrenhemd bügeln können. Es gibt sogar Frauen, die Männer für fähig halten, Socken zu stopfen, Staub zu wischen, Marmelade zu kochen oder der Nähmaschine eine gerade Naht zu entlocken.

Ich kenne aber keine einzige Frau, die ihrem Mann zutraut, einen Koffer zu packen. Ganz gleich, ob es sich um die Koffer für den Familienurlaub handelt oder um das Köfferchen, mit dem sich der Gemahl solo auf Fahrt begibt. Die liebe Ehefrau packt ein und der liebe Ehemann schaut zu und ist höchstens dafür zuständig, letztendlich auf dem Kofferdeckel Platz zu nehmen, damit sich dieser so weit senkt, dass die Kofferschlösser zuschnappen können.

Warum es Männern unmöglich sein sollte, Kleidung in Behältnisse mit Henkel zu verstauen, ist mir unklar. Fachwissen spezieller Art ist dazu ja wahrlich nicht notwendig. Und der Gefahr, ein auswärts lebensnotwendiges Stück vergessen zu haben, entgehen auch Kofferpacker weiblichen Geschlechts manchmal nicht. Zudem ist es ja heutzutage nicht mehr üblich, dass Männer aus der mütterlichen Totalbetreuung direkt in die eheliche Totalbetreuung überwechseln. Da sind ja im Männerleben meistens etliche »ledige« Jahre, und in denen ist der gute Mann ja auch verreist. Kaum anzunehmen, dass er dies kofferlos getan hat. Auch nicht anzunehmen, dass er am Zielort zwei Wochen lang das Hotelbett hüten musste, weil er vergessen hatte, einzupacken, was seinen Leib, Hosengürtel abwärts, zu umhüllen pflegt.

Männer, ihr lieben Frauen, sind also wirklich in der Lage, einen Teil ihres Hab und Guts ordentlich in Koffer zu legen. Männer, ihr lieben Frauen, neigen bloß dazu, »niedere Tätigkeiten« zu delegieren. Und wenn ihnen dies nicht kraft ihrer »gehobenen Stellung« gelingt, dann versuchen sie es halt dadurch zu erreichen, dass sie sich patschert stellen und sich »zwei Linke« zulegen und sich im Glanze ihrer hilflosen Männlichkeit zur Schau stellen.

Etliches wäre zu diesem Thema noch anzumerken, aber ich muss nun leider schließen, denn ich habe ganz dringend einen Koffer zu packen.

Für wen? Na, für wen schon!

Meier und Meier

Herr Meier eilt im Schnellschritt den Gehsteig einer belebten Straße entlang. Er hat es brandeilig. Sein geliebtes Eheweib harrt daheim seiner. Und es harrt schon reichlich lange! Und ist gewiss schon verbittert und wird garantiert von Minute zu Minute verbitterter, wenn es Herrn Meier noch länger entbehren muss und das Krautfleisch inzwischen auf kleiner Flamme verdorrt.

Zügig schreitet Herr Meier voran, doch dann wird der Gehsteig plötzlich sehr eng, und ein sehr alter Mann humpelt vor Herrn Meier im Schneckentempo dahin. Herr Meier kommt am alten Mann nicht vorbei. Daran hindern ihn einerseits entgegenkommende Passanten, andererseits der üppig brausende Straßenverkehr. So zappelt Herr Meier, gottergeben seufzend, hinter dem alten Mann her, bis der Gehsteig endlich wieder breiter wird und zügiges Ausschreiten wieder möglich. Um die nächste Straßenecke biegend, blickt Herr Meier schnell noch einmal zurück und denkt voll Mitgefühl: So ein armer, alter Mann! Das muss ein schweres Leben sein!

Herr Meier sitzt in seinem Auto und braust eine breite Straße entlang. Er hat es überhaupt nicht eilig. Kein Eheweib harrt, kein Krautfleisch verdorrt. Frohgemut braust Herr Meier dahin, doch dann wird die Straße plötzlich sehr eng und ein sehr altes Auto zuckelt vor Herrn Meier dahin. Im Schneckentempo. Herr Meier kommt an dem alten Auto nicht vorbei. Daran hindern ihn einerseits entgegenkommende Autos, andererseits der Straßengraben. Da wird Herr Meier wild! Da muss er blinken, da muss er hupen! Da muss er empört den

142

Kopf schütteln und fluchen! Da muss er zu sich selbst sagen: »Eh klar! An Hut hat er auf, der Alte!«

Und wenn er dann endlich, endlich die »Schnecke« überholen kann, zeigt er ihr einen »Vogel« und brüllt durch das vorsorglich geöffnete Fenster beim Beifahrersitz: »Kauf dir ein Hutschpferd, Opa!«

Warum verhält sich Herr Meier in zwei durchaus ähnlichen Situationen so grundverschieden?

Was macht aus dem milden, einsichtigen Fußgänger Meier den wütenden, uneinsichtigen Autofahrer Meier? Und wer ist nun der wahre Meier? Ist es so, dass auch der gütigste, mildeste Mensch durch den psychischen Stress, den Autolenken verursacht, zum aggressiven Geschöpf wird? Oder ist es so, dass sich Herr Meier durch seinen »Blechschild« auf Rädern »pferdestark« fühlt und es wagt, seinem wahren Charakter zum Durchbruch zu verhelfen?

Herr Meier selbst hat mir das klar beantwortet. Er hat gesagt: »Ein Autofahrer reagiert halt anders als ein Mensch!«

Ja, dann!

Chefköche und Pfannenschläger

Der kochende Mann liegt im Trend und ist in etlichen »Modellen« zu haben. Welches für seine Umgebung tragbar ist, hängt von deren Nerven (inklusive Magennerven) ab. Man kann in den diversen Küchen das Modell »Festtagskoch« beobachten. Es ist ein ziemlich kostspieliges, aber auszuhalten, weil es selten in Aktion tritt und sein Talent nur in den Dienst hochherrschaftlicher Verköstigung erlesener Freunde stellt. Zu diesem Tun braucht der Festtagskoch zehn Tage Vorbereitung, für Studium einschlägiger Literatur und Einkauf von Zutaten, die etwa so viel kosten, wie seine Frau für die Ernährung der Familie in drei Wochen ausgibt.

Beim Kochvorgang verausgabt sich der Festtagskoch total, schafft es aber trotzdem, während des Mahles den Gästen ausführlich seine »private« Interpretation eines Bocuse-Rezepts zu erklären und gerührt zu vernehmen, dass er den Meister übertroffen habe. Während er Lob einheimst, versucht seine Frau, die gröbsten Verunreinigungen im Schlachtfeld Küche zu entfernen.

Das Modell »Chefkoch« ist bereit, ganz spontan und bei geringerem Anlass in Aktion zu treten. Kann leicht sein, dass es, um Zwiebel ausgeschickt, mit Spargel ankommt und verkündet, die Erzeugung von Gulasch sei unverzüglich abzubrechen, nun wolle er Frau und Kindern Gutes tun! Dazu braucht er allerdings, da er ja ein Chefkoch ist, Hilfe. Er delegiert simple Dinge wie Kochzeit-Kontrolle, Petersiliehacken und Reparatur der geronnenen »Hollandaise« an die Ehefrau. Dass die, während er kreativ werkt, anfallendes Schmutzgeschirr reinigt und Arbeitsgerät herbeiholt, ist wohl selbstverständlich.

Das Modell »Pfannenschläger« ist ungefährlich, da es sich bei ihm üblicherweise um einen Single handelt, der von allem, was sich im Kühlschrank befindet, etwas in eine Pfanne mit Fett tut, um es rührend zu rösten. Bevorzugte Materialien: Eier, Wurst, Nudeln, saure Gurken und abgetropfte Dosenware.

Das Modell »Standardkoch«, welches Grießkoch in exakt der Konsistenz herstellen kann, die dem Nachwuchs genehm ist, Einbrenn ohne Bröckerln schafft, nach acht Stunden Bürojob der Ehefrau einen Nussstrudel bäckt und Marmelade kocht, wenn die Erdbeeren im Garten reif sind, gibt es zwar auch, ist im Moment aber leider nicht auf Lager. Es ist auch nicht »gebraucht« zu erwerben, da sich Frauen, die im Besitz dieser Köche sind, von ihnen nicht zu trennen gedenken.

Mann ist selten »man«

Das liebe kleine Wort »man« ist ein indefinites Pronomen und heißt so viel wie: jeder, jedermann, jemand, die Leute ... Zu dieser vom lieben kleinen Wort »man« eingeschlossenen Personengruppe gehören also auch alle Männer.

Sichtlich fühlen sich aber sehr viele von ihnen, vor allem Ehemänner, keineswegs zu diesem Personenkreis gehörig, sondern meinen, das liebe kleine Wort sei nur anzuwenden, wenn es um weibliche Personen gehe. Sie könnten es also getrost, wie bereits in gewissen Frauenkreisen durchaus üblich, durch das ebenso liebe kleine »frau« ersetzen.

Oder haben Sie etwa, verehrte verheiratete Leserin, daheim keinen Mann, der hin und wieder sinnend in die Sockenlade schaut und murmelt: »Da sollte man einmal aufräumen!«?

Muss ja nicht gerade die Sockenlade sein. Könnte auch sein, dass er sagt: »Man sollte wieder einmal Onkel Theo anrufen und fragen, wie's ihm so geht!«

Oder: »Aber wenn wir ins Theater gehen wollen, muss man vorher Karten besorgen!« Oder: »Man sollte endlich doch einmal in die Sprechstunde vom Klassenvorstand gehen!«

Unendlich lang ist in der Normal-Ehe die Liste der Dinge, die »man« tunlichst tun sollte. Spärlich sind aber Ehemänner, die sich persönlich vom »man« betroffen fühlen und selbst Sockenladen aufräumen, alte Onkel anrufen, Theaterkarten besorgen und bei Klassenvorständen vorsprechen.

Der meisten Männer »man« ist nur ein dezenter Hinweis, dass die Frau all dieses gefälligst erledigen möge. Es drückt zudem aus, dass der Mann ein bescheidener ist, einer bar aller Pascha-Allüren! Er fordert ja rein gar nichts, er schafft nichts an, befiehlt nichts, gibt nur einen kleinen Ansporn, um Haushalt oder zwischenmenschliche Beziehungen in Ordnung zu halten. Und tut »man« nicht, was »man« tun sollte, würde solch braver Mann auch nicht auf den Tisch hauen!

Aber »frau« nimmt sich den Ansporn üblicherweise ohnehin zu Herzen und tut, was »man« tun sollte. Meldet sie dann den ordentlichen Vollzug einer dieser Tätigkeiten, kann der Mann treuherzig sagen: »Ach, das hast DU gemacht? Ich hatte mir nämlich vorgenommen, es morgen zu erledigen!«

Für den Fall, dass eine Frau dieser Aussage glaubt und nach neuerlichem »man sollte« nicht aktiv wird und drauf wartet, dass es ihr Mann werde, wird aber garantiert nicht mehr passieren, als dass der Gute wiederholtermalen und immer grämiger vorträgt, was »man tun sollte«.

Perfekter Zweit-Papa

Immer wieder muss ich über die Herren staunen, die in bereits fortgeschrittenen »besten Jahren« noch so vital und agil sind, dass sie ein »zweites Leben« anfangen.

Nicht beruflich natürlich, nur familiär!

Die »Erst«-Kinder sind fast erwachsen, und die »Erst«-Frau hat sich im Laufe der Jahre bedauernswerterweise etwas abgenutzt, also heißt es halt tapfer wieder von vorn anfangen!

Scheidung – neue Frau – neues Kind (üblicherweise aber nur ein Exemplar, weil die Unterhaltskosten für die studierenden »Erst«-Kinder das Budget meistens doch etwas belasten)!

Was an der agil-vitalen Angelegenheit so staunen macht, ist der Umstand, dass die meisten dieser tapferen Herren zweit-familiär ein völlig anderes Verhalten an den Tag legen als in der ersten Ehe.

Seinerzeit waren sie mit Beruf, Hobbys und Pflege von Freundschaften (zu beiderlei Geschlecht) ausgelastet. Für so Kleinkram wie Kinderaufzucht hielten sie ihre Ehefrau zuständig. Und wenn sie sich pro Woche ein Stündchen Zeit für ihre Kinder abzwackten, hielten sie sich schon für perfekte Familienväter.

Im zweiten Eheleben jedoch schaut die Sache anders aus! Da lernt der Papa – wenn nicht schon »bei der Geburt mitatmen« – wenigstens »wickeln« und »Flascherl geben«, er sieht auch ein, dass die junge Mama ein bisschen Freizeit vom Baby braucht, während der er es zu hüten hat.

Und dass er sich, ein paar Jahre später, die Kindergärtnerin, der er seinen »Zweit«-Spross anvertraut, genau anschauen muss, damit er sein schutzbedürftiges Würmchen nicht etwa einer Furie ausliefert, versteht sich von selbst!

Und was dann die Einschulung betrifft, führt er mit der »Zweit«-Frau viele, viele Abende lang ausführliche Gespräche. Ist ja lebensbestimmend, in welche Schule ein Kindlein eintritt; das hat ein guter Papa zu bedenken. Und dazu hat er auch noch zu lernen, wie man Kasperltheater spielt! Und Märchen gut erzählt! Und aus Kastanien und Zahnstochern einen Zoo bastelt.

Macht ja nicht nur dem Kind Spaß! Macht auch dem Papa Spaß! Gar nicht gewusst hat er, wie viel Befriedigung einem Mann das Zusammensein mit Kindern geben kann!

Ist wirklich schön, wenn ein Mann – spät, aber doch – einsieht, wo die wahren Werte im Leben liegen; nur etwas befremdlich, dass es den »Erst«-Kindern oft so schwer fällt, sich darüber neidlos freuen zu können.

Blondinen bevorzugt

Blondinen-Witze sind nicht umzubringen; selbst wenn sie einen Bart haben, länger als das längste Blondhaar auf einem Damenkopf. Zur Einstimmung ins Thema sei einer wiedergegeben, der sich seit Generationen wacker am Leben erhält:

Ein Herr erklärt einer Dame in einfachen Worten einen einfachen Sachverhalt, aber die unterbricht ihn: »Bitte, sprechen Sie langsamer, ich bin blond!«

Solche Witze erzählen einander beileibe nicht dunkelhaarige Frauen, um den blonden Schwestern »eins auszuwischen«. Eine gewisse Sorte von Männern ist es, die ihren Schatz an Blondinen-Witzen an eben diese Männersorte der nächsten Generation weitergibt.

Nach vielen Jahren voll Lebenserfahrung wage ich zu behaupten: Just die Männer, die besonders darauf aus sind, bei Frauen mit Blondhaar (ob echt oder unecht, ist wurscht) erotischen Erfolg zu haben, sind es auch, die besonders gern und reichlich Blondinen-Witze in Umlauf bringen.

Nun könnte man meinen, dass nur Blondinen-süchtige Männer, die erfolglos hinter den Objekten ihrer Lust herjappeln, blöde Witze über blonde Frauen reißen, nach der Devise: Frauen, denen ich nicht gefalle, müssen ja total hirnlos sein!

Dem ist aber nicht so.

Auch viele Männer, die auf Blondinen »fixiert« sind und bei diesen gute Erfolge erzielen, delektieren sich gern an Witzen, in denen blonden Frauen die Intelligenz einer Weinbergschnecke unterstellt wird. Daraus ließe sich schließen, dass es Männer gibt, die das Bedürfnis haben, zu verachten, was sie lieben. Unter den mannigfachen Defekten der menschlichen Psyche gibt es auch gewiss diesen.

Vielleicht geht es aber eher darum, dass Blondinen-Witze-Erzähler – trotz zur Schau getragenem Macho-Selbstbewusstsein – nicht viel von sich selbst halten. Und daraus erwächst dann die Sehnsucht nach einem »Dummbauchi« als Partnerin. Nach einer, die zu wenig Verstand hat, den geringen Intelligenzquotienten des Partners zu erkennen.

Und eine Blondine ist halt dem ersten dieser Witze-Erfinder zufällig eingefallen. Hätte ebenso eine Brünette oder ein Rotschopf sein können. Oder eine mit Schneewittchen-Haaren. Er hätte die Haarfarbe auch weglassen können. »Sprechen Sie bitte langsamer, ich bin eine Frau!« hätte völlig gereicht.

Und ich bin mir sicher, dass es den Machos in Ländern, wo genbedingt keine blonden Frauen leben, auch vollauf zum Gelächter reicht.

Der Überstundentrick

Da heutzutage alles untersucht, erhoben und gedeutet wird, ist nun auch dieses eindeutig und wissenschaftlich erwiesen: Verheiratete, mit Nachwuchs gesegnete Männer machen nicht vorwiegend deshalb Überstunden, weil es so viel Arbeit im Betrieb gibt oder sie das Familieneinkommen mehren wollen, sondern weil sie sich, Überstunden machend, der Familie entziehen können. Auch tätige Mitgliedschaft in Vereinen oder Arbeit in politischen Parteien wird angeblich von vielen Männern nur deshalb wacker verfolgt, um außerhäuslich unentbehrlich zu sein.

Die Familie nämlich wünschen sich Männer als »Erholungsraum, Kraft-Tankstelle und Abschaltmöglichkeit bei Stress«, und all das finden sie halt weit eher zu Hause vor, wenn sie spät heimkommen, zu einer Tageszeit, wo der »Familienbetrieb« die ärgste »Stoßzeit« hinter sich hat.

Ist ja nachvollziehbar! Wer eintrudelt, wenn die Kinder längst abgefüttert sind, sich zu Tisch setzen und warten kann, bis das Essen wieder aufgewärmt ist, hat höchstens unter verminderter Essensqualität zu leiden. Das ist nicht so stressig wie in der Küche stehen und bei den diversen Vorbereitungen für das Nachtmahl einen oder mehrere Fingerchen zu rühren. Außerdem gibt es noch immer ungeahnt viele perfekte Frauen, die dem armen Überstundenmacher nichts aufwärmen, sondern hurtig etwas Frisches – ganz nach Wunsch – zaubern.

Auch zwei kleine Kinderchen, die – blitzsauber gebadet – in niedlichen Nachthemden aus den Betterln winken und auf Papis Gute-Nacht-Kuss warten, nehmen sich wesentlich reizender aus als zwei quengelnde Knirpse, die alle Tricks durchprobieren, um nicht ins Bett gehen zu müssen.

Ebenfalls keine Frage, dass es nervenentspannender ist, im Betrieb, im Verein oder in der Partei so lange »seinen Mann zu stehen«, bis der Elternabend in der Schule vorüber ist.

Von der Mann-Steherei heimgekehrt, kann sich der Familienvater dann ja berichten lassen, was der Klassenvorstand alles gesagt hat. Und er kann, was noch viel schöner ist, seiner Frau auch erklären, was sie dem Klassenvorstand zur Antwort hätte geben sollen! Und hinterher milde seufzen, dass seine Frau halt ein Hascherl und nicht schlagfertig genug ist! Und zu wenig konfliktfreudig! Und welch Jammer es ist, dass er selbst von wegen Überstunden, Verein oder Partei dem ungerechten Kerl nicht die längst fällige Meinung hat sagen können!

Neues von der Familie?

Eine neue Studie des Instituts für Demographie hat es an das Tageslicht gebracht:

Die »neuen« Männer sind nicht so unwillig, Hausarbeit zu leisten, wie man allgemein angenommen hat.

Waschen und Bügeln liegt ihnen nicht so sehr. Nur einer von zehn Familienvätern pflegt Umgang mit Waschmaschine, Wäscheleine und Bügeleisen. Geschirrwaschen und Kochen zählt auch nicht gerade zu den Lieblingsbeschäftigungen der Männer. Dem Saubermachen nähern sie sich etwas zögerlich, aber zu Ämtern, Behörden und auf Banken gehen sie reichlich.

Doch ganz groß sind die Väter da, wenn es um das Spielen mit den Kindern geht. Regelmäßig spielen 82 Prozent der Väter mit ihren Kindern! Das ist doch wirklich fein. So habe ich mir die Arbeitsteilung in der emanzipierten Familie vorgestellt! Die Mama bügelt Herrenhemden und der Papa baut aus Legosteinen einen Bahnhof. Die Mama wäscht das Geschirr ab und der Papa lässt zwei Autos über die Rennbahn sausen. Die Mama kocht ein dreigängiges Mittagessen und der Papa geht spazieren.

Mir kommt diese Art von Arbeitsteilung recht bekannt vor. So ähnlich war es doch schon in meiner Kindheit. Auch da sind die netten Väter – und die hat es schon damals reichlich gegeben – am Sonntagvormittag mit den Kindern spazieren gegangen. Auch ins Museum haben sie sich mit den Kindern begeben. Das Technische Museum, zum Beispiel, war am Sonntag voll von begeistert erklärenden Vätern und staunenden Söhnen. Könnte sein, dass heutzutage auch Töchter dort staunen. Einerseits wäre das ein Fortschritt, andererseits entgeht so der kochenden Mutter nun auch die Mithilfe der Tochter.

Die Erkenntnis, dass Väter gern spielen, ist keine neue. Schon in meiner Kinderzeit war ich mit meinen Freunden darüber einig, dass die Papas viel besser spielen als die Mamas. Manchmal haben sie sogar so gut gespielt, dass aus den Kindern reine Statisten wurden, die die spielenden Papas verließen und sich bei den Mamas beschwerten; nach dem Motto: Er lässt mich nicht mitspielen!

Dass – wie die Statistik behauptet – 79 Prozent der Väter mit den Kindern über deren Probleme reden, besagt auch gar nichts, denn wer schließlich die Probleme der Kinder lösen muss, ist eine ganz andere Frage. Meistens sind auch heute noch die Mütter die Problemlöser.

Und dass sich meine Mutter mit der Ausrede: »Der Vati kann das viel besser« vor allen Amtswegen gedrückt hat, weiß ich noch sehr gut. Solche Unannehmlichkeiten auf den »Haushaltsvorstand« abzuschieben, war schon immer gutes Recht des »schwachen Geschlechts«.

Viel Neues ist also aus der Familie, auch wenn man sich alle statistische Mühe gibt, noch immer nicht zu berichten. Alles wie gehabt! Jubelgeschrei ist absolut nicht angebracht.

Ja, wo sind sie denn wieder?

Ich kenne einen Mann, sehr gut kenne ich ihn sogar, der hat einen kleinen Schlüssel-Tick. Nicht jedes Mal, wenn er die Wohnung verlässt, aber sehr häufig, steht er ausgehfertig angekleidet im Vorzimmer und blickt auf das kleine schwarze Tischerl dort. Liegen auf dem nur ein paar Zettel, ein Erlagschein und ein abgerissener Knopf, aber kein Schlüsselbund, klopft er an sich selbst in Hüfthöhe rum. Vernimmt er kein leises, metallisches Scheppern, ruft er aus: »Wo sind denn meine Schlüssel?«

Meistens reicht es dann, ins Vorzimmer zu eilen, Zettel und Erlagschein zu lüpfen, worauf der Schlüsselbund ans Licht kommt. Hat das keinen Erfolg, führt es in neun von zehn Fällen zum Ziel, den Mann in Hüfthöhe etwas fester abzuklopfen, weil Schlüssel manchmal in Sakkotaschen so gepolstert deponiert sind, dass sie nicht Laut geben. Und im zehnten Fall muss man halt die Taschen des Sakkos absuchen, welches der liebe Mann getragen hat, als er ein paar Stunden vorher heimkam.

Nun, das ist nicht weiter viel Mühe, die kann man sich für einen netten Mann jederzeit machen. Es erheben sich aber doch drei kleine Fragen:

1. Warum braucht ein erwachsener Mann unbedingt bei solch regelmäßiger Gepflogenheit Beistand? Warum lernt er nicht in Jahrzehnten, selbst Zettel zu lüpfen und effizienter eigene Taschen zu durchsuchen?

2. Warum verharrt man nicht in Ruhestellung und ruft ins Vorzimmer: »Dort, wo sie immer sind, werden sie sein!« Warum springt man auf und eilt zu Hilfe?

3. Und wenn man schon meint, einem netten Mann stets, und auch bei seinen Ticks, Beistand leisten zu

müssen, warum nimmt man es ihm nicht übel, wenn man selbst wieder mal die Brille sucht, laut fragt, wo die sein könnte, und der nette Mann schaut bloß von der Zeitung hoch und sagt freundlich: »Habe sie nicht gesehen.«

Die Antworten auf Frage 2 und 3 lauten wohl: »Weil Frauen halt hilfreicher sind als Männer, dafür aber weniger hilfsbedürftig.« Und daraus ergibt sich wiederum die Antwort auf Frage 1! Wie soll denn ein netter Mann lernen, selbst einen Schlüsselbund zu finden, wenn es die Ehefrau seit Jahrzehnten für ihn tut?

Ganz nebenbei: Er hat es eh längst gelernt, aber man muss schließlich nicht alles tun, was man kann! Dass er es kann, ergibt sich daraus, dass er seine Schlüssel findet, wenn er allein daheim ist. Aber es tut eben einem Männergemüt wohl, sich täglich zu bestätigen: Ich werde gehegt und gepflegt, umsorgt und unterstützt.

Das vermittelt Geborgenheit im Leben.

Verantwortlicher Tragesel

Herrenmode ist unbeweglich, allem Neuen abhold. Schon Schalkragen, Stehkragen oder gar kein Kragen am Sakko macht Männer zu Mode-Revoluzzern. Nie variieren Herrenhosenbeine saisonweise zwischen knöchellang, wadenlang und kniekurz, der sinnlos vom Halse baumelnde Streifen (Krawatte genannt) bleibt zum Knopf geschlungen; würde ihn ein Mann zur kecken Schleife binden, gäb's viel Staunen. Auch Männer-Schuhwerk verträgt nur minimale Veränderungen, regenbogenfarbene Herrensandalen gibt's jedenfalls nicht. Und die Männerhandtasche, vor Jahren auf den Markt gebracht, zuerst erstaunlicherweise »willig« angenommen, ist wieder in Vergessenheit geraten. Dabei tut's mir gerade um sie leid, sie hat mich von Gewicht und Verantwortung befreit; vor allem im Sommer!

So ein Ehemann hat zwar im Winter in den Kleidern viele Taschen, in die er Hab und Gut stecken kann, aber im Sommer, wenn seine Oberbekleidung nur aus Hemd, Hose und Pulli besteht, mangelt es ihm an sicheren Aufbewahrungsorten im Textilen, speziell wenn's auf Reisen geht. Den Pass, sagt er, möge die Ehefrau in ihre Handtasche tun, in der Hosen-Gesäßtasche würde der, so er sich hinsetzt, die Form verlieren und sich hässlich verbiegen. Die Brieftasche sollte dort auch nicht lagern, weil sie von argusäugigen Taschendieben sofort zu sichten und babyleicht zu entfernen sei. Desgleichen das Scheckheft! Und die neue Sonnenbrille soll die Ehefrau zudem verwahren, die Brusttasche im Hemd ist nicht dafür geeignet, aus der ist die alte Sonnenbrille, als sich der Ehemann bückte, rausgefallen und zerbrochen. Für

Flugtickets und Bahnkarten gilt, was für den Pass gilt, und für Pillen gilt, was für Sonnenbrillen gilt; nur dass die nicht zerbrechen, sondern auf Nimmerwiedersehen wegrollen.

Da Damenhandtaschen heute reichlich groß sind, ist es weiter kein Problem, Männerkram drin zu verstauen, und so zart gebaut, dass man ihn nicht tragen könnte, ist man als Ehefrau ja nicht. Ärgerlich wird die Sache nur dadurch, dass der Ehemann nach mehrmaligem Ersuchen, seinen Kram zu verwahren, annimmt, die lernfähige Ehefrau weiß bereits »selbstständig«, was er mitgetragen haben will, er also seinen Kram nicht selbst zusammensuchen und der Ehefrau aushändigen muss, sondern dass diese, was sie zu tragen hat, »eigenverantwortlich« einstecken wird. Und am Reiseziel angekommen, sitzt er dann da, der Arme, und kommt sich vernachlässigt vor, weil's Eheweib so wenig an ihn denkt, dass sie glatt vergaß, seine Sonnenbrille zu suchen und in ihre Handtasche zu stecken.

Was passiert, wenn sein Pass an der Grenze nicht in ihrer Handtasche ist, davon wollen wir lieber schweigen.

Sehnsucht nach Kavalieren

Meine Freundin Erika klagte oft verbittert darüber, dass es keine »Kavaliere« mehr gebe, dass Männer – ob jung oder alt – ihre guten Manieren verlernt bzw. nie welche erlernt hätten. Was Erika allerdings nicht den Männern anlastete, sondern den Frauen, sofern sie Mütter männlicher Kinder sind. Denn, wie man weiß: Was Hänschen nicht lernt, lernt Hans nimmermehr! Eine bemühte Mutter müsste Klein Hänschen darauf trainieren, den perfekten Kavalier spielen zu können. Das wäre sie, sagte Erika, allen Frauen schuldig. Denn die kämen ja später in den vollen Genuss des Kavaliertums der erwachsenen Hänse.

Man würde wieder allen Frauen jede Tür aufhalten, sie müssten nie mehr nach ihren Feuerzeugen suchen, bräuchten sich nicht selbst Mäntel anzuziehen, hätten nie einen schweren Koffer zu schleppen, bekämen in jeder Straßenbahn einen Sitzplatz, und in den besseren Restaurants würden ihnen die Preise edler Speisen vorenthalten bleiben, weil Kavaliere drauf bestehen würden, dass wieder die preislose »Damenspeisekarte« eingeführt wird.

Aber leider, leider verrohen die Männer von Generation zu Generation zunehmend und wissen schon gar nicht mehr, dass sie aller edlen Manieren völlig entbehren. Die glauben glatt, sie seien ohnehin, wie sie sein sollen!

Aber welch Jubel, nun hat Freundin Erika doch tatsächlich einen der letzten, raren, echten Kavaliere kennengelernt! Der hatte halt noch ein ordentliches, ihn belehrendes Mütterlein gehabt. Aber irgendwie kann Freundin Erika trotzdem nicht froh mit ihrem Kavalier werden. Er ist leider sehr klein und dazu noch sehr zart gebaut. Und Erika hat eine gewisse Länge. Wenn ihr der Mann in den Mantel hilft, muss er so schrecklich mühsam hochspringen. Und wenn er ihren Koffer trägt, muss sie ernstlich seinen Kollaps befürchten. Und als er in der Straßenbahn einem sitzenden Mann empfahl, er möge für Erika den Platz freigeben und der Mann brummte, dass er müde sei, wäre es fast zum »Duell« gekommen, bei dem Erikas Kavalier garantiert draufgezahlt hätte. Er hat auch so zarte Fingerchen, dass er mit dem Feuerzeug reichlich sonderbar hantiert. Erika muss immer sehr lang warten, bis er ein Flammerl zuwege bringt, und auf seine Bitte nach der »Damen-Speisekarte« hat der Ober nur mit »Wos soi denn des sei?« reagiert. Ihr Kavalier, sagt Erika, kann sich schwer durchsetzen. Das rührt daher, sagt sie, dass er so klein und zart ist, da kann er sich nirgendwo Respekt verschaffen. Türen kann er natürlich schon aufhalten, aber offene Türen sind auch nicht das Gelbe vom Ei.

Also ich finde, ein echter Kavalier müsste Erika zuliebe den Anstand aufbringen, um 20 Zentimeter zu wachsen und seine Breite zu verdoppeln!

Ein Rosenstrauß

Gestern stieg ich in ein Taxi, gab mein Fahrziel bekannt. Der Fahrer brauste los. Wir waren schon ziemlich lange gefahren, da merkte ich, dass der Fahrpreisanzeiger nicht lief.

»Pardon«, sagte ich, »Sie haben vergessen –«

»Stimmt schon«, unterbrach mich der Taxifahrer. »Für Sie kostet's nämlich bei mir nichts.«

»Wie denn dem?«, fragte ich verblüfft.

»Sie waren vor einem Jahr so was wie mein Schutzengel«, sagte er und erzählte mir folgende Geschichte:

An einem kalten Frühlingstag stieg ich in sein Taxi und hatte einen großen Strauß Blumen in den Armen. Rote Rosen. Die hatte mir jemand geschenkt, der nicht gewusst hatte, dass ich gleich nach unserem Treffen mit dem Taxi zum Flugplatz fahren würde. Da ich keinen Sinn darin sah, mit zwanzig langstieligen Rosen nach Frankfurt zu fliegen, fragte ich den Taxifahrer beim Zahlen: »Sind Sie verheiratet?«

»Verheiratet bin ich«, antwortete der Taxifahrer mit einem sanften Seufzton in der Stimme.

Ich reichte ihm den Rosenstrauß nach vorne. »Dann bringen Sie bitte die Blumen Ihrer Frau«, sagte ich.

»Ich? Meiner Frau Blumen?« Nun war seine Stimme direkt voll Entsetzen. »Ich hab ihr noch nie Blumen bracht!«

»Dann wird es ja Zeit«, sagte ich und stieg aus. Und der Taxifahrer fuhr heim und überreichte seiner Frau die zwanzig langstieligen Rosen.

Eigentlich hatte er die Absicht gehabt, seiner Frau die Herkunft der Rosen näher zu erläutern, doch der Ehe-

frau Blauaugen füllten sich mit Tränen. Hierauf umarm-
te die Ehefrau ihren Ehemann, und dann zerriss sie einen
Brief. Das war der Abschiedsbrief an den Ehemann gewesen, in dem sie ihm, wegen Mangel an Zärtlichkeit,
Liebenswürdigkeit und Sensibilität, den Dienst auf-
gekündigt hatte.

Sie wischte sich die Tränen von den Wangen, wässerte
den Blumenstrauß ein und war sich sicher, dass ihr Mann
in Wirklichkeit doch zärtlicher, liebenswürdiger und vor
allem sensibler sei, als sie ihm bisher unterstellt hatte.

Sonst würde er, der ihr doch noch nie Blumen geschenkt hatte, wohl nicht gerade an jenem Tag, an dem

sie beschlossen hatte, ihn zu verlassen, mit Rosen kommen! Kurz und gut: Meine Rosen hatten eine Frau dazu gebracht, es mit ihrem Mann noch einmal zu versuchen.

»Und i hab doch«, sagte der Taxifahrer zu mir, »bis zu dem Tag gar net gwusst, dass meiner Frau bei mir was abgeht. Ehrlich, Sie warn mein Schutzengel.«

Mag sein. Aber wenn Schutzengel sein so leicht ist, warum sind dann die Männer nicht ihre eigenen Schutzengel? Es müssen ja nicht zwanzig Rosen sein. Frauen sind genügsam. Wie wär's mit einer? Hin und wieder – so auf einen leisen Verdacht hin?

BEZIEHUNGSKISTEN STAPELWEISE

Zweisames Miteinander

Frau Meier fühlt sich übergewichtig und will abnehmen. Um dies in die Wege zu leiten, beschließt sie, für einige Zeit auf das Nachtmahl zu verzichten. Doch leider muss sie das abendliche Fasten nach drei Tagen einstellen, denn da gibt es ja auch noch den Herrn Meier, und der fühlt sich nicht übergewichtig und hasst es zudem, »ohne Begleitung« Nahrung aufnehmen zu müssen. So ganz vaterseelenallein macht ihm das beste Essen keinen Spaß! Also schöpft sich Frau Meier nun am Abend wieder den Teller voll und isst ihn brav leer, denn eine gute Ehefrau ist schließlich nicht dazu da, dem Ehemann den Spaß am Essen zu nehmen.

An Samstagen, wenn sie verregnete sind, würde Frau Meier gerne die Wohnung gründlich sauber machen, doch Herr Meier leidet sehr, wenn der Staubsauger brummt und die Möbel gerückt werden. Das erinnert ihn an den Putzfimmel seiner Frau Mutter, und unter dem hat er schon als Knabe fürchterlich gelitten. Also lässt Frau Meier den Samstagputz sein, denn eine gute Ehefrau ist schließlich nicht dazu da, beim Ehemann ein altes Kindheitstrauma wieder aufleben zu lassen.

An Sonntagen, die sonnig sind, würde Frau Meier gerne ins Bad fahren. Doch Herrn Meiers Haut ist eine sehr zarte und rötet schnell. Sogar im Halbschatten! Also verzichtet Frau Meier auf den Badeausflug, denn eine gute Ehefrau ist schließlich nicht dazu da, dem Ehemann einen Sonnenbrand auf den Buckel zu laden.

Frau Meier würde auch gern an warmen Sommerabenden ein wenig spazieren gehen oder in einem Schanigarten sitzen und ein kleines Bier trinken. Doch Herr Meier sieht im »Herumrennen« keine Bereicherung seines Lebens, und sein Bier trinkt er lieber daheim und schaut dabei fern. Aber bitte nur, wenn Frau Meier neben ihm sitzt! Ohne seine geliebte Ehefrau macht Herrn Meier nämlich überhaupt nichts Freude. So ist eben die wahre Liebe! Ehe ist Gemeinsamkeit, innige Zweisamkeit, harmonisches Miteinander! Da hätte man ja gar nicht heiraten brauchen, wenn nun jeder seiner eigenen Wege geht, sagt Herr Meier. Und Frau Meier ist sehr gerührt, wenn sie dieses vernimmt. Für so viel innige Liebe, sagt sie sich, lohnt es schon, ein paar eigene, kleine Wünsche hintanzustellen. Und im Laufe von mehr als zwanzig Ehejahren ist sie im »Hintanstellen« ihrer Wünsche schon so perfekt geworden, dass ihr gar nicht mehr in den Sinn kommt, auch Herr Meier könnte – im Interesse von Zweisamkeit und Miteinander – ein paar kleine, eigene Wünsche hintanstellen. Eine gute Ehefrau ist schließlich nicht dazu da, solche Gedanken zu hegen ...

Reden liegt ihm nicht

Dass Frauen gesprächiger sind als Männer, ist eine bekannte Tatsache. Daran soll sich auch niemand stoßen, denn – wie schon das alte Sprichwort sagt – »mit dem Reden kommen die Leut zamm«, und es ist doch schön, dass wir Frauen durch unser vieles Reden viel dazu beitragen, dass sich die Menschen besser verstehen und besser miteinander auskommen.

Es gibt bloß eine Sorte von Viel-Rednerinnen, die mich ganz verrückt macht: die »stellvertretende« Rednerin! Ich meine die Frauen, die ständig für ihren Ehemann reden, auch wenn dieser anwesend ist.

»Sag, wie geht es dir denn im neuen Job?«, erkundigt man sich beim männlichen Teil des Ehepaares, und der weibliche Teil ratscht los: »Also, in den ersten zwei Wochen hat er sich schwer getan, aber jetzt hat er alles bestens im Griff, bloß mit dem blöden Oberbuchhalter, da kommt er nicht zurecht, und ...« Nicht einmal über den eigenen Leib darf der arme Kerl selbst Auskunft erteilen. Kaum hat man ihn gefragt, was die Durchuntersuchung im Spital ergeben hat, referiert sie schon: »Der Blutzucker ist normal, das Blutfett auch, nur das Cholesterin ist zu hoch, aber der Oberarzt ...«

Meistens ist dem Gesicht des Ehemannes dann anzumerken, dass er – und sei es über den Oberbuchhalter – doch einer etwas anderen Ansicht ist.

Er runzelt die Stirn, er schüttelt den Kopf, er öffnet sogar den Mund, er winkt auch ein bisschen mit einer Hand, als wolle er den unermüdlichen Redefluss seiner gesprächigen »Hälfte« eindämmen, aber da hat er keine Chance. Die gute Frau bemerkt das nicht einmal. Wacker redet sie weiter! Will man dem armen Mann beistehen und unterbricht die »stellvertretende« Rednerin und schnauzt sie, was ja unter Freunden erlaubt ist, an: »Jetzt lass ihn doch endlich einmal selbst reden!«, schweigt sie verblüfft. Aber der arme Mann schweigt auch verblüfft! Dann richten sich alle Blicke auf ihn, er wird verlegen, senkt den Kopf, dreht das Bierglas in den Händen und murmelt schließlich: »Ja also, ja also, ja also ...« – und schweigt wieder. Worauf die Ehefrau voll Zufriedenheit in die Runde schaut und frohlockt: »Na bitte! Er tut ja den Mund nicht auf.« Und dann hinzufügt: »Über sich selber zu reden, liegt ihm nicht!«

Nein, das liegt ihm wirklich nicht mehr. Das hat er verlernt, wie man eben alles verlernt, was man jahrzehntelang nicht mehr getan hat. Zumindest liegt es ihm in Anwesenheit seiner Ehefrau nicht mehr. Aber angeblich, wenn er – jeden Freitag am Abend – zum »Stammtisch« geht, soll außer ihm keiner mehr zu Wort kommen.

Ist's ein Wunder?

Kein Humor

Frauen, das ist in Männerkreisen kein Geheimnis, haben leider keinen Humor. Also, zumindestens haben sie viel weniger Humor als Männer! Wissenschaftliche Beweise dafür gibt es natürlich nicht, aber es liegt doch – bitte schön – klar auf der Hand! Das merkt man ja allein schon daran, dass alle Personen, die einen Wissensschatz von über tausend Witzen ihr Eigen nennen und aus diesem reichen Angebot gern allerlei zu Gehör bringen, männlichen Geschlechts sind. Die Annahme, dass Männer ein wesentlich leichteres Leben als Frauen und daher auch besser lachen hätten, ist sicher irrig. Das größere Humor-Potenzial der Männer dürfte in der Erbmasse liegen. Man redet zwar fälschlicherweise vom »Mutterwitz«, aber der »Vaterwitz« wäre wohl der Wahrheit näher.

Schon an Kleinkindern merkt man das Humor-Manko der Mädchen. Da hat so ein kleiner, witziger, lustiger Lausbub den humorvollen Einfall, seine kleine Freundin mit einer Spinne zu necken. Mit dem allerliebsten Lausbubenlachen auf den Lippen, wirft er die Spinne seiner kleinen Freundin an die Nase. Und was tut das humorlose Mäderl? Es kreischt und zappelt und heult! Unter Umständen gibt es dem humorigen Knaben sogar eine Watsche. Jedenfalls nimmt es übel und zeigt keine Spur von Gespür für das Humorige an der Situation!

Und diese unterschiedliche Begabung für Humor verstärkt sich noch beim Heranwachsen; der männliche Mensch vertieft und verbreitert sie, beim weiblichen Menschen verkümmern die minimalen Ansätze völlig.

Nehmen wir als Beispiel das Ehepaar Meier. Herr

Meier, ach, was kann der lachen! Am liebsten lacht er über Frau Meier. Die braucht sich bloß einen neuen Hut zu kaufen und aufzusetzen, und schon kriegt Herr Meier Zwerchfellstechen vor lauter Heiterkeit! Aber ein neuer Hut muss nicht unbedingt sein! Auch die Art, wie Frau Meier redet, reizt Herrn Meier zum Lachen. Auch wenn Frau Meier vor etwas Angst hat, kann sich Herr Meier darüber köstlich amüsieren. Wenn die Kinder frech zu ihr sind, kommt Herr Meier aus dem Kichern gar nimmer raus! Menschenfreundlich, wie Herr Meier ist, will er seinen Spaß natürlich mit anderen teilen. Darum erzählt er gern im Freundeskreis, was seine Frau so tut und redet, wie sie mit dem neuen Hut ausschaut und welch komische Missgeschicke ihr schon wieder unterlaufen sind. Der Mann hat eben Humor!

Frau Meier hingegen lacht selten. Sie sagt, sie müsse ihren ganzen Humor darauf verwenden, Herrn Meier auszuhalten.

Keine große Auswahl

Sieben Jahre waren Maria und Hans ein Paar. Dann hat sich Maria von Hans getrennt. »Wir passen einfach nicht zusammen«, erklärte sie uns. »Hans ist zu verschlossen und gefühlskalt!« Und mit ihrem Hang zu poetischer Ausdrucksweise fügte sie noch hinzu: »Neben ihm bin ich fast verdorrt, wie ein Primelstock, der nie gegossen wurde!«

Doch kaum war Maria den gießunwilligen Hans los und wieder etwas »erblüht«, da lachte sie sich einen Franz an, der, was Gefühlskälte und Verschlossenheit betrifft, ihrem Ex-Hans in keiner Weise nachsteht. Den lieben Josef, gefühlswarm und offen und bereit, Maria ein »gieß-freudiger« Partner zu sein, den ignorierte sie nicht einmal.

Und wir, die guten Freunde, sprachen seufzend: »Da hätte sie ja gleich beim Hans bleiben können!« Und der verschlossene, gefühlskalte Hans, der nahm sich als neue Partnerin wieder eine Frau, die – ganz wie Maria – unentwegt nach Zärtlichkeit und Streicheleinheiten aus ist und ihm arg auf die Nerven geht, weil sie ihn dauernd fragt: »Hansi, was denkst du denn gerade?« Und dauernd klagt: »Hansi, so besprich doch deine seelischen Probleme mit mir!«

Die gute Grete jedoch, die auch ohne tägliche Schmusestunden auskäme und keineswegs wissen wollte, was der Hans gerade denkt und welches seelische Problem in ihm nagt, die wurde von Hans als mögliche Gefährtin seines Lebens gar nicht in Betracht gezogen; obwohl sie gern dazu bereit gewesen wäre. Und wir, die guten Freunde, sprachen seufzend: »Da hätte er ja gleich bei der Maria bleiben können!«

Jean-Paul Sartre hat einmal gesagt: »Man soll im Leben nie zweimal die gleiche Dummheit machen – die Auswahl ist ja groß genug!«

Dieser Ratschlag scheint zu denen zu gehören, die zwar gut, aber nicht zu befolgen sind. Der Mensch hat bei den Dummheiten, die er begeht, eben keine große Auswahl. Er muss die Dummheiten, die zu ihm passen, immer wieder machen. Zweimal, dreimal, viermal! Und wenn er lange lebt und dazu noch recht vital ist, wohl zehnmal oder mehr!

Maria findet ihren Hang, die gleiche Dummheit immer wieder zu begehen, einfach schrecklich. »Zum Aus-der-Haut-Fahren ist das mit mir«, beklagt sie sich. Und ihr Ex-Hans klagt ebenso!

Da aber der Mensch, wie der Volksmund schon so passend feststellt, aus seiner Haut nicht herauskann, werden Hans und Maria wohl in selbiger drinnen bleiben müssen und ihre Unfreiheit beim Dummheitenmachen als Schicksal hinnehmen müssen.

Schnäuzen und schnaufen

Nach einem Strickmuster fahndend, blätterte ich gerade in einer alten Frauenzeitschrift und entdeckte zwar kein passendes Strickmuster, dafür aber eine Seite mit »prominenten« Antworten auf eine Telefon-Umfrage. Thema der Umfrage: Womit nerven Sie Ihren Partner?

Von »Mit meinem Perfektionismus« über »Mit meinem Unternehmungsgeist« bis zu »Mit meinen Blicken nach hübschen Frauen« gab es da Antworten, die alle gewiss sehr ehrlich gemeint waren. Ich wette trotzdem 10:1, dass diese Antworten nicht stimmen. Die wenigsten Menschen wissen, womit sie die anderen »nerven« oder – sagen wir es lieber österreichisch – womit sie ihnen »auf die Nerven gehen«.

Dieses »Auf-die-Nerven-Gehen« meint ja nicht die großen, schwerwiegenden Probleme, die man mit seinem Partner hat. Ein Alkoholiker etwa nervt seine Frau nicht, sie leidet unter seiner Krankheit. Die ständigen Seitensprünge des Ehemannes gehen der Ehefrau nicht »auf die Nerven«, sondern zerstören ihr Selbstwertgefühl. Was »nervt«, was »auf die Nerven geht«, sind die Kleinigkeiten. Und oft sind es ganz lächerliche Kleinigkeiten.

»Er trompetet so fürchterlich laut beim Schnäuzen, das macht mich ganz verrückt«, vertraute mir einmal eine Freundin an. Der trompetende Schnäuzer hat keine Ahnung, dass er – sich schnäuzend – der Ehefrau auf den Nerv fällt. Sie ist schließlich eine vernünftige, tolerante Frau! Sie sagt sich: Was soll's? Einer schnäuzt sich leise, einer schnäuzt sich laut, einer schnäuzt sich gar nicht! Man kann doch einem Menschen nicht auch noch ins Schnäuzen dreinreden!

Wie käme sie sich denn vor, wenn sie dreimal am Tag sagen würde: »Hugo, bitte, schnäuz dich leiser!« Dann müsste sie ihm ja gleich noch sagen, dass er auch darauf verzichten möge, stets so lange und so sinnend auf das Geschnäuzte im Taschentuch zu blicken. Ganz so, als ob er daraus wahrsagen wollte! Und das wäre doch ziemlich taktlos.

Den Problem-Schnäuzer hingegen, das hat er mir im Vertrauen mitgeteilt, »nervt« an seiner Ehefrau, dass sie bei leichter körperlicher Arbeit immer so laut aus- und einatmet, so richtig schnauft, dass man meinen könnte, sie erledige richtige Schwerstarbeit. Und dann lacht sie auch oft mit offenem Mund. Sogar, wenn sie gerade isst, und dann kann man Halbzerkautes hinter ihren Goldkronen sehen. Das »geht ihm so auf die Nerven«, dass manchmal sogar der Gedanke an Scheidung in ihm aufkeimt.

Wären mein lauter Schnäuzer und meine laute Schnau-

ferin jedoch »prominent« und dadurch Opfer einer Telefon-Umfrage, würden sie nie im Leben die Frage »Womit nerven Sie Ihren Partner?« richtig beantworten können. Ahnungslos würde der Schnäuzer vermuten: »Ich
bin meiner Frau zu schlampig!«

Genauso ahnungslos würde die Schnauferin behaupten: »Ich trage manchmal Lockenwickler, das mag er
nicht.«

Eigentlich ist das gut so, denn wer weiß, was den
Partner stört, müsste sich ja ändern. Und schnäuzen und
schnaufen wird man wohl noch dürfen!

Geben Sie nach?

Las ich doch unlängst auf einem Zeitungstitelblatt fett gedruckt: Bei Ehestreit geben Männer öfter nach.

Ei potz, dachte ich mir verdutzt, denn nachgebende Männer entsprechen in keiner Weise meiner langen Lebenserfahrung. Doch dann, ins Blattinnere vorgedrungen und »en detail« lesend, war ich wieder beruhigt!

Die Männer, besagt eine Meinungsumfrage, stehen einen Streit mit der Ehefrau nicht bis zum Ende durch, sondern ziehen sich in den »Schmollwinkel« zurück.

Und dieses soll Nachgeben sein? Da kann eine alte Ehefrau bloß bitter lachen! Wer in regelmäßigen Abständen den Herrn Gemahl aus dem Schmollwinkel herauszuholen hat – und welche Ehefrau hätte das nicht –, der weiß ganz genau, dass der Rückzug in den Schmollwinkel das Gegenteil von Nachgeben ist. Der »Schmollwinkler« zwingt seine Frau zum Nachgeben! Schmollen ist eine besonders hinterhältige Taktik im ehelichen Kleinkrieg!

Gegen den Schmollenden helfen keine guten Argumente, keine Drohungen, keine Schimpftiraden. Da hilft auch kein Geschrei, kein Weinen, kein Bitten, kein Flehen und kein Angebot auf Waffenstillstand, denn wer schmollt, verweigert sich und lässt sich auf keinerlei Debatte mehr ein.

Der Schmoller geht aufs Ganze und weiß, dass es ihm – über kurz oder lang – zufallen wird.

Um das zu erreichen, bleibt er natürlich keineswegs in seinem »Winkel«, wo man ihn übersehen könnte. Er bewegt sich matten Schrittes durch die ganze Wohnung, wobei seine Schultern und Mundwinkel hängen. Hin und wieder seufzt er. Muss er unbedingt Antwort geben, bescheidet er sich auf »Ja« oder »Nein«, so er nicht mit »hmpf« das Auslangen findet. Und hat er Kinder, bringt er denen durch körpersprachliche Signale bei, wie sehr er leidet und dass an diesem jämmerlichen Zustand sein Eheweib die Alleinschuld trägt. Worauf dann der gerührte Nachwuchs der Mama die empörte Frage stellt: »Warum bist du denn so böse zum Papa?«

Wenn nicht schon vorher, so spätestens dann gibt die Ehefrau nach und macht dem »Schmollwinkler« alle Zugeständnisse, die es braucht, um aus ihm wieder einen Menschen zu machen, mit dem Zusammenleben möglich ist. Und sie nimmt es sogar hin, dass der aus seinem Schmollwinkel Heimgekehrte sich als der Nachgebende sieht und auch als solcher gesehen werden will!

Wohin geht's denn heuer?

Familien, in denen alle Mitglieder Sehnsucht nach einem gemeinsamen Urlaubsziel haben, sind gut dran. Familien, in denen alle Mitglieder so weit erwachsen sind, dass bei Unvereinbarkeit der Wünsche getrennte Reiseziele angepeilt werden können, haben auch keine Probleme.

Aber wenn in einer Familie, bestehend aus Papa, Mama, zehnjährigem Sohn und dreizehnjähriger Tochter, die Urlaubswünsche enorm verschieden sind, kann die angeblich »schönste Zeit im Jahr« zum Höllenverdruss werden.

Burli will wieder auf den Bauernhof, wo man voriges Jahr gewesen ist. Weil er dort auf dem Traktor fahren darf und mit dem Sohn vom Bauern ein Baumhaus bauen will.

Mädi sagt, wenn man sie zwingt, wieder in dieses »Nest« zu fahren, wird sie trübsinnig. Ans Meer will sie! Exakt an den Strand, wo der »tolle Typ« aus der 4c in der Sonne braten wird.

Papa möchte, so wie sein Sohn, in der Heimat bleiben, aber nicht in der flachen Gegend, wo sich das »Nest« befindet, sondern dort, wo Bergesgipfel hochragen, die man erwandern kann.

Mama will nichts erwandern, nicht am Strand liegen und nicht Traktor fahren. Mama träumt von einer Ungarnreise, von Örtchen zu Örtchen, wo mutterseitliche Verwandte leben, die sie endlich kennenlernen will.

Setzt Papa seine Berge durch, verbindet sich der Nachwuchs in rarer Einigkeit zu einer Verdruss-Gemeinschaft, die bereits nach zehn Wanderminuten wegen angeblicher Druckstellen an den haferlbeschuhten Fersen am Wegesrand in Streik tritt.

Setzt Mädi ihr Meer durch, legen sich Papa und Burli am zweiten Urlaubstag einen Sonnenbrand zu und mit diesem zu Hotelbett und tun, als ginge es ihrem Ende zu.

Obsiegt Burli mit seiner »Nest«-Sehnsucht, verfällt Mädi in totale Depression und Papa mit ihr, indem er unentwegt zum Horizont starrt, wo er, in unerreichbarer Ferne, Gipfel ahnt.

Und wenn Mama ihren Wunsch durchsetzt? Ach, die versucht das erst gar nicht. Die spart sich lieber ihrer Nerven Kraft, damit im Urlaub dann so reichlich davon vorhanden ist, dass sie die zwei »Urlaubsverlierer« ohne Zusammenbruch durchsteht.

Ein Urlaub für Mama in der Nervenheilanstalt wäre zwar eine friedliche Sache, die Mama als Alternative zu Ungarn ganz lieb wäre, aber ohne Mama macht ja dem Rest der Familie weder Strand noch »Nest« noch Gipfel richtig Spaß!

Verlustangst kontra Eifersucht

Zur »ehelichen Untreue« hat man ja angeblich heutzutage ein viel lockereres und aufgeschlosseneres Verhältnis als in früheren Zeiten. Rein sprachlich stimmt diese Behauptung auf alle Fälle.

Mein Großvater etwa versuchte »Seitensprünge« mit allen Tricks vor meiner Großmutter geheim zu halten.

Freilich misslang ihm dies meistens, und wenn dann meine Großmutter wieder einmal dahintergekommen war, dass der Großvater »fremdgegangen« war, gab es – je nach Intensität des Seitensprunges – einen oder mehrere Riesenkrachs, und dem guten Mann wurde von Scheidung über Attentat auf die Geliebte bis hin zu Selbstmord alles angedroht.

Soweit ich mich erinnere, galt ein derartiges ehefrauliches Verhalten damals als durchaus normal. »Na ja, sie ist eben eifersüchtig, weil er sie betrogen hat«, sagten die Leute im Haus, wenn Geschluchze und Gekreisch und Splittern von Porzellan aus der Wohnung meiner Großeltern zu hören war. Eine betrogene Ehefrau hatte Anrecht darauf, ihrer Eifersucht freien Lauf zu lassen.

Heutzutage wird das Wort »Eifersucht«, genauso wie das Wort »Untreue«, von aufgeklärten Bevölkerungskreisen gar nicht mehr verwendet, und auch das Verbum »betrügen« ist völlig »out«.

Heutzutage hat der Ehepartner eine »zweite Beziehung« (kann sein, auch eine dritte und vierte). Und die Ehepartnerin ist ob dieses Umstandes absolut nicht eifersüchtig, sondern hat »Verlustängste«, die ihr beziehungsfreudiger Partner allerdings nicht als solche, sondern als »Besitzansprüche« erlebt.

Nun könnte man ja leicht sagen: Nebbich! Für die gleichen Handlungen und die gleichen daraus folgenden Emotionen sind eben ein paar modischere Wörter eingeführt worden.

Aber so einfach ist das nun auch wieder nicht. Redet man von »Untreue«, liegt das Vergehen oder die Schuld, die Gemeinheit oder die Lieblosigkeit bei dem, der »untreu« ist. Redet man hingegen von »Verlustangst«, hat der, der diese Verlustangst hat, den »schwarzen Peter« in der Hand. Soll er doch zum Psychologen gehen und sich behandeln lassen, wenn er mit seinen Ängsten nicht zurechtkommt!

Redet man gar von »Besitzansprüchen«, ist die Sache überhaupt klar wie Würfelsuppe. Besitzansprüche sind schon nicht edel, wo es um Hab und Gut und andere leblose Dinge geht. Aber wer Besitzansprüche an Menschen stellt, der sollte sich ins Winkerl stellen und schämen!

Mit »Seitensprung« und »Beziehung« ist es ähnlich. Ein Seitensprung, das Wort sagt es, gehört sich nicht. Wer seitenspringt, weicht vom rechten Weg ab. Eine Beziehung hingegen ist etwas Schönes. Und ein egoistischer Schuft ist, wer einem geliebten Menschen keine menschliche Beziehung außerhalb der Partnerschaft gönnen mag!

Kurz und ungut: Für den, der »untreu« ist – pardon! – für den, der Beziehungen schätzt, ist das Leben leichter geworden. Für den, der darunter leidet, ist es schwerer geworden.

Vorsicht bei der Rücksicht!

In einer Ehe – das erfährt man spätestens beim Trauungsakt von der standesamtlichen Person – haben die Partner Rücksicht aufeinander zu nehmen. Und wer dort sein »Ja« haucht oder rausposaunt, nimmt sich in dem Moment wohl auch redlich vor, diese Rücksicht zu tätigen; mag kommen, was da wolle!

Gut geht es sorglosen Leuten, die im Laufe der Jahre ein bisserl vergessen, was sie sich auf dem Standesamt bezüglich Rücksicht vorgenommen haben.

Wesentlich härter ist der Alltag derer, die zu ihrem Rücksichts-Vorhaben eisern stehen. Der Mensch will nämlich für gute Taten – und Rücksichtnahme gehört zu diesen – gelobt werden. Aber je perfekter Rücksicht auf den Partner geübt wird, umso weniger bemerkt dieser, dass sie überhaupt geschieht, und sieht keine Veranlassung zum Lob.

Seit fünfzehn Jahren etwa schaltet Frau M. jeden Abend, wenn sie hört, dass Herr M. die Wohnungstür öffnet, den Fernseher aus. Obwohl zu diesem Termin seit fünfzehn Jahren Serien laufen, die sie gern sieht. Sie tut es aus Rücksicht auf Herrn M., der es nach der Arbeit friedlich-still mag.

Aus Rücksicht auf ihn sagt sie nie, dass sie ans Meer fahren will. Weil er die Berge liebt! Aus Rücksicht auf ihn lädt sie ihre Schwester nie ein. Weil ihn die nervt! Sie kauft keine rosa Vorhänge, weil er Rosa nicht mag. Sie hat sich sogar die wiehernde Art zu lachen abgewöhnt, weil ihn die gestört hat.

Und wenn er am Sonntag lang schlafen will, liegt sie still neben ihm, weil er einen »seichten Schlaf« hat und

ihn das Quietschen der Matratze – so sie sich erheben tät – munter machen würde. Alles aus Rücksicht!

Herr M. aber ist harmlos der Meinung, dass seine Frau am TV-Vorabendprogramm kein Interesse hat und grüne Vorhänge liebt, dass sie ihre Schwester und das Meer genauso wenig mag wie er und den Schlaf am Sonntagmorgen genauso liebt wie er. Und dass sie seit einiger Zeit anders lacht, na ja, das ist angenehm, aber warum das so ist, darüber hat er nicht nachgedacht.

Dann kommt Herr M. eines Tages heim, Frau M. kocht Grammelknödel, weil Sohn M. selbige liebt. Herr M. sieht's und sagt: »Die mag ich doch nicht, na ja, auf meine Gustos nimmt man ja nicht Rücksicht!«

Da flippt Frau M. plötzlich aus! Schreit, haut den Topfdeckel zu Boden und droht mit Scheidung!

Und Herr M. hält das für einen kurzfristigen Anfall von Irrsinn, bedingt durch die Wechseljahre.

Also Vorsicht bei der Rücksicht!

Wohin mit dem Kummer?

Wirklich »gute Freunde« hat man gottlob nicht nur für Jux und Tollerei und heitere Stunden im Leben, sondern auch für die »beladenen« Zeiten. Da darf man bei ihnen »abladen«. Aber kaum einer der guten Freunde sieht sich als »sprachloser Abladeplatz«, welcher Kummer nur anhört, verständnisvoll nickt, mitleidig seufzt, ein Taschentuch reicht und – bei Bedarf – sanft unser zitterndes Handerl tätschelt.

Gute Freunde neigen dazu, unseren Kummer »auseinanderzunehmen«, die tieferen Ursachen hinter den akuten Anlässen aufzudecken, Ratschläge zu geben und hinterher zu beobachten, ob unsereiner die Ratschläge auch beherzigt. Und weil das so ist, sollte sich jeder Mensch für jeden Kummer den passenden Menschen zum »Abladen« auswählen.

Nehmen wir den Fall eines argen Ehestreits. Da hat also die Grete schrecklichen Kummer mit ihrem Hans. Trägt sie ihren Kummer zur Anna, von der sie weiß, dass die den Hans nicht mag, hat sie zwar zu erwarten, dass ihr diese Freundin absolut recht geben wird, aber sie wird auch hören: »Ich hab dir ja schon voriges Jahr gesagt, dass du dich scheiden lassen sollst!«

Und schluchzt dann die Grete aufgrund ihrer tristen Tagesstimmung: »Morgen geh' ich zum Anwalt!«, so steht sie zwei Wochen später, nach der Versöhnung mit dem Hans, auf zwiespältigem Freundesfuß mit der Anna, muss versuchen, dieser die »guten Seiten« vom Hans darzulegen, und erntet Blicke, die besagen: Bei dir sind Hopfen und Malz verloren!

Trägt die Grete aber den Kummer zur Maria, die den

Hans sehr mag, versucht diese unentwegt, Hansens Standpunkt darzulegen, einer angeblichen »Objektivität« verpflichtet. Und wer will die schon, wenn er auf Trost aus ist?

Zudem neigen ja Marias und Annas meistens dazu, Freundeskummer wiederum mit anderen Freunden zu besprechen. O nein, das ist kein Tratsch! Das ist nur »echte Betroffenheit«, die man nicht bei sich behalten kann!

Aber es gefällt einem halt weniger, drei Monate nach der Versöhnung mit dem Ehemann auf der Straße von einer flüchtigen Bekannten gefragt zu werden, wie denn die Scheidung so verlaufen sei!

Hören Sie auf mich: Laden Sie Kummer bei Ihrer Katze ab! Die lässt sich das Fell nass weinen, schnurrt tröstend, erzählt nichts weiter, gibt keine Ratschläge, und ihr unergründlicher Katzenblick sagt Ihnen, dass Menschenkummer so ernst wieder auch nicht zu nehmen ist.

Gewisse gesellige Menschen ...

Dem geselligen Menschen – sagt Goethe – sei es ganz gleich, ob er nutze oder schade, er wolle nur unterhalten.

Ich weiß ja nicht, wie Goethe das exakt meinte, aber so, wie ich es verstehe, trifft es genau auf meine Freundin Erika zu.

Die ist eine gesellige Frau. Hat ein Ereignis Unterhaltungswert, muss sie es erzählen. Sie kann nicht anders! Auch nicht, wenn das Unterhaltende zu Lasten ihres lieben Kurt geht, der eine »praktische Niete« ist und dazu einer, der »in den Keller lachen geht«, also keiner, der mitlachen kann, wenn über ihn gelacht wird.

Unlängst passierte Kurt dieses: Er machte sich daran, den Fußboden eines Kammerls mit brauner Farbe zu streichen. Er betrat das Kammerl, fing gleich bei der Tür an, Farbe aufzutragen, und arbeitete sich pinselnd weiter. Als der Boden, bis auf einen Quadratmeter, braun war und sich Kurt im hintersten Winkel des Kammerls befand, merkte er, dass er sich den Ausweg zugepinselt hatte. Da stand er nun auf dem ungestrichenen Fleck und rief nach Erika. Aber was sollte die tun? Sie konnte ihm nur raten, entweder durch den nassen Lack zu gehen oder im Winkerl zu bleiben, bis der Lack trittfest war. Kurt entschied sich zuerst fürs Warten, stand es aber nicht durch, begab sich durchs Klebrige und nahm hinterher ein Terpentin-Fußbad.

Klar, das Ereignis hat Unterhaltungswert. Und wenn man es dazu noch witzig erzählt – so wie Erika das kann –, erntet man viel Applaus und trägt gewaltig zum heiteren Verlauf eines Treffens mit Freunden bei. Nur ist

189

es halt so, dass es ein humorloser Mann gar nicht gern hat, wenn seine Frau kichernd schildert, wie sie ihn fluchend im »Braunen« vorfand und wie er schließlich verbittert jedes Zeherl säuberte. Und er mag es noch weniger, wenn ihn Freunde dann wochenlang grinsend fragen, ob er nicht auch zu ihnen »Bodenstreichen« kommen wolle. Das frustriert ihn enorm! Und da Kurt – nicht ganz zu Unrecht – Erika als die Urheberin seines Frusts sieht, lässt er selbigen an ihr aus. Und Erika leidet!

Die gesellige Frau schadet also nicht nur ihrem Mann, sondern auch sich selber mit dem Wunsch, unterhaltend zu sein. Sie weiß das auch. Und schwört sich jedes Mal, wenn Kurt wieder was Komisches passiert, den Mund zu halten. Aber sie bricht halt jedes Mal ihren Schwur.

Wie gesagt ... sie kann nicht anders! Gesellige Unterhalter schonen niemanden; auch sich selber nicht.

Zehn große Irrtümer

Der Ehetherapeut Larson von der University of Florida hat die häufigsten Irrtümer – betreffs Ehe und Partnerwahl – zwecks Warnung zusammengestellt. Also, da sind:

Irrtum 1:

Die Suche nach dem (oder der) »Richtigen«. Selbigen (bzw. Selbige) gibt es nämlich nicht. Und während man auf dieses Phantom wartet oder es sucht, lässt man passable Chancen ungenützt.

Irrtum 2:

Nicht zu heiraten, bevor man den »perfekten« Partner gefunden hat. Niemand ist perfekt, man jagt also wieder einem Phantom hinterher.

Irrtum 3:

Erst zu heiraten, wenn man sich dazu »reif« fühlt. Die »Reife« erlangt man kaum allein und als Single, sondern nur im gegenseitigen Bemühen um die Partnerschaft.

Irrtum 4:

Es prüfe, wer sich ewig bindet! Das ist zu viel des Misstrauens. Und zudem verhält sich jeder Mensch ohnehin nach der Heirat anders als vorher.

Irrtum 5:

Wenn man sich bemüht, gelingt jede Ehe. Wenn sich nur einer bemüht, gelingt gar nichts. Beide müssen sich bemühen.

Irrtum 6:

Liebe reicht als Grund zur Heirat aus. Tut sie nicht! Viel wichtiger sind: ähnliche Ideale, ähnliches Milieu, realistische Erwartungen und beidseitige Bereitschaft, die Sache gut zu machen.

Irrtum 7:

Ein längeres Zusammenleben vor der Ehe verbessert die Chancen auf Eheglück. Dadurch lernt man einander zwar etwas besser kennen, aber das sagt – laut Statistik – noch gar nichts darüber aus, ob die Ehe auch dauerhaft sein wird.

Irrtum 8:

Gegensätze ziehen einander an. Das gilt leider nur für den Anfang einer Beziehung, und was einen zuerst »fasziniert«, kann einen später rasend machen. Mit jemandem, der einem ähnlich ist, hält man das Leben weit besser aus.

Irrtum 9:

Der Zufall entscheidet, ob man einen Partner findet. So viele glückliche Zufälle gibt es leider im Leben nicht. Man muss sich schon »aktiv« auf Suche begeben, um fündig zu werden.

Irrtum 10, welcher allerdings nicht vom ehrenwerten Mr. Larson, sondern von mir »ausgeforscht« wurde:

Es ist unsinnig, irgendwelche Grundsätze und Regeln beachten zu wollen, wo es um Partnerwahl geht, weil dort, wo »die Liebe hinfällt«, sowieso gegen alle Vernunft verstoßen wird und liebestrübe Augen gar nicht in der Lage sind, das Objekt der Begierde anders als »optimal geeignet« zu sehen.

Von den »Rechthabern«

Zu den Menschen, die nur unter Aufbietung größter Geduld zu ertragen sind, gehören die »Rechthaber«.

Was so ein eingefleischter »Rechthaber« ist, kann nie zugeben, dass er im Unrecht ist; selbst wenn es sich um eine Kleinigkeit handelt, streitet er herum, als ob es ums Leben ginge! Und wenn man ihm das Lexikon unter die Nase hält und schwarz auf weiß belegt, dass »Arawak« nicht – wie von ihm behauptet – ein Vogel ist, sondern ein Ureinwohner der Karibischen Inseln, wird er zuerst einmal die Qualität des Lexikons anzweifeln. Kommt er damit nicht durch, wird er sagen, dass sich der Vogel, den er meint, nicht mit »w«, sondern mit »v« schreibe und nur in speziellen, nicht allgemein zugänglichen Fachbüchern aufzufinden sei.

Eine andere beliebte Rechthaber-Taktik ist, hinterher zu behaupten, nie behauptet zu haben, was sich als falsch herausgestellt hat. Ohne schamrot zu werden, dreht der Rechthaber die Positionen im Streitfall um! Empört ruft er: »Ich habe nie gesagt, dass die Sommerzeit in England früher aufhört als bei uns!« Und das Äußerste, worauf er sich dann einlässt, ist, dass der strittige Fall ein Missverständnis war – weil die anderen nie richtig zuhören. Und weil der Normalmensch nicht auch zum Rechthaber werden will, lässt er es gütig dabei bewenden.

Warum ein Mensch zum Rechthaber wird, ist – mir wenigstens – nicht klar. In manchen Familien scheint sich der Trend dazu eindeutig zu vererben. Andererseits gibt es Familien mit einem rechthaberischen Mitglied, wo nichts darauf hinweist, dass das Sache der Gene sein könnte. Und an der Aufzucht kann es eigentlich auch nicht liegen. Wer drei Kinder so erzieht, dass ihnen »Da hab ich mich geirrt« leicht über die Lippen kommt, kann nicht schuld sein, wenn der vierte Spross zum bornierten Rechthaber wird.

Sonnenklar ist eigentlich bloß, dass jeder Rechthaber – so er tatsächlich Recht behält – offensichtlich in einen wahren Glückstaumel verfällt und jedermann zehnmal mitteilen muss, dass er »natürlich wieder einmal recht behalten hat«. Eigentlich direkt ein Wunder, dass es nicht schon längst – abgeschaut vom »Tapferen Schneiderlein« – breite Rechthaber-Bauchbinden gibt, mit der Aufschrift: »Heute schon siebenmal recht gehabt!«

Auf rotem Samt mit Goldfaden (im Kreuzelstich) ließe sich das von geplagten Familienmitgliedern für den Rechthaber – als passendes Weihnachtsgeschenk – anfertigen.

Mit Beiständen!

Es gibt Ehepaare, die treten stets in »voller Harmonie« auf, sogar vor besten Freunden. Manchmal hört man zwar andeutungsweise, dass sie gerade »eine Meinungsverschiedenheit« hinter sich haben, über deren Details jedoch schweigen sie.

Und wenn man diese Paare zufällig zu einer Zeit trifft, wo die Meinungsverschiedenheit noch nicht ganz »ausgetragen« ist, wo sich die beiden also im Zustand des Konflikts befinden, merkt man das höchstens an unfreundlichen Blicken, mit denen sie einander bedenken, oder an klitzekleinen spitzen Bemerkungen.

Gepriesen seien diese lieben Leute, die für Ehestreit nur das eigene Heim als Schauplatz wählen! Die meisten Paare jedoch neigen dazu, Konflikte außer Haus zu tragen.

Sie fangen liebend gern gerade an dem Tag, wo sie bei Freunden eingeladen sind, daheim zu streiten an und schaffen es nicht, den Streit zu unterbrechen, wenn sie sich zu den Freunden begeben. Der Verdacht liegt nahe, dass sie es drauf anlegen, vor den Freunden zu zanken. Irgendwie ist das ja einzusehen. ER fühlt sich im Recht, SIE fühlt sich im Recht, keiner zeigt für den anderen Verständnis. Was liegt da näher, als sich »Beistand« zu suchen?

So sitzt dann das zerstrittene Paar bei den Freunden, achtet nicht des perfekten Bratens, sondern trägt den akuten Konflikt vor, und sowohl ER als auch SIE gieren danach, dass die Gastgeber »auf ihrer Seite« stehen und dem Partner die Leviten lesen.

Dieses ist aber selbst besten Freunden unmöglich, die

könnten nur IHM oder IHR recht geben. Aber es wäre nicht gastfreundlich, ausschließlich IHM oder IHR beizustehen und IHN oder SIE ohne Unterstützung am Tische hocken zu lassen. Also passiert üblicherweise Folgendes: Die Gastgeberin steht IHR bei, der Gastgeber IHM.

Und mit etwas gutem Willen kann man sich ja bald in diese »Beistands-Rollen« einleben; vor allem, wenn es um einen Konflikt geht, der einem aus eigener Ehe-Erfahrung vertraut ist. Und da kann es vorkommen, dass sich die »Beistände« noch mehr in die Haare geraten als ER und SIE. Soll auch schon passiert sein, dass dann ein halbwegs versöhntes Paar abmarschierte, während die Gastgeber bis zum Morgengrauen erbittert weiterstritten!

In so einem Fall bleibt nur: Den Streit bis zur Gegeneinladung am Köcheln halten und ihn beim perfekten Braten an die Gastgeber zurückerstatten. Auf dass ER und SIE ihn dann wieder bis zum Morgengrauen austragen!

Herr M. und der Ruhestand

Herr und Frau M. waren 35 Jahre glücklich verheiratet. Auf hergebrachte Weise. Herr M. war für das Geldverdienen zuständig, Frau M. für den Haushalt. Seit zwei Jahren nun ist Herr M. in Pension. Seither kriselt es in der Ehe.

Dass es nicht einfach sein werde, rund um die Uhr mit einem »Ruheständler« zu leben, hatte Frau M. geahnt. Aber ihre Befürchtungen waren in die falsche Richtung gegangen. Sie hatte gedacht: Wenn dem vitalen, hochaktiven Mann die Berufsarbeit fehlt, wird er depressiv werden, herumsitzen und Trübsal blasen. Hobbys hat er ja nicht. Vor lauter Überstunden war ja nie Zeit dafür. Und wenn man in Pension ist, ist man wohl zu alt, um neue Interessen zu entwickeln.

Aber weit gefehlt! Kaum im Ruhestand, fand Herr M. ein passendes Gebiet, um seine gigantische, durch nichts beeinträchtigte Dynamik voll auszutoben: Frau M.s Haushalt!

Er beschloss, diesen »auf Vordermann« und in Frau M.s Arbeit »System« zu bringen. Und da war viel zu tun! Allein bei der Wäsche etwa.

Mit 20 Prozent weniger Pulver, als Frau M. in die Trommel zu tun pflegte – das testete Herr M. an Leintüchern –, ist ein genauso perfektes Weißer-als-weiß-Ergebnis zu erzielen. Und wenn man Herrenhemden auf die von Herrn M. entwickelte Art an die Wäscheleine hängt, erspart das pro Hemd drei Minuten Bügelzeit.

Das Kochen reformierte Herr M. auch. Er bestand darauf, dass Frau M. sechs Liter Gemüsesuppe kochte. Einen halben Liter zum alsbaldigen Verzehr, den Rest

zum Einfrieren. Mit der Stoppuhr bewies er, dass es zeit-
intensiver ist, zwölfmal einen halben Liter zu kochen als
einmal sechs Liter. So hatte Herr M. auf allen Gebieten
des Haushalts gute Ideen, die er genauso vehement
durchzusetzen versuchte wie vor der Pensionierung An-
ordnungen an Untergebene.

Vor zwei Wochen wollte er Frau M. animieren, jeden
Freitag fünf Supermärkte abzufahren, um aus deren Son-
derangeboten den Wochenbedarf heimzubringen. Da
drohte Frau M. mit Scheidung.

Seither sitzt Herr M. nur noch still im Lehnstuhl.
Frau M. meint, er döse vor sich hin. Aber würde sie
genau hinsehen, würde sie merken, dass Herr M. die
Lippen bewegt. Er zählt: »... 10, 11, 12, 13 ...«.

Was er da zählt, sind die Schritte seiner Frau. Er
arbeitet einen Plan aus, wie seine Frau beim Aufräumen
der Wohnung »Wegstrecke« einsparen könnte. Aber den
Plan wird er ihr erst vortragen, wenn sie nimmer so bös
dreinschaut.

Ehekitt besonderer Art

Was Ehen Dauer verleiht, muss nicht unbedingt die unverbrüchliche Liebe der Partner zueinander sein. Es gibt auch Zwänge, die mancher Ehe Bestand verleihen. Geld zum Beispiel. Oder Trägheit. Oder gar Schuldgefühle! Schuldgefühle können ein perfekter Ehekitt sein, nach dem Motto: »Wenn du mich schon nicht mehr wirklich liebst, dann fühle dich wenigstens schuldig!«

Viele Frauen und Männer haben wahre Perfektion darin erreicht, in ihrem Partner große Schuldgefühle zu erwecken und sie hartnäckig am Leben zu erhalten. So schwer ist das ja auch nicht, wenn man nicht gerade mit einem Ausbund an Egozentrik und Hartherzigkeit zusammenlebt. Man muss nur von allem Anfang an dem Partner klarmachen: Du allein bist dafür verantwortlich, ob ich glücklich oder unglücklich bin, ausschließlich von deinem Verhalten hängt das ab!

In der ersten Zeit der taufrischen Liebe hören das Männer wie Frauen ohnehin meistens gern und sehen es als Beweis für außerordentliche Zuneigung. So wie ja auch große Eifersucht zu Beginn einer Beziehung oft irrtümlich für große Liebe gehalten wird.

Aber wenn die Liebe des einen Ehepartners dann schwindet, entlässt ihn der andere ja nicht zwangsläufig aus der Verantwortung und Zuständigkeit für sein Glück und Unglück. Und der, dessen Liebe nicht mehr so heftig brennt, kann sich meistens selbst auch nicht aus dieser Verantwortung und Zuständigkeit lösen und bekommt Schuldgefühle.

Die kann dann sein Partner weitgehend für sich nutzen. Sie helfen ihm, seine Wünsche durchzusetzen, sie geben ihm eine enorme Machtposition. Schuldbewusste Menschen, egal welchen Geschlechts, verhalten sich dem Partner gegenüber einsichtiger, nachsichtiger, nachgiebiger und positiver. Soll schon Männer gegeben haben, die bis zu ihrem Lebensende jeden Wunsch ihrer Frau erfüllten, weil sie im dritten Ehejahr eine dreiwöchige außereheliche Liebschaft hatten, durch welche das Erkalten ihrer ehelichen Liebe – für die Ehefrau – eindeutig erwiesen war. Auch Frauen soll es geben, die aus dem gleichen – oder einem anderen – Grund jahrzehntelang ihre Schuld geduldig abdienen, ohne je damit fertig zu werden.

Von außen betrachtet erscheinen die »Schuldabträger« üblicherweise als Leute, die den Partner ganz besonders lieben und aufopfernd umhegen. So sehr, dass man direkt Schuldgefühle, seine eigene Ehe betreffend, kriegen könnte.

Hab ich euch schon erzählt …?

Jeder hat im Schatzkästlein seiner Erinnerungen Erlebnisse, die er für erzählenswert hält, und sucht »Kundschaft« dafür. Da aber vieler Leute Erzähllust größer als ihr Bekanntenkreis ist, passiert es, dass man einem Erzähl-Lüstling gegenübersitzt, der kriegt plötzlich, angeregt vom Wort »Kellertür«, gieriges Glitzern in die Augen und fragt: »Hab ich eigentlich schon erzählt, wie mich die Berger damals im Keller eingesperrt hat?«

Natürlich hat er, nicht nur einmal, zehnmal!

Jeder kennt die Keller-Story auswendig, weiß, wie Alois auf der Treppe saß, an die Tür pochte, sich heiser schrie, ohne dass Hilfe nahte. Jeder kennt sogar etliche Fassungen der Story. Die mit der Maus, die Männchen machte, die mit der Ratte, die böse pfiff, die, wo Befreiung um Mitternacht erfolgte, und die, wo er bis zum Morgen im Keller verblieb.

Am besten kennt Aloisens Frau die Story in allen Varianten, die sitzt ja immer neben ihm, wenn er vorträgt. Und so zischelt sie: »Klar hast du das!« Aber für Alois gilt, wenn's ans Erzählen geht, seiner Frau Wort nie. Forschend blickt er in die Runde, zweifelnd fragt er: »Hab ich echt?«

Da muss man ein sehr hartherziger Mensch sein, um kalt lächelnd »Ja« zu sagen, und Alois weiß, dass Berta kein solcher ist. So fixiert er sie, legt Flehen in die Stimme, fragt: »Dir auch?«

Da zögert Berta nur kurz, dann sagt sie: »Erinnern kann ich mich eigentlich nicht.« Und bevor ein anderer Veto einlegen kann, legt Alois los, und während er beglückt schildert, kriegt Berta von ihrem Hugo unterm

Tisch Tritte gegen das Schienbein, zur Strafe für die der ganzen Runde angetane Tortur.

Aber tags darauf, in anderer Runde, bekommt Hugo plötzlich, angeregt von der Nennung des Namens »Alois«, gieriges Glitzern in die Augen und fragt: »Hab ich euch eigentlich schon erzählt, wie hilflos die Berta immer ist, wenn der Alois seine uralten Geschichten erzählen will?«

»Hast schon zehnmal!«, zischelt Berta, und Hugo fixiert Maria, die gute Haut, und fragt mit flehentlicher Stimme: »Dir auch?«

Worauf Maria nur kurz zögert und sagt: »Erinnern kann ich mich eigentlich nicht.« Dann legt Hugo los, bevor ein anderer Veto einlegen kann, und diesmal bekommt Maria Tritte ab.

Wahre Güte muss eben immer leiden und lohnt auch nicht, denn wenn es Berta oder Maria einmal passiert, dass sie aus dem Schatzkästlein ihrer Erinnerungen eine Geschichte zum zweiten Mal holen, sind Hugo und Alois die Ersten, die lauthals protestieren.

Auf dass es binde ...

Die Gründe dafür, warum viele Ehen scheitern, sind durch unzählige Untersuchungen eindeutig klar. Die Gründe dafür, warum noch mehr Ehen nicht scheitern und mehr oder weniger glücklichen Bestand haben, sind weniger klar, obwohl auch darüber Untersuchungen gemacht wurden. Die Frage »Warum lassen Sie sich nicht scheiden?« ist halt wesentlich schwerer zu beantworten als die Frage »Warum lassen Sie sich scheiden?«. Wer einen ihn quälenden Zustand beendet, hat sich eben darüber mehr Gedanken gemacht als jemand, der in einem für ihn gut erträglichen Zustand dahinlebt.

Trotzdem haben Psychologen bei Untersuchungen funktionierender Ehen eine auffällige Übereinstimmung gefunden: Rituale tun der Partnerschaft gut, und da ist unter Ritual alles zu verstehen, was regelmäßig wiederholt und damit zelebriert wird. Das veredelt den Ehe-Alltag, gibt Wir-Gefühl, Sicherheit und Stabilität, verbindet weit mehr als vieles andere, das landläufig als Ehe-Kitt gilt.

Natürlich muss es sich um gemeinsame Rituale handeln. Hat jeder Partner seine eigenen, wäre es eher kontraproduktiv. Der Ehemann, dessen tägliches Ritual es ist, nach Suppenverzehr drei fette Rülpser auszustoßen und diesen andächtig hinterherzulauschen, bindet die Ehefrau kaum in vermehrter Zuneigung an sich. Ebenso wenig tut dies der Ehemann, der ehelicher Pflicht »rituell« jeden zweiten Freitag um 22.10 Uhr nachkommt und die Dauer des Rituals auf fünf Minuten beschränkt.

Auch eine Ehefrau, die, komme was da wolle, nicht bereit ist, auf ihr Samstagvormittags-Ritual des Staubsaugens zu verzichten, bindet den Ehemann nicht fester an sich. Desgleichen nicht die Ehefrau, die »rituell« mit Lockenwicklern beim Frühstück sitzt und dabei dem Manne vorträgt, um wie viel mehr andere Männer verdienen.

Rituale sind gemeinsam, und dazu freudig, zu begehen! Doch sollten nun ein paar Leser wissen wollen, welchen Tätigkeiten man sich da hingeben könnte, muss ich passen. Das blieb in dem Zeitungsartikel, der über die Rituale-Erkenntnis der Psychologen informierte, unerwähnt. Vielleicht gemeinsam staubsaugen, rülpsen, Lockenwickler tragen? Bei Letzterem würden sich Ehemänner mit Glatze allerdings schwer tun! Und wie eine Ehefrau die fünf Minuten an jedem zweiten Freitag zum freudigen Ritual machen soll, ist auch ein Problem.

Aber – bittschön! – wenn's so einfach wäre, würde ja auch keine Ehe kaputtgehen.

Geschichten zu zweit

Begeben sich Ehepartner gemeinsam in eine Gesellschaft, wo Plaudern und Austausch erwähnenswerter Erlebnisse üblich ist, gibt's welche, wo ausschließlich der Ehemann am Reden ist. Höchstens, dass die Ehefrau die »Einleitung« für ihn besorgt, etwa mit den aufmunternden Worten: »Na, erzähl doch, Hasi, wie das damals in Kritzendorf war, wie wir uns gesonnt haben ...« Und dann erzählt der Ehemann die erstaunliche, erheiternde Geschichte vom Sonnenbaden in Kritzendorf, und die Ehefrau begnügt sich mit zustimmendem Kopfnicken. Kann natürlich auch umgekehrt sein: Die Ehefrau ist die Geschichtenerzählerin, der Ehemann ist der kopfnickende Statist und steuert höchstens ein »Wirklich, so war's« bei, wenn die anderen ungläubig schauen.

Aber es gibt halt auch Ehepaare, die sich nicht darauf geeinigt haben, wer erzählen darf. Und solch Ehepaar in geselliger Runde gibt dann ein ergötzlich Schauspiel ab.

SIE fängt an: »Da muss ich euch erzählen, wie wir uns in Kritzendorf gesonnt haben. Ein schöner Sonntag war's ...«

Und während sie Luft holt, fällt ER ein: »Nein, ein Montag war's, Pfingstmontag, um genau zu sein, und wir wollten eigentlich gar nicht nach Kritzendorf, sondern ...«

»Jetzt fang bloß nicht wieder bei Adam und Eva an«, unterbricht SIE ihn ungehalten, »das hat doch für die ganze Geschichte überhaupt keine Bedeutung!«

»Doch!«, sagt ER. »Sonst versteht man ja nicht, warum wir kein Badezeug mithatten!«

»Okay, okay«, seufzt SIE. »Wir wollten also zu seinem Onkel, aber der war nicht daheim, und weil die Sonne so schön geschienen hat, sind wir ans Donauufer, weit und breit war kein Mensch, und da ist uns die Idee gekommen, wir ziehen uns aus und sonnen uns.«

»Dir ist die Idee gekommen, ich war eh dagegen!«, ruft ER.

»Darf ich vielleicht MEINE Geschichte allein zu Ende erzählen?«, fragt SIE giftig.

»Wieso DEINE Geschichte!«, ruft ER entrüstet. »Schließlich bin ICH zuletzt nackert ohne Kleider dagestanden!«

»Na bestens!«, sagt SIE. »Jetzt hast DU wieder einmal die Pointe kaputtgemacht.«

Und dann schweigt SIE erbittert, ER schweigt auch erbittert, und die anderen fragen: »Wo sind denn die Kleider hingekommen?« Aber sie erfahren nicht mehr, dass seine Kleider die Donau hinuntergeschwommen sind, denn SIE & ER schweigen stur.

Und falls ER & SIE doch noch etwas sagen an diesem geselligen Abend, dann bloß noch, dass es leider ganz und gar unmöglich ist, im Beisein des Ehepartners eine Geschichte zu erzählen. Womit sie beide einwandfrei recht haben.

Das hat er von dir!

Es ist absolut nichts dagegen einzuwenden, dass eine Mama begeistert ihrem kleinen Sohn zuschaut, wie dieser erstaunlich geschickt, ohne sich auf die zarten Fingerchen zu schlagen, mit Hammer und Nagel hantiert, und dann zum Ehemann und Kindesvater anerkennend sagt: »Das hat er von dir!«

Genauso zulässig ist es, wenn eine Mama über die beneidenswerte Fähigkeit ihrer Teenie-Tochter, täglich an die 8000 Kalorien zu futtern, ohne auch nur ein Gramm Fett anzusetzen, zum ranken, schlanken Ehemann und Kindesvater sagt: »Das hat sie von dir!«

Schon gar nichts ist dagegen zu sagen, dass ein Papa verzückt seiner Tochter allerliebstes Stupsnäschen betrachtet und zur Ehefrau und Kindesmutter sagt: »Das hat sie von dir!« Oder wenn ebendieser Ehemann und Kindesvater das Talent seines Sohnes, ein Gedicht mit zwölf Strophen in einer Stunde auswendig zu lernen, der Ehefrau und Kindesmutter mit »Das hat er von dir!« erklärt.

Problematisch hingegen wird es, wenn ein Elternteil Eigenschaften und Angewohnheiten, welche ihm am gemeinsamen Kind missfallen, mit dem Sager »Das hat er (sie) von dir!« dem anderen Elternteil unterjubeln will. Wobei völlig egal ist, ob damit unterstellt wird, es handle sich um unschöne Erbmasse oder um unschönes Verhalten, zugelegt durch das schlechte Vorbild, welches dieser Elternteil tagtäglich abgibt.

Ist zum Beispiel der halbwüchsige Sohn nicht wie hoch und heilig versprochen um Mitternacht von der Party daheim, möge es sich die Mama verkneifen, zum besorgten Papa zu sagen: »Das hat er von dir!« Selbst dann, wenn dieser Papa ebenfalls oft wesentlich später heimkommt als beim Weggehen hoch und heilig versprochen. Jetzt ist der Papa ja daheim, Vorwürfe über seine Verspätung sind ihm zu machen, wenn er selbst später als versprochen heimkommt!

Ist schon klar, die liebende Mama versucht, den Sohn zu entlasten, ihn teilweise von Schuld freizusprechen. Wenn's der Bub »vom Vater hat«, kann er ja »nix dafür«. Ist aber kaum anzunehmen, dass ein Vater in besorgter Warteposition das versteht und tolerant hinnimmt. Der fühlt sich eher zu Unrecht attackiert, und möglicherweise legt er sich dann dieselbe Taktik zu und beim nächsten Vergehen des Sohnes trumpft er mit »Das hat er von dir!« auf. Und dann kommt es in manch Familie so weit, dass bei allfälligem Fehlverhalten des Nachwuchses die Eltern nur noch darüber streiten, von wem er (oder sie) »das hat«.

»Zwei Fliegen mit einer Klatsche zu schlagen«, gilt zwar als spezieller Akt der Tüchtigkeit, aber bitte nicht, wenn Ehepartner und Kind als »Fliegen« herhalten müssen!

Wer suchet ...

»Wer suchet, der findet!« ist ein guter Rat, wenn es um ein spezielles Pullimodell geht, um ein Urlaubsquartier exakt nach Wunsch oder um einen preiswerten Gebrauchtwagen. Aber bereits wenn es um Schwammerln geht, funktioniert das Suche-finde-Prinzip nimmer; das weiß ich aus Erfahrung, denn auf den Flecken Waldboden, wo ich intensiv suche und nichts finde, findet ein anderer, ohne viel zu suchen, ein Körberl voll!

Und wenn es um einen Partner fürs Leben oder auch nur für ein paar Jahre geht, ist Suchen schon gar kein Weg zum Finden. Das gilt für Männer wie für Frauen, aber für Frauen leider noch ein bisserl mehr. Des »suchenden Mannes« erbarmen sich wenigstens Frauen, deren mütterlicher Instinkt übermäßig ausgeprägt ist, weil ein »suchender« Mann meistens als hilfloses, von schlechten Erfahrungen erschüttertes und bitter enttäuschtes Wesen auftritt. Und das rührt manch Frauenherz!

Aber Männerherzen sind nicht leicht zu rühren: Erkennt ein Mann, dass eine Frau »auf Suche« ist, wird er abweisend. In Liebessachen ist es eben nicht wie bei Konsumartikeln, wo mehr Werbung bessere Verkaufschancen garantiert und Anpreisen Erfolg bringt. Ich kenne etliche Frauen, die jahrelang intensiv »auf Suche« waren, aber kein männliches Wesen ließ sich von ihnen »finden«.

Dann hatten sie die Sucherei satt und beschlossen, dass ein Leben als Single auch recht schön sein kann. Hernach dauerte es nicht mehr lang, bis sie von einem Mann »gefunden« wurden. In einem Fall war der Finder sogar genau der Mann, den die Frau ein Jahr lang davon hatte überzeugen wollen, dass sie die optimale Partnerin für ihn sei. Aber solange sie ihm das gezeigt hatte, war er »nicht interessiert«. Erst als er nimmer Objekt ihrer Begierde war, wurde sie Objekt der seinen.

Vernünftig ist es freilich nicht, angebotene Zuneigung abzulehnen und lieber hinter verweigerter her zu sein. Dass es unvernünftig ist, sieht man ja daran, dass sich sehr oft ein mühsam »selbst gewählter Partner«, endlich errungen, als völlig unbrauchbar zum Miteinander-Leben erweist. Aber in der Liebe geht es wie beim Schwammerlsuchen zu. Kein Mann will Schwammerl sein, jeder Schwammerlsucher, und die raren Schwammerln sind die begehrtesten.

Etwa die Trüffel! Auch wenn die gar nicht so erlesen schmeckt, wie immer behauptet wird, gilt sie einfach ob ihrer Seltenheit als Nonplusultra-Gaumenfreude. Würden Trüffeln wie Brennnesseln den Zaun entlang wachsen und im Winde raunen: »Pflück mich!« – keiner würde viel Geld für sie zahlen. Womit ich natürlich nicht sagen will, dass alle Männer »Trüffelschweine« sind.

Ein offenes, klärendes Gespräch

Hat man Probleme mit Partnern, Kindern, Freunden oder Kollegen, kriegt man heute üblicherweise den Rat, die belastende Problematik mit dem Problemverursacher im Gespräch zu klären. Da heißt's: »Sprich dich aus mit ihm (ihr), rede offen darüber, diskutiere es aus, sage ihm (ihr), wie sehr dich sein (ihr) Verhalten kränkt, erkläre ihm (ihr) ehrlich, warum du dich so verhältst!« Das hört man von gelernten Psychologen, liest man in den Trost- & Ratspalten von Zeitschriften, schlagen einem Freunde vor.

Ich hege dennoch Zweifel, ob »offene Aussprache« ein Patentrezept für Krisenfälle ist, glaube eher, dass es oft vernünftiger ist, Konflikte so wortkarg wie möglich durchzustehen. Siebzig Jahre Lebenserfahrung lehrten mich, dass es auch Menschen gibt, die total missinterpretieren, was man ihnen »offen« sagt, und man auch selbst selten in der Lage ist, exakt auszudrücken, was man anderen vermitteln will. Dass »beim Reden d' Leut' zammkommen«, ist möglich, aber ebenso, dass sie dabei »auseinanderkommen«. Jedenfalls hörte ich schon viele seufzen: »Hätte ich nur nicht davon zu reden ang'fangen, besser wär's gewesen, ich hätt' mir die Zunge abgebissen!«

Ich kenne zwei Damen, die flogen vor Jahren zusammen nach Korfu, da ihre Männer so emsig hinter ihren Karrieren her waren, dass sie Urlaube für »unnütze Investition« hielten. Die beiden, von ihren Männern nicht nur urlaubsmäßig, sondern auch alltagsmäßig vernachlässigten Damen verliebten sich auf Korfu in zwei glutäugige Herren und holten sich von denen eine lang entbehrte Portion Zärtlichkeit, Anbetung und Bestätigung dafür, dass sie noch immer reizvoll und liebenswert seien.

Heimgekehrt, waren beide Damen sehr bedrückt; sie waren ja hochmoralische Damen. So bedrückt waren sie, dass es ihren Männern trotz beruflicher Inanspruchnahme auffiel und sie nachfragten. Die eine Dame fand's passend, im »offenen Gespräch« die ganze Ehe-Problematik und ihren Frust auszubreiten, inklusive des daraus resultierenden Seitensprungs. Zwei Monate später war sie geschieden. Die andere Dame sagte wortkarg, sie fühle sich nur schlapp und matt, das sei alles. Der Mann riet zu Vitamin C und widmete sich wieder seiner Karriere. Die Dame ist heute noch mit ihm verheiratet und – wie sie sagt – glücklich, denn ein Jahr nach dem Korfu-Urlaub erlitt er, vom Stress niedergeprackt, einen Kollaps, legte geschockt seinen Berufsehrgeiz ab und wandelte sich im Laufe der Jahre zum fast perfekten Partner.

Falls Sie »d' Moral von der G'schicht« für unmoralisch halten, haben Sie sicher recht. Also sagen wir vielleicht diskreter so: Bevor man mit einem Menschen »offen« redet, sollte man überlegen, ob ihm Offenheit zumutbar ist.

Armer Herr Meier!

Ob Frau Meier als »doppelbelastet« oder »dreifachbelastet« anzusehen ist, darüber lässt sich streiten. Kommt drauf an, ob man zum Aufgabenbereich »Haushalt und Kinder« auch teilweise Versorgung und Pflege eines depressiven Vaters und einer kränklichen Schwiegermutter rechnet oder diese Altenbetreuung als »Drittbelastung« sieht. Jedenfalls ist Frau Meier reichlich »ausgelastet«. Aber die Frau ist stabil, kräftig, vital und positiv denkend, die schafft das, um die muss man sich keine Sorgen machen! Um Herrn Meier hingegen ist Sorge angebracht. Mit einer derart »ausgelasteten« Frau zu leben, treibt den geduldigsten Ehemann ins psychische Elend. Ein Mann will von seiner Frau schließlich »etwas haben«, und Herrn Meier ist klar: Alle haben von meiner Frau etwas, nur ich nicht!

Für ihren Chef, sagt er sich bitter, macht sie 38 Wochenstunden die Buchhaltung und ist stolz drauf, nie damit im Rückstand zu sein, doch der Antrag auf meinen Lohnsteuer-Jahresausgleich liegt seit Wochen auf dem Couchtisch und sie hat ihn noch immer nicht ausgefüllt. Unser Sohn hat sich zum Geburtstag bei ihr eine Zitronentorte bestellt, die hat sie natürlich noch um Mitternacht gebacken, aber mein klitzekleines Wünschchen, endlich wieder einmal zum Nachtmahl ihre köstlichen, selbst gemachten Ravioli zu kriegen, ignoriert sie und holt die Ravioli aus dem italienischen Delikatessen-Laden. Für ihre Schwiegermama geht sie auf den Markt um ein Landhendl, ihrem Vater schaut sie regelmäßig die Wäsche auf lose Knöpfe durch, aber meine Schuhe wären seit zwei Wochen vom Schuster zu holen, und sechs gute Hemden kann ich nicht anziehen, weil ihnen Knöpfe fehlen. Kommt unsere kleine Tochter mitten in der Nacht und will »kuscheln«, darf sie unter ihre Tuchent. Habe ich selbiges Anliegen, höre ich ein gemurmeltes »Du, ich bin hundemüde«.

Gestern wollte Herr Meier mit seiner Frau eine Aussprache darüber herbeiführen. Geschlagene zwei Stunden wartete er im Wohnzimmer fernschauend, dass sie endlich aus der Küche reinkomme. Dann ist er in die Küche raus. Seine Frau wusch Geschirr ab.

»Du, ich habe ein Problem, das mir enorm zu schaffen macht«, sagte Herr Meier zu ihr.

»Na, dann erzähl!«, sagte Frau Meier und drückte ihm ein Geschirrtuch in die Hand.

Da schleuderte Herr Meier das Geschirrtuch zu Boden und kehrte ins Wohnzimmer zurück. Völlig verbittert. Bei einer Frau, die total unsensibel meint, dass ein Mann, stehend und Teller trocknend, sein verwundetes Inneres nach außen stülpen kann, ist jedes Gespräch von vornherein zum Scheitern verurteilt!

Jacke wie Hose

In der Ehe von Gerti und Gustl kriselt es. Gustl ist schuld, sagt Gerti. Gerti ist schuld, sagt Gustl. Die konträren Ansichten über die Schuldfrage teilen sie nicht nur einander mit, sondern auch Franz und Frieda, dem mit ihnen befreundeten Paar; wobei sich Gerti bei Frieda ausspricht, Gustl bei Franz. Möglicherweise wegen »Solidarität mit Geschlechtsgenossen«, vielleicht auch, weil Franz und Frieda jeweils nur von »einer Seite«, also einseitig, informiert werden, teilt Franz hundertprozentig Gustls Meinung, Frieda geht mit Gerti ebenso hochprozentig konform; was problematisch ist, weil Frieda und Franz nun regelmäßig, wenn sie mit brandneuen Krisen-Details einseitig versorgt sind, einander von ihrer Sicht der Schuldfrage überzeugen wollen. Franz erklärt Frieda, wie unschuldig Gustl sei und wie unmöglich sich Gerti aufführe. Frieda erklärt Franz, wie unschuldig Gerti sei und wie unmöglich sich Gustl aufführe. Natürlich lässt sich keiner überzeugen, worauf sie einander Blindheit und Voreingenommenheit vorwerfen, und eskaliert der Stellvertreter-Krieg, schreit Frieda: »Du hältst ihm ja nur die Stange, weil du genauso ein Idiot bist wie er!« Und Franz brüllt: »Und du bist genauso ein Trampel wie sie!«

Gerti ist natürlich kein Trampel, Frieda ist auch keiner, Gustl ist ebenso wenig ein Idiot wie Franz, aber in der beiderseitigen Beleidigung steckt doch ein Körnchen Wahrheit. Genau so wie Gerti ist Frieda nämlich insofern, als beide an ihren Männern die gleichen Eigenschaften und Angewohnheiten hassen, und genau so wie Gustl ist Franz insofern, als beide an ihren Frauen die gleichen Eigenschaften und Angewohnheiten hassen. Eheliche Konflikte unterscheiden sich in der Regel eben kaum voneinander, so »einmalig« sie einem auch vorkommen, so sie einen selbst betreffen.

Sitzen zehn Frauen beisammen und reden darüber, was sie an ihren Männern »zur Weißglut bringt«, hört man üblicherweise »Genau wie bei uns« oder »Könnte der meine sein«. Und der fünfmal geschiedenen, zum sechsten Male verheirateten Dame tun die Leute Unrecht, wenn sie kopfschüttelnd sagen: »Jetzt ist sie schon wieder auf denselben Typ reingefallen und hat die gleichen Probleme mit ihm wie mit den Verflossenen, die lernt wohl nie dazu!«

Am Dazulernen liegt's nicht, an den Männern liegt's, die sind einander zu ähnlich, Jacke wie Hose, wen man nimmt, alle ein und derselbe Typ, machen daher allesamt Frauen die gleichen Probleme!

PS: Ob Männer bezüglich Frauen gleicher Ansicht sind, weiß ich nicht. Denn zehn Männer, die zusammenhocken und über ihre Frauen reden, wurden noch nie gesichtet ...

DER WERTE NACHWUCHS

Wenn der Burli nicht will ...

Unter einem »Haustyrannen« versteht man üblicherweise das erwachsene männliche Wesen, welches in seiner Funktion als Ehemann und Vater Frau wie Kinder terrorisiert. In der modernen Familie kann es aber durchaus sein, dass ein Winzling diese Rolle perfekt übernimmt.

Ich kenne da etwa einen »Burli«, kaum 90 cm hoch, der hat die gesamte Familie fest in seiner Patschhand. Wenn der Burli nicht will, dann geht gar nichts! Der Burli hat das mit einem einfachen Trick erreicht. Wenn er etwas nicht will, dann brüllt er. Aber nicht bloß ein bisschen. Burli brüllt, dass Trommelfelle kaputtgehen. Und er hat gute Lungenflügel. Die stehen das Irrsinnsgebrüll lang durch. Wie lang, weiß man nicht. Jedenfalls länger, als es anderer Leute Ohren aushalten.

Immer wenn dem Burli etwas nicht passt, brüllt er los und ist nicht zu stoppen. Weder durch die »sanfte Tour« der Mama noch durch die »strenge Methode« des Papas; auch nicht durch die »brutale Art«, zu der seine Geschwister neigen. Die haben dem Burli sogar schon einmal den Mund mit Leukoplast verklebt. Hat auch nichts genützt. Der Burli ist bloß zwetschkenblau angelaufen (weil die Nasenlöcher in der Hektik der Handlung unter das Leukoplast gekommen sind), aber nach Entfernung der Klebestreifen hat er in doppelter Fußballstadion-Lautstärke weitergebrüllt.

So muss sich die Familie halt täglich vor jeglicher Planung von Aktivitäten fragen, ob der Burli damit auch einverstanden ist. Wählt der Papa für den Ausflug ein 80 km entferntes Ziel, plädiert die Mama vorsorglich für ein halb so weit gelegenes, denn nach 40 km im Auto –

das weiß sie aus Erfahrung – fängt der Burli zu brüllen an.

Und wenn man Mittagessen geht, vergewissert sich die ganze Familie vorher auf der Speisekarte, ob es auch wirklich Spaghetti gibt. Gibt's die nicht, pilgert man weiter, denn ein brüllender Burli nimmt sich im Restaurant nicht gut aus. Und wenn der Burli im Wohnzimmer Dreirad fahren will, dann muss der große Bruder das Puzzle vom Teppich räumen. Sonst beschwert sich wieder der Nachbar wegen dem Gebrüll beim Hausverwalter!

Aber bald wird es in der Burli-Familie anders werden. Papa, Mama und Geschwister wollen es nicht länger dulden. Schließlich haben sie ja auch gute Lungen. Heute haben sie beschlossen, dass »zurückgebrüllt« wird!

Um das in die Tat umzusetzen, suchen sie bloß noch ein Haus in der Einschicht.

Kleine Hasengeschichte

Jetzt stehen sie wieder in den Regalen stramm, die Stanniol-Hasen. Kleine, große, dicke, dünne, billige, teure, schöne, hässliche. Und an der Hand der Mamas wandern Kinder an den Stanniol-Kompanien vorbei, begutachten, vergleichen – falls sie schon ziffernkundig sind – Preise, zeigen auf diesen, zeigen auf jenen, sagen: »Den mag ich nicht« und: »Den da, den wünsch ich mir«. Und die Mamas ziehen den Nachwuchs weiter, mehr oder minder seufzend, oft auch Unwilliges murmelnd. Etwa, dass die Hasen vom vorigen Jahr im Sommer unverkostet »entsorgt« werden mussten, dass Hasen-Schokolade nicht gut schmeckt oder dass das Kind nicht zügellos gierig stets nach dem Teuersten verlangen möge.

Gestern allerdings schob ich mein Wagerl hinter einem raren Exemplar von traditionsbewusster Mama mit Kind her. Das Kind, etwa fünf Jahre alt, zeigte auch auf einen Hasen im Regal. Auf einen riesigen, mit Tüllmasche und Veilchenstrauß. Ein Einzelstück! Dann entspann sich zwischen Mutter und Kind folgender Dialog.

Kind (gierig): »Den da will ich, nur den da!«

Mutter (gütig): »Vielleicht ist's Osterhasi so lieb und bringt ihn dir.«

Kind (besorgt): »Kauft das Osterhasi die Hasen da?«

Mutter (lächelnd): »Könnt schon sein, Schatzi.«

Kind (drängend): »Dann sag dem Fi-fli-filalleiter, dass er den Hasen da weglegt für mich!«

Mutter (etwas irritiert): »Das wird das Osterhasi schon selber hinkriegen.«

Kind (raunzend): »Das Osterhasi weiß ja nicht, dass ich nur den da will und sonst keinen!«

Mutter (beruhigend): »Ach, das Osterhasi erschnuppert viel.«

Kind (fast in Panik): »Aber wenn jemand den Hasen kauft, bevor das Osterhasi herkommt?«

Die Mutter schaut ratlos zwischen Kind und Hasen hin und her, das Kind ruft erleuchtet: »Du! Wir kaufen den Hasen jetzt, und du verlangst vom Osterhasi dann das Geld zurück!«

Ein älterer Herr neben mir, dieses auch hörend, murmelt kopfschüttelnd: »A Wahnsinn, de heutign Gschrappen!«

Was nun einigermaßen ungerecht war. Man kann es einem Kind nicht übel nehmen, dass es Osterhasen für ganz normale Supermarkt-Ware hält, mit der ebenso umzugehen ist, wie mit allen anderen Artikeln auch.

Wenn man den Knirpsen Osterhasen wie Waschpulver-Packeln anbietet, werden sie von ihnen eben auch wie Waschpulver-Packeln behandelt.

Glaubt er noch?

Glaubt der Alexander noch ans Christkind? Der Papa meint, dass sein Sohn das nicht mehr tut. Er sagt zur Mama und zur Oma: »Der tut nur so, um euch einen Gefallen zu machen.« Schließlich hat sich sein Sohn heute, als die Oma vom »Christkindl« sprach, mit dem Finger an die Stirn getippt. Die Oma ist sicher, dass ihr Enkel noch ans Christkind glaubt. Wozu hätte er sie sonst gebeten, für ihn den Christkindl-Brief nicht nur zu schreiben, sondern ihn vor seinen Augen in den Postkasten zu werfen. Sie brauchte viel Geschick, um ihm das auszureden. Wäre ja blöd, einen Brief mit der Adresse »Christkind im Himmel« der Post anzuvertrauen. Erst als sie ihm gelobte, den Brief morgen, wenn er im Kindergarten ist, »express« aufzugeben, weil's schneller geht, war er zufrieden.

Der Mama ist unklar, wie's ihr Sohn mit dem Christkind hält. Einerseits hat er gefragt, ob sie genug Geld hat, ihm zu Weihnachten neue Schlittschuhe zu kaufen, andererseits hat sie beobachtet, wie er am Abend beim Fenster stand, in den Himmel schaute und leise Verhandlungen mit dem Christkind über ein elektrisches Auto führte, das so groß ist, dass ein Fünfjähriger drin sitzen kann.

Passt alles unter einen Weihnachtshut! Einmal glaubt der Alexander, einmal glaubt er nicht; das kann zehnmal am Tag wechseln, je nachdem, wie's ihm grad passt.

Die Martina wiederum glaubt felsenfest ans Christkind. Aber es kommt nur zur Oma. Was bei der unterm Christbaum liegt, ist vom »echten Christkind«, was bei den Eltern unter dem Christbaum liegt, ist »selber gekauft«. Gestern hat sie's damit erklärt, dass die Oma zu wenig Geld hat, so viel zu kaufen, die Eltern schon. Möglich, dass sie morgen eine andere Erklärung parat hat.

Und der kleine Wolfi hat eine spezielle Weihnachtstheorie. Da geht er mit dem Papa durch eine Einkaufsstraße. Sie sind schon an sieben Weihnachtsmännern vorbeigegangen, nun kommen ihnen, einträchtig nebeneinander, noch drei entgegen. Sagt der Papa: »Nanu, da treiben sich heute zehn Weihnachtsmänner herum?«

Sagt der Wolfi, bestimmt: »Es gibt nur einen einzigen.«

Fragt der Papa: »Wer sind dann die, die da herumrennen?«

Sagt der Wolfi: »Die sind der Weihnachtsmann.« Und fügt erklärend an: »Der kann das! Genau wie's Christkind. Wie sollen denn sonst die beiden überall gleichzeitig sein?«

Na, jetzt weiß es der Papa! Ist auch nicht schwer zu kapieren. Weiß schließlich auch jeder erwachsene Christ, dass Gott nicht nur allmächtig, sondern auch »allgegenwärtig« ist. Warum sollte dann das vom Himmel her kommende Verteilungspersonal auf die arbeitserleichternde Möglichkeit zur »Allgegenwart« verzichten?

Wenn man »ein Dickerl« hat ...

Kinder sollen schlank und rank sein, das ist gesund, und die Person, die verhindern muss, dass sich Fett an ihnen ablagert, ist die Mutter. Väter sind, so überhaupt, zuständig für die geistige Entwicklung des Kindes, Übergewicht geht sie nur insofern an, als dass sie's sehen und die Mutter darob rügen. In guter alter Zeit konnte die Mutter sagen, Babyspeck brauche das Kind »zum Zusetzen«, falls ihm Krankheit Gewicht raube. Aber wir leben in aufgeklärter Zeit und wissen, dass Kinder keine Kamele sind und Bäuche keine Höcker, die in »dürren Zeiten« Kalorien abgeben. Also versucht die Mutter, des »Dickerls« Leibesumfang zu reduzieren. Meistens bedarf sie da guten Rates. Der ist in Büchern und Zeitungen zu finden.

Egal, wie er im Detail lautet, letztlich läuft's drauf raus: Das Kind ist falsch ernährt, bewegt sich zu wenig, hat seelische Schwierigkeiten! Da darf man sich dann aussuchen, welches Problem zuerst da war und die anderen nachzog. Machte falsche Kost das Kind träge und unglücklich? Trieb Kummer es zu Mampfen und Unbeweglichkeit? Oder war zuerst Trägheit da und dadurch entstandene Langeweile führte zu Fresserei und Psycho-Problem? Wie immer es sich verhält, »Diät« ist jedenfalls angesagt.

Aber was tut die Mutter mit dem Kind, für das es höchstes Glück ist, Germstriezel zu verputzen? Die von der reinweißen Sorte, wo man – als wär's Watte – Stücke abzupfen kann, die, genauso wie Watte, flaumige Zupfbärte haben. Keine Frage, die Mutter muss das Kind von der Striezel-Zupfsucht abbringen! Wie gelingt's?

Gibt man dem Kind harmlosere Droge, nach dem Vorbild: Methadon statt Heroin? Vielleicht Karotten oder Gurken? Unmöglich, die lassen sich nicht zupfen! Nichts, was nicht dick macht, lässt sich zupfen wie Striezel.

Ihn also ersatzlos verbieten und durch sportive Übungen »Entzugserscheinungen« überbrücken? Der einzige Sport, den Striezel-Zupfer üblicherweise nicht verweigern, ist plätscherndes Schwimmen; aber dabei verliert man weder Kilo noch Gier nach Striezel, und das seelische Problem vertieft sich, da man sich ungeliebt fühlt. Eh klar, wer geliebt wird, dem raubt man nicht sein ganzes Glück! Tja, da ist guter Rat teuer!

Wenn das eine wie ich zugibt, die selbst Striezel-Zupferin war und eine Striezel-Zupferin zur Tochter hatte, ist das nicht nur so dahingesagt. Trost hätte ich aber: Weder ich noch meine Tochter sind dick geblieben, obwohl wir oft noch ins Zupfen geraten, wenn uns zufällig ein Germstriezel in die Finger kommt. Und die »Entwöhnung« ging irgendwie so sang- und klanglos vor sich, dass wir nicht mehr wissen, wie's geschah. Jedenfalls garantiert nicht dadurch, dass uns wer bei jedem Bissen unser Gewicht vorhielt.

Der Allerbeste

Die guten alten Zeiten, in denen Eltern das Recht in Anspruch nahmen, ihren Kindern die Freunde auszusuchen, sind vorbei. Es hat sich nichts mehr mit: »Der ist kein Umgang für dich!«

Heutzutage wissen Eltern: Kinder haben das Recht, ihre Freunde selbst zu wählen, und Eltern haben die Pflicht, diese Wahl ohne Murren hinzunehmen. Sie dürfen sich höchstens geheime Gedanken machen, warum sich ihr gutes Kind ausgerechnet so einen Widerling zum allerbesten Freund nimmt. Laut aussprechen dürfen sie diese geheimen Gedanken jedoch nicht, sonst könnte das gute Kind dieses vernehmen und zur Meinung kommen: Wenn meine Eltern meine Freundeswahl nicht akzeptieren, akzeptieren sie mich nicht, und das heißt: Sie lieben mich nicht!

Und da liebende Eltern solch traurige Gedanken in ihrem Kind nicht keimen lassen wollen, müssen sie den Widerling akzeptieren. Und aushalten! Denn Kinder treffen ihren »allerbesten« Freund ja leider nicht bloß im Park und auf dem Schulhof. Sie bringen ihn heim. Und bestehen darauf, dass er bei ihnen nächtigt. Ins Wochenende muss er auch mit. Und zur Oma in den Garten! Und ins Kino und in den Zirkus! Überallhin mit muss der »Allerbeste«. Und so hat man plötzlich – ein Pflegekind, das nach einer Stunde Laufen vier Fußblasen hat und sich aufführt, als müsse man an Fußblasen sterben. Beim Autofahren wird ihm übel, Erbsen in der Suppe sind ihm ein Graus, dafür trinkt es im Gasthaus fünf Colas und rülpst nachher ausführlich. Zudem verbreitet es stolz die politischen Ansichten seines Papas, die den unsrigen sehr entgegengesetzt sind. Und die Katze zieht es heimlich am Schwanz!

Aber was soll's? Hauptsache, unser gutes Kind hat seinen Spaß an dem widerlichen Kerl. Und außerdem ist kein Kind wirklich widerlich! Man muss sich bloß um einen positiven Blickwinkel bemühen. Den findet man schließlich auch, gewinnt den zwangsverordneten Familienzuwachs fast lieb. Und exakt dann, wenn man diese harte Arbeit geschafft hat und fähig wäre, dem kleinen Kerl nicht mehr mit zusammengebissenen Zähnen, sondern mit strahlendem Lächeln die Tür zu öffnen, steht er nicht mehr vor selbiger. In aller Seelenruhe erklärt unser gutes Kind: »Den Widerling hab ich abgelegt!«

Jetzt hat er einen neuen »Allerbesten«. Der mag nur Erbsen in der Suppe, kriegt Durchfall, wenn er Cola trinkt, und isst seine Rotzrammeln. Und fluchen, erklärt uns unser gutes Kind, dürfe man vor dem ja nicht! Seine Mama ist etepetete! Zu fluchenden Leuten dürfte er nicht gehen!

Ja, Himmel, A … und Zwirn, das wäre eine Chance! Aber gute Eltern denken an ihr Eigenwohl zuletzt.

Selbstgemachtes

Für alle jene Kinder und Kindeskinder, die sich – sei es aus Geldmangel, Geiz, Zeitmangel, Bequemlichkeit oder Vergesslichkeit – nicht in der Lage sehen, der Mutter bzw. Schwieger- oder Großmutter am Muttertag ein Geschenk zu überreichen, gibt es einen netten Ausweg. Ein Gedicht! Aber bitte ein selbstgemachtes! Wir leben schließlich in Zeiten, wo das Selbstgemachte, von der Marmelade über den Pullover bis zur Malerei auf Seidentüchern, in weit höherem Ansehen steht als gekaufte Produkte. Also bitte nicht einfach bei Tucholsky nachblättern und »Mutterns Hände« in Zierschrift zu Papier bringen. Selber reimen muss sein!

Erstens zeigt das der Mutter, dass sie ihr Kind zu einem »kreativen« Menschen erzogen hat, und da kann sie stolz drauf sein, und zweitens zeugt es auch von der Mühe, die sich der Schenker gemacht hat. Nicht einfach husch-husch-husch rein in den Haushaltswarenladen um eine 72-Tassen-Filtermaschine ist er, und dann ruckzuck in das Blumengeschäft um eine dreiköpfige Hortensie, nein, er hat sich, im Schweiße seiner grauen Zellen, extra fürs Mütterlein, poetische Gedanken gemacht!

Aber ich sehe schon ein, dass Reimen auch eine Sache des Handwerks und der Übung ist! Daher folgende diskrete Hinweise:

Das Wort »Mutter«, und ohne dieses wird ja schwerlich auszukommen sein, reimt sich bloß auf: Butter, Futter und Kutter.

»Kutter« taugt nur für Mütter, die früher zur See gefahren sind, und mit »Butter« und »Futter« lassen sich kaum würdige, dem Anlass entsprechende Verse schmieden. Etwa:

»Meiner lieben Mutter danke ich fürs Futter aus reiner Markenbutter«, entspricht nicht jedermutters Poesieverständnis. Beachte daher:

Entweder »Mutter« nicht ans Zeilenende setzen, oder auf »Mütterlein« kommt auch der Anfänger bestens voran.

»... nur du allein«

»... Not und Pein«

»... auf ewig dankbar sein«

»... heute groß, früher klein«

»... nie einsam sein«

»... Liebe, gut und rein« und so weiter und so fort. Auch »Mutterherz« bietet eine wunderbare Möglichkeit. Aber nein! Nicht »Nerz« und auch nicht »Scherz«. Und »Sterz« schon gar nicht. »Schmerz« natürlich! Weil der Muttertag ja kein Fest voll ausgelassenem Frohsinn ist, sondern eine rührselige Sache, mit mütterlichen Opfertränen im Augenwinkel und kindlicher Reueeinsicht. Und nimmt man das Herz in der Mehrzahl, kann man auf »Herzen« gut »Kerzen« tun. »Mütter, tief in euren Herzen, leuchten 1000 Opferkerzen!«

Gefällt Ihnen nicht? Na bitte, dann wird's eben heuer wieder eine Hortensie.

Rundherum Verführer

Der Xandi und der Michi sitzen in der Schule hinter einem Pult und mögen einander sehr gut leiden. Und die Lehrer haben allerhand zu klagen über die beiden. Von Störung des Unterrichts ist da die Rede, von frechem Verhalten, von Unkonzentriertheit und dergleichen allseits bekanntem negativem Verhalten.

Die Mama vom Xandi ist über die Beschwerden der Lehrer nicht bloß beunruhigt, sie weiß auch sehr genau, woran es liegt, dass sich ihr braver Xandi in letzter Zeit so ungut verändert hat. Am Pultnachbarn Michi liegt es! »Das ist der schlechte Einfluss, den der Kerl auf ihn ausübt«, sagt sie. »Dauernd verführt er den Xandi zum Schlimmsein!«

Die Mama vom Michi weiß auch ganz genau, warum ihr braver Bub plötzlich den Unwillen der gesamten Lehrermannschaft erregt. »Das ist der Einfluss von diesem Xandi«, sagt sie. »Der verführt meinen Michi zu all diesen Dummheiten!«

Und nun haben die beiden Mamas – jede für sich – beschlossen, in die Schule zu gehen und um Versetzung ihrer »Unschuldslämmer« zu ersuchen, auf dass die nicht mehr verführt und schlecht beeinflusst werden können.

Die Annahme, dass sowohl der Xandi als auch der Michi auf den neuen Sitzplätzen wieder neben Verführern landen werden, ist einigermaßen berechtigt. Es gibt halt eine gewisse Sorte von Mamas, die mit totaler Blindheit geschlagen ist, wenn es um ihren geliebten Nachwuchs geht. Da mag es noch so viele Indizien, ja sogar Beweise dafür geben, dass das eigene Kinderl kein »reiner Engel« ist, diese Mamas können das einfach nicht sehen und zur Kenntnis nehmen. Da können Jahrzehnte vergehen, ohne dass diese Mamas sehender werden! Zur ersten Zigarette wird den Xandi und den Michi auch garantiert irgendein böser Bube verführen. Und zum ersten Kuss irgendein »frühreifes, abgefeimtes« Mädchen. Denn so Unschuldslämmer wie der Xandi und der Michi, die würden doch von selbst gar nicht dahinter kommen, dass man rauchen und küssen kann. Bis ins allerhöchste Alter lässt sich so eine blinde Mütterlichkeit durchhalten. Erklärte mir doch glatt eine betagte Mama über ihren 65-jährigen Sohn, welcher die Angewohnheit hat, für sein Sonntags-Kleinformat bloß 5 Cents in die Kasse am Ständer zu werfen, bekümmert: »Von selber wär' mein Ruderl nie auf die Idee gekommen! Aber seit er in der Renten ist und im Kaffeehaus immer so einen komischen Kerl trifft ...«

Ob die hochbetagte Mama wohl demnächst im Kaffeehaus vorspricht und den Kaffeesieder bittet, den Ruderl zu »versetzen«?

Arg überbetreut

Kinder müssen beschützt und behütet werden, damit sie – heil an Leib und Seele – ihre Kindheit überstehen. Dieses weiß wohl jeder, doch die Vorstellungen darüber, wie das Beschützen und Behüten in der Praxis auszusehen hat, sind verschieden. Was die eine Mutter als Minimum ihrer Sorgepflicht ansieht, hält eine andere bereits für »Gluckhennenwahn«, was eine als »ausreichend betreut« versteht, verdammt eine andere als »unglaubliche Verwahrlosung«.

Sicher ist auch, dass nicht jedes Kind das gleiche Ausmaß an Obhut und Zuwendung braucht. Oft ist die kleine Schwester selbstständiger als der große Bruder und kommt mit Problemen und Situationen zurecht, in denen der große Bruder noch immer des mütterlichen Beistandes bedarf. Sicher ist aber auch, dass sehr viele Kinder unter »Übertreibung« enorm zu leiden haben.

»Meine Mutter macht mich noch wahnsinnig«, sagte unlängst ein zwölfjähriger Bub zu mir.

»Gelt, sie ist ein bisserl eine Glucke«, meinte ich.

»Was heißt da eine Glucke!«, rief er verbittert. »Sie hockt auf mir drauf und drückt mir die Luft ab!«

Des verbitterten Knaben Mutter sagt aber immer, sie wolle nur »das Beste«. Das wollen sie alle, die lieben Überbetreuerinnen! Warum kann Frau Meier nicht einsehen, dass es lächerlich ist, einen Zwölfjährigen tagtäglich von der Schule abzuholen? Warum stopft die Frau Huber ihrer armen Tochter jeden Morgen Watte in die Ohren, obwohl die Mittelohrentzündung seit zwei Jahren vorüber ist? Warum besteht die Frau Berger darauf, jedes Kind, mit dem ihr Sohn mehr als drei Worte redet, kennenzulernen, um zu beurteilen, ob das auch »ein Umgang« für ihr Burli sei? Und warum darf Frau Schestaks Liebling, bloß weil er einmal geniest hat, drei Wochen nicht schwimmen gehen? Und wieso kapiert Frau Eder nicht, dass es lächerlich ist, die Teenager-Tochter nur in Begleitung des großen Bruders das Theater besuchen zu lassen?

»Man hat halt immer Angst«, erklären die Damen meistens ihr sonderliches Verhalten, welches ihre Kinder zur Verzweiflung treibt.

Also: Angst, verehrte überbetreuende Mütter, haben andere Mütter auch um ihre Kinder. Und nicht minder! Doch mit dieser Angst muss man allein fertig werden. Sie einfach auf dem Buckel der Kinder abzuladen, ist selbstsüchtig.

»Ich bin nur ruhig, wenn ich ihn in meiner Nähe hab«, sagt Frau Meier über ihren Sohn und kommt sich dabei noch als Gipfel der guten Mütterlichkeit vor. Sie wäre wohl arg entsetzt, wenn sie wüsste, was sich ihr Sohn so über die schöne mütterliche Nähe denkt ...

Arme Anna!

Heutige Kinder haben, wenn sie in halbwegs wohl situierten Familien aufwachsen, ein recht erstaunliches Leben. Was sie wissen und was sie nicht wissen, was sie können und was sie nicht können, verwundert den Menschen, der vor gut einem halben Jahrhundert Kind gewesen ist, enorm.

Da wohnt zum Beispiel in Wien, im 1. Bezirk, die achtjährige Anna. Diese Anna besucht eine Privatschule im 9. Bezirk. Im 19. Bezirk hat sie jeden Montag Klavierstunde. Jeden Dienstag hat sie Gymnastik-Kurs im 13. Bezirk. Am Mittwoch findet im 8. Bezirk ihr Tanzkurs statt. Schwimmkurs hat sie jeden Donnerstag im 17. Bezirk, jeden Freitag ist sie im 3. Bezirk bei ihrer Freundin zum Spielen. Am Samstag ist sie bei der einen Oma im 6. Bezirk und am Sonntag bei der anderen Oma im 14. Bezirk. Sagt man zu dieser Anna aber, wenn sie zufällig einmal daheim ist: »Geh, sei so lieb und hol zwei Semmeln vom Bäcker!«, dann schaut die Anna zwar willig, doch recht hilflos drein und fragt: »Wie finde ich denn dorthin?«

Der Bäcker ist zwar nur »dreimal um die Ecke herum«, aber die Anna kennt sich dort, wo sie wohnt, halt überhaupt nicht aus. Sie kennt sich auch dort, wo die Omas und die Freundin wohnen, überhaupt nicht aus. Und über die Gegend, wo sie lernt, tanzt, schwimmt, Klavier übt und turnt, weiß sie erst recht nicht Bescheid.

Die Anna wird ja immer »mit dem Auto gebracht« und »mit dem Auto abgeholt«. Für die Anna ist ihre Heimatstadt unentdecktes Land, ist ein »weißer Fleck auf der Landkarte«, durchsetzt mit winzigen bekannten

Inselchen. Der Anna wird nicht gestattet, sich ihre Heimat Stückchen für Stückchen und von Jahr zu Jahr immer mehr zu erobern; so wie wir als Kinder das konnten. Die Anna wird ins Auto verfrachtet und dort ausgeladen, wo sie gerade hingehört, und wieder eingeladen, wenn ihr »Termin« vorbei ist.

Heutigen Kindern macht man es eben leicht!

Schwer werden sie sich bloß tun, ein bisschen Heimatgefühl zu entwickeln, denn Heimat hat man nur dort, wo man sich auskennt. Die Heimat muss man sich erobern. Auf eigenen kleinen Füßen! Vom Fond eines Mittelklasse-PKW aus wird das nur schwer möglich sein!

Aber höchstwahrscheinlich gibt es für die kleine Anna demnächst noch einen »Termin«, den sie irgendwo unterzubringen hat. Den Kursus für »Erlernung eines Heimatgefühls«. Vielleicht findet der dann im 21. Bezirk statt?

Die treu sorgende Mama wird die arme Anna ganz gewiss auch dorthin chauffieren. Und ganz stolz darauf sein, was sie alles für ihr Kind tut.

236

Ganz erstaunliche Kinder

Angeblich gibt es Kinder, die sich im Fond eines Mittelklassewagens pudelwohl fühlen und auch nach einer 1000-km-Non-Stop-Fahrt keinerlei Unmutsäußerungen von sich geben.

Angeblich gibt es auch Kinder, die nichts lieber tun, als stundenlang hinter ihren lieben Eltern blau-weißen oder rot-grünen Markierungen nachzugehen und die, wenn sie am Ziel der Wanderung angekommen sind, enttäuscht fragen: »Sind wir schon da?«

Angeblich gibt es auch Kinder, die begeistert durch ausländische Kirchen und Museen schreiten und ergriffen Seitenaltäre anstarren und beglückt vor barocken Gemälden verweilen.

Angeblich gibt es sogar Kinder, die genussvoll fremdländische Speisen verkosten und beim Kauen von Polypen Entzückensschreie ausstoßen. Diese Kinder reagieren auf extravagante ausländische Kost auch nie mit einer Verstimmung ihres Verdauungstraktes.

Ich habe zwar so ein Kind noch nie kennengelernt, aber ich habe schon sehr viele Eltern kennengelernt, die mir eidesstattlich versicherten, dass ihre Kinder diese angenehmen Eigenschaften vom Babyalter an besäßen. Glückliche Eltern!

Meine Kinder gaben, wenn ich mit ihnen auf Urlaub fuhr, schon bei Purkersdorf-Gablitz die ersten Unmutsäußerungen von sich, fragten ab Autobahnkilometer 100 alle zehn Minuten: »Sind wir endlich da?«, gerieten ab Salzburg in Streit und ließen am Brenner den Streit in lebensbedrohliche Tätlichkeiten ausarten.

Meine Kinder hatten nach einer Stunde Wandern Blasen an den Fersen und waren am hurtigen Voranschreiten überhaupt nicht interessiert. Dauernd wollten sie Blümlein pflücken und Käferlein anschauen. Und dass nicht alle 200 Schritte lang eine Flasche Cola ausgegeben wurde, vergrämte sie schwer.

Meine Kinder streikten vor Kirchentoren und Museumstüren, die Akropolis bezeichneten sie als »alten Steinhaufen«, vor Botticellis »Frühling« stritten sie um ein Mickymaus-Heft, und am Prado interessierte sie bloß der Eisverkäufer neben dem Eingang.

Meiner Kinder Augen weiteten sich vor Entsetzen, wenn der Ober die Paella auftrug. Hartnäckig forderten sie an den diversen Urlaubsstränden dieser Welt Frankfurter und Wiener Schnitzel und rächten sich für den Entzug dieser Speisen mit urlaubsfüllendem Bauchweh.

Meine Kinder waren bloß über eine Strecke von 500 km transportfähig; und dies auch nur mit drei »Pipi-Pausen« und einer Jausenpause. Sie wollten im Urlaub stets dort sein, wo sie schon voriges Jahr gewesen waren. Dort, wo sie jeden Stein und jeden Baum kannten und mit einheimischen Menschen und Tieren Freundschaft geschlossen hatten.

Was habe ich bloß für sonderbare Kinder gehabt!

Oder war bloß ich so sonderbar, dass ich meine eigenen Urlaubsbedürfnisse nach Ferne und Unbekanntem gegen meine Kinder nie so richtig durchsetzen konnte?

Lächerlich ernst

Die heutige Kindergeneration – das hat eine groß angelegte Umfrage ergeben – könne weit mehr »Werbeslogans« als Kinderreime auswendig hersagen. Das ist erstens kein Wunder, weil ihnen ja weit öfter die diversen »Werbeblocks« etwas »vorsagen« als Mamas, Papas, Omas und Opas. Und zweitens haben wir als Kinder ja auch alle Werbesprüche auswendig gewusst, nur hat es halt nicht so viele gegeben. Aber wir sind seinerzeit mit Werbesprüchen ziemlich anders umgegangen, als das Kinder heute tun. Bei uns waren vor allem Parodien auf Werbung aller Art gefragt.

Damals erfreuten sich Kindergemüter an einem hübschen Reimlein wie:

Wenn nicht Butter,

na, dann Rama!

Wenn nicht Rama,

na, dann Butter,

die Natur ist unsre Mutter!

Oder:

Siehst du die Kreuze dort im Tal?

Das sind die Raucher von Reval.

Siehst du die Kreuze dort am Meeresstrand?

Das sind die Raucher von Peter Stuyvesant.

Und weil uns diese »Zigarettenwerbung« doch ein wenig zu »deutsch« war, so dichteten wir so holprig wie hurtig:

Warum gibt's so viele Begräbnisse im Mai?

Das sind alles die Raucher von Austria drei.

Und jedes Kind – abgesehen von den ganz wohlerzogenen – liebte das artige Sprüchlein vom Harry Piel;

auch wenn dieser damals gar nimmer im Kino zu sehen und absolut kein Idol war:

Harry Piel
sitzt am Nil,
wäscht die Füße
mit Persil.

(Was Mia May, die »dabei« saß, mit ihm tat, war so fürchterlich jugendverboten, dass ich es auch hier nicht niederzuschreiben wage.)

Jedenfalls nahmen wir die Werbung nur als Vorlage für Jux und Spaß und machten uns über sie gern lustig.

Doch die Kinder von heute finden nichts Lächerliches oder Komisches an der Werbung. Sie nehmen sie bitterernst. Für sie sind das alles schöne Geschichterln und Gedichterln, voll der guten Verheißung eines Konsum-Paradieses. Und über das Paradies darf man sich nicht lustig machen, wenn man rein will, um aller Genüsse, die dort warten, teilhaftig zu werden!

Wir – seinerzeit – haben es da leichter gehabt. Die Werbung hat eh nix angedient, was für Kinder von Interesse gewesen wäre. Und hätte sie es, wäre uns ja von vornherein klar gewesen, dass die Mama kein Geld hat, um das Zeug zu kaufen.

Man muss einfach mithalten?

Wenn die Meiers, Vater, Mutter und Sohn, gemeinsam aus dem Haus gehen, sind sie üblicherweise in Jeans und T-Shirts gekleidet, ihre insgesamt sechs Füße stecken in weißen Schuhen (Oberteile aus Stoff, Sohlen aus Gummi). Für Menschen bar des modischen Interesses wirken sie dann »ganz gleich angezogen«. Dies ist aber zu kurzsichtig gesehen, denn des Sohnes Kleidung unterscheidet sich von der seiner Eltern gewaltig, und zwar im Preis. Und nur wer völlig naiv durch die Welt geht, denkt nun: Eh klar, Kindersachen sind kleiner, daher billiger!

Heute verhält sich das oft konträr. Diesem Trend folgend, tragen auch die Eltern Meier »namenlose Billigware«, während auf des Sohnes Kleidung – gut sichtbar – Markennamen prunken. Und das kostet was, unter Umständen dreimal so viel wie die elterliche Kleidung!

Der Sohn, sagen Vater und Mutter Meier, würde glatt in Depression verfallen, kaufte man ihm nicht die Textilien, die im Freundeskreis »in« sind. Unten durch wäre er in der Klasse, trüge er nicht am Leib, was »alle anderen« am Leib tragen! Könnte sogar sein, dass er dann verspottet würde. Jedenfalls würde sein Selbstwertgefühl leiden.

Ist freilich traurig, sagen Vater und Mutter Meier, dass Kinder heute Selbstwertgefühl aus teurer gruppenkonformer Kleidung beziehen, aber daran ist ihnen nicht die Schuld zu geben, sie fallen eben, unerfahren, wie sie sind, auf Werbung rein. Nicht umsonst betreiben Klamotten-Erzeuger »Jugendforschung«, lassen Psychologen rauskriegen, worauf Kids abfahren, wie man sie werbend dazu bringt, Marken »megageil« zu finden. Da muss, sagen Vater und Mutter Meier, leider »mithalten«, wer sein Kind liebt.

Würden sich alle Väter und Mütter einer Schulklasse einmal zusammensetzen und ehrlich miteinander über den Irrsinn der Markennamen-Klamotten reden, käme wohl raus, dass fast alle nur »mithalten«, weil ihr Kind kein Außenseiter sein soll. Würden dann alle »Mithalter« beschließen, nicht mehr »mitzuhalten« und nur noch preiswerte Sachen zu kaufen, auch wenn darauf keine Markennamen prangen, wäre vielleicht der ganze Zirkus um überbezahltes Zeug bald zu Ende, und Außenseiter wären die paar Kids, die dann noch als Werbefläche für »In-Firmen« rumrennen.

Aber bis es so weit wär', sagen Vater und Mutter Meier, würde nervtötender Zwist mit den Kindern drohen. Also, bittschön, irgendwann in den nächsten Jahren wird der eh ausbrechen, denn mit dem Alter wachsen die In-Wünsche, irgendwann ist Schluss mit dem »Mithalten« durchschnittlich verdienender Eltern.

Etepetete-Sorgen

Will man Kindern eine »erstklassige Erziehung«, samt angeblich dazugehöriger »sittlicher Ausdrucksweise«, angedeihen lassen, hat man es heute schwer, falls man mit ihnen nicht auf eine unbewohnte Insel ohne Radio und Fernsehen emigriert. Doch Anna, meine liebe Freundin, wollte das bis vor kurzem absolut nicht einsehen.

»Nein«, sagte sie jedes Mal, wenn ich Obiges behauptete, »man muss Kindern nur mit gutem Beispiel vorangehen, daran orientieren sie sich mehr als an allen schlechten Einflüssen, die von außen an sie herangetragen werden. In einer Familie, wo die Eltern nie ordinäre Wörter benutzen, lehnen auch die Kinder die Gossensprache ab!«

Soweit ich es – bei Anna zu Besuch – kontrollieren konnte, stimmte das. Nicht einmal, als sich der Sohn mit dem Hammer auf den Daumen schlug, entfuhr ihm das gängige Sch … Bloß »Aua!« rief er.

Und einmal, als der Tochter zum Fluchen zumute war, rief sie »Himmel und Zwirn!«; wobei ich nicht sagen kann, ob ihr das wesentliche Mittelstück des Fluches unbekannt war oder ob sie es aus Sittlichkeit verschluckte. Und als die Tochter hinfiel, informierte mich der Sohn: »Sie ist auf ihr Gesäß geplumpst!«

Doch nun ist urplötzlich und wie aus heiterem Himmel bezüglich Gossensprache ein riesiges Problem für Anna aufgetaucht. Von »außen« natürlich, in diesem Fall von gegenüber. Anna wohnt nämlich einem Kino gegenüber. Und in diesem Kino spielt man seit drei Tagen den Film »Das kleine Arschloch«. Und nun stehen Sohn und

Tochter immer am Fenster und starren zum Kino hinüber, über dessen Eingang in großen roten Buchstaben der Filmtitel prunkt. Und sie starren besonders kulleräugig, wenn scharenweise Menschen ins Kino drängeln.

Anna versucht zwar, Sohn und Tochter vom Fenster wegzukriegen, aber Sohn wie Tochter zieht es immer wieder dorthin, als wären sie Eisenfeilspäne, denen gar nichts anderes übrig bleibt, als zum Magneten zu wandern.

»Das gehört verboten«, sagte Anna heute zu mir, als ich bei ihr war. »Die Kinder sind total geschockt, weil da öffentlich steht, was man nicht sagen darf!«

Na, geschockt kamen sie mir eigentlich nicht vor, sahen eher aus, als ob sie den Eingang zum Paradies anstarrten. Als Anna zwecks Kaffeezubereitung in der Küche war, deutete der Sohn zum Fenster hinaus und sagte zu mir: »In drei Jahren darf ich auch.« Dann deutete er auf seine Schwester. »Aber sie darf erst in fünf!«

»Was denn?«, fragte ich. »Es sagen!«, antwortete der Sohn. Zuerst verstand ich nicht, aber dann sah ich die rote Buchstabenzeile unter dem Filmtitel: »Erlaubt ab 14 Jahren«.

Burli hat's kapiert

Ort der Handlung: Straßenbahnhaltestelle in Wien. Personen der Handlung: Mama, Papa und Burli.

Burli (klagend): Der Michi hat mich heute wieder boxt.

Mama (zum Burli): Sag's der Frau Lehrer, Burli!

Papa (zum Burli): Vertratschen tut man nicht, Burli!

Mama (zum Papa): Soll er sich dauernd hau'n lassen?

Papa (zur Mama): Z'rückhau'n soll er!

Mama (zum Burli): Das tust mir net, hau'n ist pfui! (Zum Papa): Willst eine Schlägertypen großziehn?

Papa (zur Mama): Er muss si' endlich wehren lernen! (Zum Burli): Der Michi ist gegen dich eine halberte Portion, den stampfst mit links in die Erd'!

Mama (zum Papa, giftig): Feine Erziehung, dem Kind beibringen, dass es auf Schwächere losgehen soll.

Papa (zur Mama): Red net saublöd daher, er soll auf niemand losgehen, er soll sich nur verteidigen!

Mama (zum Burli): Ich werd' zur Frau Lehrer gehen und sie bitten, dass sie dich vom Michi wegsetzt.

Burli: Er boxt mich doch immer auf dem Klo draußen!

Papa (hämisch zur Mama): Bittest halt die Frau Lehrer, dass sie mit dem Burli aufs Klo geht, damit ihm nix passiert!

Mama (zum Papa): Red net so saublöd daher!

Papa (zum Burli): Reiß dem Wappler d' Ohrwascheln ab!

Mama (zum Burli): Boxt der Michi die anderen Kinder auch?

Burli: Immer nur mi'!

Papa (zur Mama): Eh klar, wer sich nie wehrt, ist das ideale Opfer!

Mama (zum Burli): Wie wär's, wennst den Michi zu uns heim einlad'st, wenn's euch besser kennenlernt's ...

Papa (unterbricht die Mama): ... aber nur, wenn ich daheim bin! Damit ich dem Burli zeig, wie man mit so einem Bankert umgeht!

Die Straßenbahn fährt in die Haltestelle ein. Mama und Papa schieben den Burli zum Einstieg hin.

Papa (zum Burli): Wehren muss man sich im Leben lernen, damit man net den Kürzeren zieht, kapiert?

Mama (zum Burli): Vertragen muss man sich im Leben lernen, damit's friedlich zugeht, kapiert?

Burli nickt. Klar hat er kapiert. Und zwar dieses: Nie, nie mehr wird er sich bei der Mama und beim Papa über den Michi beklagen, ganz egal, wie oft ihn der auch noch in den Bauch boxen wird.

Mutter hält's nicht aus

Zwischen meiner Freundin Ulli und ihrer halbwüchsigen Tochter gibt es ein Problem, das unlösbar zu sein scheint. Es geht um der Tochter heftigen Musik-Konsum. Ullis Tochter braucht bei allen Tätigkeiten – und im Zustand der Untätigkeit natürlich auch – Musikbegleitung aus dem Radio oder von der CD.

Bis vor ein paar Wochen erklärte mir Freundin Ulli verzweifelt: »Das Kind macht mich wahnsinnig! Kaum kommt sie heim, plärrt auch schon die Musik los. Ich halte das nicht aus!«

Bis vor ein paar Wochen erklärte mir Ullis Tochter verzweifelt: »Die Mama macht mich wahnsinnig! Kaum mache ich ein bisschen Musik, plärrt sie los. Ich halte das nicht aus!« Und der Ehemann und Vater in diesem Kleinfamilien-Ensemble erklärte mir, dass er zwar nicht genau wisse, ob er mehr unter der Musik der Tochter oder dem Gekeif der Ehefrau über diese Musik leide, aber auszuhalten sei die Situation jedenfalls kaum mehr.

Vor ein paar Wochen nun hatte der geplagte Mann eine gute Idee: Er schenkte seiner Tochter zum Geburtstag einen Discman. Nun läuft die Tochter, die Ohren mit Pop-Musik verstoppelt, zufrieden und glücklich durch die Gegend, und Freundin Ulli, sollte man meinen, müsste über diese Wendung im Familiären ebenfalls zufrieden und glücklich sein, weil keinerlei Musikgeplärr mehr ihre Tage und Nächte stört und ihr Kopfweh und Ohrensausen verursacht.

Aber weit gefehlt! Nun erklärt Freundin Ulli: »Das Kind macht mich wahnsinnig! Immer hat sie die Dinger

auf dem Kopf. Ich kann sie anreden, so laut ich will, sie hört mich nicht! Ich halte das nicht aus!«

Bis zum letzten Geburtstag erregte sich Ulli über die »egozentrische Rücksichtslosigkeit« der Tochter, jetzt erregt sie sich über die »egozentrische Zurückgezogenheit« der Tochter. Das Problem wäre also nur aus der Welt zu schaffen, wenn die Tochter nachgeben und ihren Musik-Konsum drastisch reduzieren würde. Aber höchstwahrscheinlich würde dann blitzschnell ein neues, genauso unlösbares Problem zwischen Mutter und Tochter aktuell werden.

Die vielen Streitereien, die tagtäglich in vielen Familien mit unschöner Regelmäßigkeit stattfinden, drehen sich nämlich nur selten um die echten Konflikte, die es zwischen den Streitenden gibt. Man sagt einander nicht, was einen wirklich am anderen stört, sondern erregt sich stellvertretend über ein Verhalten, das allgemein anerkannt als störend empfunden werden darf.

Statt über laute Musik oder Kopfhörer könnte sich Freundin Ulli über die Schlamperei der Tochter erregen oder über ihre Unpünktlichkeit, ihre entsetzliche Frisur, ihren Mathe-Vierer oder ihren neuen Freund. Schlicht zu bekennen: »Ich fühle mich von dir vernachlässigt und zu wenig geliebt, werte Tochter«, schafft eben eine Mutter nur sehr selten. Und vielleicht ist das auch gut so; was soll denn eine halbwüchsige Tochter mit so einer Botschaft schon anfangen?

Lass mich in Ruh!

Eigener Liebeskummer ist schwer zu ertragen, Liebeskummer der eigenen Kinder ist unerträglich, so man nicht von der Gemütsart eines Fleischerhundes ist. Was Müttern, hin und wieder natürlich auch Vätern, die Sache des »Mitleidens« so kompliziert macht, kann viele Gründe haben.

Grob eingeteilt, gibt es da zuerst einmal zwei Sorten von erwachsenen Kindern: Sorte eins leidet an Liebeskummer, ohne darüber Bericht zu erstatten. Rote Augen, bebende Lippen, angeschwollene Nase und heftiges Geschluchze hinter geschlossener Tür sind die einzigen Botschaften ihres Liebesleids.

Doch die feinfühlige elterliche Meinung, dass jemand, der über seinen Kummer nicht von selbst Auskunft erteilt und auf einmalige Anfrage »Lass mich in Ruh!« schluchzt, nicht weiter gefragt werden will, kann – muss aber nicht – richtig sein.

Es hat schon Fälle gegeben, wo sich Eltern taktvoll und mit äußerster Anstrengung der bohrenden Fragen enthielten und Monate später vorgehalten bekamen, dass sie mitleidlose Menschen gewesen seien und gar nicht wahrgenommen hätten, wie »fix und fertig« und am Rande der Verzweiflung ihr Nachwuchs gewesen sei.

Aber auch bei den gesprächigen Kindern hat man seine Not! Diese referieren zwar ausführlich, hin und wieder sogar ellenlange Streitdialoge, samt »dann hat er gesagt und dann habe ich gesagt und dann hat er gesagt …«, aber das heißt noch längst nicht, dass sie an mütterlicher oder väterlicher Meinung Interesse haben, auch wenn diese Meinung nicht in so unsensiblen Statements wie

»Ich hab dich ja gleich gewarnt« oder »Andere Mütter haben auch schöne Kinder« ausgedrückt wird. Es kann sogar sein, dass das gute Kind während seiner Berichterstattung den ehemaligen Liebsten zehnmal »Schuft« nennt, jedoch empört reagiert, wenn Mama oder Papa dieses Wort für besagten Jüngling ebenfalls benutzt.

Und geradezu grotesk wird die Sache, wenn der Liebeskummer nur ein vorübergehender war und aus dem »Schuft« wieder ein »Schatzl« geworden ist! Dann, bitte, bloß nicht »Warum?« fragen. Bloß nicht andeuten, dass im Charakter des »Schatzls« noch immer das »Schuftige« lauern könnte! Und ja nicht vermuten, dass die Versöhnung nicht von Dauer sein könnte! Das bringt nur böse Stimmung ins traute Heim. Leukoplast kaufen und Mund zukleben ist da die einzige Möglichkeit.

Ein Platz im Mutterherzen

In alten Lustspielen und noch älteren Witzen ist es gern die Schwiegermutter, die dem Manne das Leben schwer macht, weil sie meint, ihre Tochter hätte sich »was Besseres als den Kerl« verdient.

Mag sein, dass es früher Schwiegermütter dieser Art gab, aber wenn man sich heutzutage bei Müttern von Töchtern umsieht, ist die Lage anders. Vor allem Mütter, die nur mit Töchtern gesegnet sind und keinen eigenen Sohn am Halse haben, müssen da Nachholbedarf befriedigen.

Schon wenn das Teenager-Töchterl die »erste Liebe« heimbringt, schließt üblicherweise die Töchter-Mutter den guten Knaben – so er sich nicht gleich auf den ersten Blick als Ungustl erweist – in ihr Herz, wo noch kein männlicher Teen seinen Platz hat. Und ist der Knabe einmal in ihrem Herzen, umsorgt sie ihn derart liebevoll, dass oft seine eigene Mutter grantig wird, weil es nervend ist, dauernd hören zu müssen, dass die Mama seiner Flamme extra für ihn Powidltatschkerln macht, unendliches Verständnis für seine Probleme hat und den Knopf, der seit Wochen von seiner Jacke baumelt, den hat sie ihm auch festgenäht!

Da aber erste Lieben zu 99 Prozent nicht von Dauer sind, kommt einmal der Tag, an dem die Tochter verheult verkündet: »Aus ist es! Wir haben Schluss gemacht!«

Und dann steht die arme Töchter-Mutter schön da, mit der Tochter »Ehemaligem« im weiten Herzen. Er hat für sie schon richtig zur Familie gehört. Und ihr hat er doch auch keinen Seelenschmerz zugefügt. Und sie hat ihm ja auch nichts angetan. Aber es ist halt nicht üblich, dass »abgelegte Lieben« der Töchter innigen Kontakt zu deren Müttern aufrechterhalten. (Kämen auch im Laufe der Jahre allzu viele Damen in den besten Jahren zusammen, die ein Mann zu betreuen hätte!) Und der Tochter wäre es ja auch nicht lieb, den »Ehemaligen« daheim im Gespräch mit Mama vorzufinden, wenn sie mit dem »Aktuellen« ankommt. So bleibt der Töchter-Mama eben nichts anderes übrig, als stumm leidend eine Liebe zu begraben.

Im modernen Lustspiel und Up-to-date-Witz wäre eher die spaßige Situation angesagt, dass eine Mama der Tochter gut zuredet, »es doch noch einmal mit dem Kerl zu versuchen«, bloß damit in ihrem eigenen Herz kein nagendes Vakuum entsteht, welches nur mit einer neuen Liebe der Tochter gefüllt werden kann; wozu Mütter zwar bereit sind, aber nur mit heftigen Skrupeln, denn Mütter sind nun einmal wesentlich treuer als ihre Töchter.

Nur ein Blick

Frau Z. liebt ihren Sohn. Aber den Vater ihres Sohnes liebt Frau Z. überhaupt nicht, von dem hat sie sich vor zehn Jahren scheiden lassen, und richtig verheilt sind die Wunden, die er ihr zugefügt hat, noch immer nicht.

Erst zwei Jahre alt war der Sohn, als die Scheidung ausgesprochen wurde. Sein Vater kümmert sich seither nicht um ihn, nimmt das Besuchsrecht kaum wahr, schickt höchstens zu Weihnachten und zum Geburtstag ein Paket mit unpassenden Geschenken.

Gesehen hat Frau Z.s Sohn seinen Vater in diesen zehn Jahren – alles in allem – höchstens zwölfmal. Der Knabe kennt also den Vater so wenig, dass er sich Mimik, Gestik und Art zu reden kaum von ihm abgeschaut haben kann.

Aber es gibt halt auch eine »Erbmasse«, und darum wirkt Frau Z.s Sohn oft wie der kleine »Ableger« seines Vaters.

Wie er den Kopf hält, wenn er zuhört, wie er beim Lächeln die Augen zukneift, die vage Handbewegung, die er macht, wenn er verlegen ist, das Heben der linken Augenbraue, wenn er Erstaunen kundtut, die kleine Kunstpause, die er vor bedeutsamen Halbsätzen einlegt, alles, alles ganz der Papa!

Frau Z. macht das irgendwie zu schaffen. Ist eben nicht ganz einfach auszuhalten, wenn einen ein geliebter Mensch täglich – und sei es ohne Eigenverschulden – an einen verhassten Menschen erinnert.

Gestern nun hockte Frau Z.s Sohn fernschauend im Wohnzimmer, und da sagte Frau Z., relativ freundlich, zu ihm: »Schau dir nicht den blöden Käse da an, räum lieber endlich einmal dein Zimmer auf.«

Und da lehnte sich der Sohn zurück und schaute Frau Z. an. Mit dem ganz gewissen Blick, der sie sechs Ehejahre lang hilflos wütend gemacht hat. Exakt der unermesslich arrogante Blick ihres Geschiedenen war das! Dieser abfällige Blick, der stets besagt hat: Red nur, geht mir bei einem Ohr rein, beim anderen raus!

Und da hat Frau Z. ihrem Sohn eine Ohrfeige gegeben. Eine, wo nachher vier rote Streifen auf der Wange zu sehen waren.

Dabei haut Frau Z. sonst nie, erzieht ganz ohne Gewalt!

Der Sohn war eher verblüfft als seelisch schwer verletzt.

Und Frau Z. entschuldigte sich ja auch sofort danach. »Die Nerven«, sagte sie. »Nur die Nerven!« Von Ärger im Büro redete sie und von schrecklichem Kopfweh.

Für die Wahrheit, also für: »Ich habe gar nicht dich geschlagen, sondern deinem Vater verpasst, was ich seinerzeit versäumt habe«, hätte der Sohn wohl gar kein Verständnis gehabt.

Wohlgeraten

Wenn Mütter erwachsener Kinder zusammensitzen, bei einem »betagten« Maturatreffen etwa, gibt's meistens eine unter den Damen, die enorm rege und ausführlich über ihre Kinder referiert, und eine, die absolut nicht daran interessiert ist, ihre Kinder zum Gesprächsthema werden zu lassen. Erstere Mutter ist garantiert eine, die sehr »wohlgeratenen« Nachwuchs hat, zweitere Mutter garantiert eine, die ihren Nachwuchs als weit weniger »wohlgeraten« empfindet.

Aber woran ist denn diese begehrte »Wohlgeratenheit« eigentlich exakt zu erkennen? Nun, üblicherweise erkennt man sie daran, dass sich so ein »Wohlgeratener« (egal welchen Geschlechtes) bereits in der Schulzeit strebsam verhielt und der Mama keinen Kummer bereitete, hierauf einen ehrenwerten Beruf ergriff und in diesem schönen Erfolg hat, die Karriereleiter also zügig erklimmt und sich durchsetzt. Sein Privatleben meistert ein »Wohlgeratener« natürlich auch tadellos, es gelingt ihm, guter Ehepartner, gutes Kind, guter Elternteil zu sein. Süchten frönt dieser Mensch höchstens in den engen, von der Allgemeinheit tolerierten Grenzen. Er hat also gelernt, sich gut anzupassen und nach den Regeln unserer Gesellschaft bestens zu funktionieren, er hat sich im Leben eine Position erobert, auf die er und seine Mutter stolz sein dürfen.

Sonst noch was? Na ja, vielleicht sollten die, die man von Kindheit an aufs »Wohlgeratene« hin getrimmt hat, auch zu glücklichen Menschen geworden sein, weil eine »wohlgeratene« Erziehung ja vor allem dieses zum Ziel und im Auge haben sollte.

Nun ist es aber leider überhaupt nicht so, dass die »Wohlgeratenen« auch immer zu den Glücklichen im Lande zählen. Ganz im Gegenteil, oft sind sie sogar kreuzunglücklich und leiden am Leben. Möglicherweise deshalb, weil sie zwar »wohl-«, aber keineswegs so geraten sind, wie es ihren Neigungen und Veranlagungen am ehesten und besten entsprochen hätte.

Nehmt dieses zur Kenntnis, ihr in geselliger Runde euren nicht perfekt »wohlgeratenen« Nachwuchs verschweigenden Mütter! Erzählt ruhig von euren Kindern, ohne Hemmungen und Komplexe und immer frisch von der Leber weg! Auch wenn da einiges erwähnt werden muss, was nicht mit hundertprozentigem, mütterlichem Stolz auszuposaunen ist.

Es könnte trotzdem leicht sein, dass einiges von dem, was ihr von eurem Nachwuchs zu erzählen habt, nach ein bisschen mehr Lebensglück schmeckt als alle Lageberichte von stolzen Müttern über ihre gar »wohlgeratenen« Aufzuchtsprodukte.

Ganz anders als meine Mutter ...

Was wollen liebende Mütter ihren Töchtern nie antun? Natürlich das, worunter sie selbst als Kinder besonders gelitten haben!

Diesen Vorsatz hat auch Frau X. Die wurde von ihrer Mutter immer »runtergemacht«. Rein gar nichts hat ihr die Mutter zugetraut, dauernd hat sie ihr andere Kinder »vorgehalten«; dass sie sich an denen ein Beispiel nehmen soll! Zum »Versager« wurde sie gestempelt. Ewig hat sie gehört: »Dafür bist du zu ungeschickt, mit deinen zwei Linken!« Und: »Das Gymnasium schlag dir aus dem Kopf, das schaffst du nicht!« Angeblich wurde ihr sogar gesagt, dass sie wenig Charme habe und mit äußeren Vorzügen nicht gesegnet sei.

Ob es wirklich so gewesen ist, wer kann es wissen? Frau X. jedenfalls hat es so empfunden und sich dadurch minderwertig gefühlt und keinerlei Selbstbewusstsein entwickeln können. Und schon als Kind hat sie sich geschworen, es dereinst besser zu machen.

Nun hat Frau X. seit 15 Jahren eine Tochter und hält sich daran. Von klein auf hat sie ihre Tochter nie »runtergemacht«, immer »aufgebaut«. Stets hat die Tochter zu hören bekommen, dass sie hochintelligent sei, tüchtig, bildhübsch, geschickt, charmant und ... und ... und ...

Frau X. ist perfekt darin, ihrer Tochter alles zuzutrauen. Ist die Tochter verzagt, sagt sie ihr lachend: »Aber klar kannst du das! So ein tolles Mädel wie du! Wär doch gelacht!«

Und was sagt die Tochter? Die beklagt sich bitter. Sie fühlt sich von einer Mutter, die ihr »alles« zutraut, überfordert. Sie sagt, dass sie die Erwartungen, die ihre Mutter in sie setzt, nie erfüllen könne. Die seien viel zu hoch! Dadurch fühle sie sich minderwertig und könne kein Selbstbewusstsein entwickeln.

Da führt also konträres mütterliches Verhalten zum gleichen negativen Ergebnis?

Schaut nur auf den ersten Blick so aus. Näher betrachtet, führt sich Mama X. ja genauso auf wie seinerzeit ihre Mutter, nämlich total »bestimmend und vereinnahmend«. Insofern, als sie es ihrer Tochter nicht gestattet, selbst herauszufinden und zu entscheiden, was sie kann und was nicht, wo ihre Vorzüge und ihre Mängel liegen, kurz: Wer sie ist!

Zu viel Lob kann genauso die Luft abdrücken wie zu viel Tadel. Will es Frau X. wirklich anders als ihre Mutter machen, müsste sie zuerst einmal lernen, sich taktvoll zurückzuhalten und Kommentare, Urteile und Zuspruch nur dann loszulassen, wenn sie darum gebeten wird.

Wie ausgewechselt

Es ist erstaunlich, wie oft Mütter erzählen, dass Sohn oder Tochter plötzlich »wie ausgewechselt« sei. Diese »Auswechslung« fand stets vom Positiven zum Negativen statt, und immer ist ein böser Mensch daran schuld, dem das Kind »total verfiel«.

Da ist die Mutter, die eine einsichtige, liebenswert-liebenswürdige Tochter hatte, bis dieser Kerl kam. Kaum währte die Beziehung drei Wochen, war die Tochter »wie ausgewechselt«, hörte nur mehr auf den Kerl, war keinem Argument zugängig und warf der Mutter Worte an den Kopf, die ihr früher nie über die Lippen gekommen wären. Und da ist die Mutter, die einen Prachtsohn hatte, bis er diese Frau traf, »wie ausgewechselt« war, auszog und den Kontakt zur Mutter abbrach.

Hört man solche Geschichten, denkt man: Sollte das so sein, müssten diese Kinder diabolischen Verführern auf den Leim gegangen sein. Aber derartige Typen sind rar, die gibt es seltener als solche Geschichten. So hurtig ändert sich niemand; selbst wenn es da jemanden gibt, der das Kind gegen die Mutter »aufhetzt«. War das Verhältnis zwischen Mutter und Kind gut, mag es sich durch Konflikt trüben, aber sich nicht von einer Seite in Abneigung oder gar Hass verwandeln.

»Wie ausgewechselt« erscheinen Menschen nur, wenn man sie durch die rosarote Brille sah und dann gezwungen ist, die Brille abzunehmen. Man hatte Illusionen, die müsste man aufgeben. Weil Mütter sich aber vom idealen Bild, das sie von ihrem Kind haben, schwer trennen, suchen sie jemanden, auf den die Schuld zu schieben ist. Ist ja unmöglich, dass man sein Kind falsch gesehen hat!

Nein, nein, die böse Frau, der böse Mann haben es »ausgewechselt«! Und falls Sohn oder Tochter der Mutter dann im Streit vorhält: »Du liebst mich nicht …«, mag daran ein Hauch Wahrheit sein. Denn geliebt wurde da nicht ein Kind, wie es ist, samt allen negativen Eigenschaften, sondern das »edle Bild«, das man von ihm gemalt hat.

Da hilft nur: Tief Luft holen, sich das Bild vornehmen und alle verschönernden Retuschen, die man im Laufe der Jahre angebracht hat, tilgen. Das Bild, das man dann erhält, mag weniger schön sein, aber nach dem ersten Schreck auch liebenswert. Die meisten Kinder werden es der Mutter danken, und der Versöhnung ist der Weg bereitet.

Zu hoffen, dass das Kind ein Einsehen habe und sich wieder ins »edle Bild« füge, das man gern von ihm hätte, bringt jedenfalls gar nichts.

Liebe Frau M.!

Zum Schwersten, das es gibt im Leben, gehört es anscheinend, einzusehen, dass die eigenen Kinder erwachsen geworden sind und dass man sich in die Entscheidungen, die sie nun treffen, und in das Leben, das sie nun führen, nicht mehr einzumischen hat; ganz egal, wie falsch einem diese Entscheidungen und dieser Lebensstil auch erscheinen mögen.

»... ich kann doch nicht einfach zuschauen, wie mein Kind mit offenen Augen in sein Unglück rennt ...«, schreibt mir Frau M. aus S. Das »Kind« ist zwanzig Jahre alt und will einen Mann heiraten, den Frau M. für ein »Unglück« hält. Für ein großes Unglück!

Falls auch nur die Hälfte von dem stimmen sollte, was mir Frau M. über den drohenden Schwiegersohn berichtet, scheint dieser junge Mann tatsächlich nicht gerade das große Glück zu sein, das sich jede treu sorgende Mutter für ihre geliebte Tochter ersehnt.

Frau M. dürfte also mit den Befürchtungen, die sie für die Zukunft ihrer Tochter hegt, wahrscheinlich doch ziemlich recht haben.

Aber darauf kommt es leider überhaupt nicht an.

Frau M. kann das nicht begreifen. Sie hat zwanzig Jahre lang Entscheidungen für ihre Tochter getroffen und den Lebensstil ihrer Tochter festgelegt.

Nach bestem Wissen und Gewissen hat sie das stets getan.

Vernünftige Wünsche der Tochter hat sie, soweit ihr das möglich war, erfüllt. Unvernünftigen Wünschen hat sie sich verweigert.

Sie hat bestimmt, was ihr Kind isst und trinkt, welche

Kleider es anzieht, welche Schulbildung es bekommt, wie lange es »Ausgang« hat und mit wem es auf Urlaub fahren darf.

Sie hat auch auf die Freunde des Kindes und erst recht des süßen Teenagers »ein wachsames Auge« gehabt und alles von der Tochter ferngehalten, was nach »schlechtem Umgang« ausgeschaut hat.

Wenn man zwanzig Jahre lang in der Machtposition dessen war, der gewähren und verbieten kann, hat man sich an diese Position gewöhnt und kann sie anscheinend nur sehr schwer aufgeben.

»Immer war das Kind so leicht zu lenken«, schreibt mir Frau M. »Nie machte es mir große Schwierigkeiten, aber nun ...«

Aber nun, liebe Frau M., ist ihr »Kind« eben erwachsen, und erwachsene Menschen sollen gar nicht leicht zu lenken sein. Die sollen ihren eigenen Willen haben. Die sollen ihre eigenen Fehler machen.

Und die »Schwierigkeiten«, liebe Frau M., die Ihrer Tochter bevorstehen, die macht sie nicht Ihnen, sondern sich selbst.

Kinder großziehen heißt: Aus Kindern Erwachsene machen, die Verantwortung für ihr Leben haben.

»In spätestens zwei Jahren«, schreibt mir Frau M. finster vorausschauend, »wird sie einsehen, dass ich recht gehabt habe ...«

Mag sein, liebe Frau M., mag sein. Aber trotzdem ist die sogenannte »Erziehungsberechtigung« eben abgelaufen.

Total gleich geliebt

Stur und steif erklären alle Mütter, so sie mehr als ein Kind haben, alle Kinder »ganz gleich« zu lieben. Sie behaupten es nicht nur, sie haben es sich so perfekt eingeredet, dass sie es selbst glauben und sie keiner davon abbringen kann. Wäre auch ärgster Verstoß gegen die Mutter-Ehre, ein Kind mehr zu lieben als das andere oder die anderen!

Trotzdem gibt es Töchter (bei Söhnen passiert's eher selten), die klagen, bei Verteilung der Mutterliebe bekomme ein Geschwister die größere Portion. Natürlich bestreitet das die Mutter entschieden. Aber oft sammelt die Tochter Indizien für ihre Beschuldigung, steht dann – je nach Temperament schluchzend oder vor Wut bebend – vor der Mutter und zählt auf, was die in letzter Zeit ihr gegenüber an Lieblosigkeit verbrach, während auf Bruder oder Schwester der Schnürlregen mütterlicher Zuwendung rieselte.

Dann fällt den meisten Müttern lediglich zu sagen ein, dass sich ihr Verhalten aus dem Verhalten der Kinder ergebe und sich diese Tochter so verhielt, dass vorübergehender Liebesentzug die Folge war. Ganz nach dem Motto vom Wald, aus dem es zurückschallt, wie man in ihn hineinruft.

Das ist freilich oft nur selbst geglaubte Ausrede. Mütter können sehr wohl eins der Kinder aus diversen Gründen mehr lieben als die anderen. Die zwei häufigsten:

1. Weil ihnen dieses Kind charakterlich ungemein ähnelt.

2. Weil ihnen dieses Kind charakterlich überhaupt nicht ähnelt.

Letzteres trifft auf Mütter mit einer ungeheuren Portion Selbstwertgefühl zu. Sie machen die Tochter zu ihrem »Darling«, weil sie ganz beglückt sind, dass da etwas Eigenständiges heranwächst.

Mütter mit einer riesigen Portion Minderwertigkeitskomplexen hingegen halten es schwer aus, dass da etwas heranwächst, an dem sie eigene vermeintliche Fehler und Mängel wieder erkennen. Sie finden sich selbst nicht okay, also finden sie auch diese Tochter nicht okay.

Der Rat, da müsse eben die Mutter an sich »arbeiten«, entweder selbstbewusster werden oder weniger selbstherrlich, ist unsinnig, weil schwer in die Tat umzusetzen. Aber es gibt einen Ausweg: Da muss der Papa einspringen und diese Tochter zum Ausgleich mehr lieben als die anderen Kinder; was manch Papa besonders leicht fällt, wenn diese Tochter seiner Frau ähnlich ist. Den meisten Papas fällt es allerdings besonders leicht, diese Tochter zu lieben, wenn sie das genaue Gegenteil ihrer Frauen ist.

Meine Schwester hatte es besser

Unlängst saß ich mit zwei sehr erwachsenen Schwestern zusammen, die eine um etliche Jahre älter als die andere. Wir redeten über Kinder und Erziehungsfehler, welche Mütter an diesen begehen können, und da erklärten beide in schöner Einigkeit, der ärgste Mutter-Fehler sei, ein Kind »ständig zu bevorzugen«. Beide erklärten, das wüssten sie aus eigener, leidvoller Erfahrung, denn ihre Mutter habe diesen Fehler unentwegt begangen.

Bloß waren sie sich nicht darüber einig, welche von ihnen »ständig bevorzugt« worden war. Jede meinte, die andere sei es gewesen, und dann brachten beide aus ihrem reichen Schatz an Erinnerung Belege für ihre Behauptung vor.

Die Ältere sagte, dass ihr »die Kleine« ungestraft jedes Spielzeug habe kaputtmachen dürfen; habe sie sich einmal dagegen gewehrt, sei sie gleich ausgeschimpft worden. Das kleine Biest habe daheim die reinste Narrenfreiheit genossen, alles sei der Schwester verziehen worden, nicht einmal für schlechte Noten habe es eine Rüge gegeben.

Die Jüngere erwiderte, das sei Unsinn. Sie habe daheim das Aschenputtel abgegeben, die Kleider »der Großen« habe sie tragen müssen, sogar deren schief gelatschte Schuhe, alles Geld sei in die Schwester gesteckt worden, stets habe man ihr vorgehalten, sie möge sich ein Beispiel an ihrer braven Schwester nehmen.

Und so ging das hin und her und her und hin, bis zu den Hochzeitsgeschenken. Die ältere Schwester rief: »Mir hat die Mama einen Staubsauger geschenkt, dir eine ganze Schlafzimmereinrichtung! Hast das vergessen?«

Die jüngere Schwester rief: »Ich habe sechs Jahre später als du geheiratet, da hat sie viel besser verdient. Dir einen Staubsauger kaufen war – gemessen an ihrem damaligen Gehalt – ein größeres Opfer für sie!«

Hätte nicht viel gefehlt, und »die Kleine« hätte – wie in Kindertagen – »der Großen« unter dem Tisch einen Tritt gegen das Schienbein versetzt, worauf »die Große« wohl »der Kleinen« in die Rippen geboxt hätte.

Da aber sehr erwachsene Schwestern gegeneinander nicht mehr tätlich vorgehen, beherrschten sie sich und sagten, wieder in aller Einigkeit: »Lassen wir das, wechseln wir das Thema!«

Übrigens: Diese beiden Schwestern haben je zwei Töchter, die auch schon erwachsen sind. Und wenn man mit denen über Erziehungsfehler der Mütter redet, bekommt man haargenau das Gleiche zu hören. Jede der vier fühlt sich als ein von der Mutter »benachteiligtes Kind«. Dürfte wohl so sein, dass sich in gewissen Familien nicht nur Haarfarbe, Nasenfasson, Wangengrübchen und zu dicke Fesseln von den Müttern auf die Töchter vererben, sondern auch die psychischen Konflikte.

Achtung, Miterzieher!

Es gibt eine Menschensorte, vor der ich – solange ich noch kleine Töchter hatte – panikartig flüchtete. Ich meine die »Miterzieher«. Da ich mit keinem Vertreter der Sorte näheren Kontakt hatte, weiß ich nicht, ob das kinderlose Leute sind, die irgendwo ihren Bedarf an Erziehung austoben, oder es sich da um Eltern handelt, die eigene Kinder so perfekt erzogen haben, dass sie meinen, hilflosen Mamas und Papas mit ihrem Erziehungstalent beistehen zu müssen. Wahrscheinlich sind beide Varianten möglich und, wie ich feststelle, noch immer nicht ausgestorben.

Da ist die Dame, die bei der Sandkiste steht und ein fremdes Kind rügt: »Pfui-pfui, net geizig sein! Gib dem Mädi brav dein Schauferl!«

Da ist der Herr, der mit dem Zeigefinger vor den nassen Augen eines kleinen Buben wackelt und mahnt: »Aber, aber, ein Bub weint nicht!«

Gibt auch das Ehepaar, das einem Knirps tadelnd auf den prallen Popo tapscht und ruft: »Bist sicher bald drei Jahr' und hast noch eine Windel? Schäm di!«

Andere Miterzieher wenden sich nicht an das Kind, sondern an die Begleitperson. Meistens, wenn das Kind seinen eigenen Willen durchsetzen will, was – wie man weiß – mit Gebrüll verbunden ist. Da wird üblicherweise angeraten, dem Kind doch endlich eine Watsche zu geben.

Aber Miterzieher reden nicht nur, sie handeln auch. Da sitzt etwa ein Kind friedlich neben der Mama in der Straßenbahn, schleckt an einem Lolli. Dem Kind gegenüber sitzt eine Frau, lächelt dem Kind zu, grapscht nach dem Lolli, entwindet der Kinderfaust das Lolli-Stangerl und ruft schelmisch: »Mir g'hört's!«

Das war dann eine Lektion in »Teilen lernen«, und wenn das Kind zu plärren anfängt, kriegt es seinen Lolli eh zurück! Unlängst sah ich eben beschriebenen Vorfall wieder einmal. Bloß reagierte das Kind nicht mit Gebrüll, es saß bloß still da und schaute die Frau an.

»Du bist aber brav«, sagte die mit Honigstimme. »Schenkst mir den Lolli?«

Das Kind nickte.

»Nein, nein, kannst ihn eh wieder haben«, sagte die Frau und hielt dem Kind den Lolli hin. Das Kind schüttelte den Kopf und verbarg die Hände hinter dem Rücken. Die Frau wollte der Kindsmutter den Lolli überreichen, aber die lehnte auch ab, hob ihren Nachwuchs hoch und strebte dem Ausgang zu.

Die Frau saß da, mit dem tropfenden, klebrigen Lolli in der Hand, und in mir wuchs die Hoffnung, dass da ein Miterzieher »umerzogen« worden ist.

Einsteins Schleier

Liebe Papas und Mamas!

Ein neues Schuljahr hat angefangen, und nur eine Eltern-Minderheit kann sich für die kommenden Monate nichts als schulische Frohbotschaften erwarten. Den meisten Eltern stehen auch allerhand negative Erfahrungen bevor. Dass es Eltern nicht gleichgültig ist, welchen Schulerfolg ihr Nachwuchs hat, ist mir klar. Dass jedoch Schulsorgen zum größten Familienproblem werden können, ist mir unverständlich.

Ich finde es abwegig, wenn mir eine Mutter sagt: »In den Ferien sind wir die glücklichste Familie. Kein Streit, keine Tränen, keine Aufregung. Doch kaum fängt die Schule an, geht das Unglück los.« Wieso kann ein Fünfer in Mathe, eine Vorladung wegen »frechem Benehmen« oder ein Fleck auf einer Prüfung eine glückliche Familie ins Unglück stürzen? Da haben wohl Eltern den Maßstab dafür verloren, was im Leben wichtig und unwichtig, was ein Unglück oder bloß ein Ärgernis ist!

Man könnte ja nun sagen, dass ich als Mutter von erwachsenen Kindern leicht reden habe. Aber gerade, weil ich die Schulsorgen hinter mir habe, habe ich den Eltern von Schülern eine Erfahrung voraus. Ich weiß, wie man zehn, fünfzehn Jahre später über diese Sorgen denkt! Da sitzt man dann mit dem wohlgeratenen Nachwuchs zusammen und sagt lachend: »Erinnerst dich noch an die gefälschte Unterschrift? Und wie ich dem Direktor erklärt hab, dass die so komisch ausschaut, weil ich mir die Hand verstaucht habe?« Und in welcher Klasse, fragt man sich zehn, fünfzehn Jahre später, wollte das Kind die Schule verlassen? In der fünften? Oder in der sechsten?

Zehn, fünfzehn Jahre nachher hat man auch die Frau Muck wieder getroffen. Die, die man an Sprechtagen so beneidet hat, weil ihre Susi Klassenbeste war. Zehn, fünfzehn Jahre später erfährt man von der Muck, dass die Susi zweimal geschieden ist, drei Kinder hat und zu den Alimenten dazuverdient, indem sie in einem Supermarkt aushilft. Als einsichtiger Mensch ist man dann froh, dass sich die eigene Tochter doch nicht, wie seinerzeit immer angeraten, ein »Vorbild« an der Susi genommen hat.

Nehmen Sie, liebe Mamas und Papas, Schulsorgen also nicht allzu ernst. Und kommt demnächst Ihr »Unglücksrabe« wieder einmal mit einer »Hiobsbotschaft« an, so schließen Sie die Augen und aktivieren Sie Ihre Fantasie: Stellen Sie sich vor, wie Sie diese Sache in zehn, fünfzehn Jahren – erinnernd – sehen werden.

Ehrenwort, das hilft!

Die kleinen Prinzen

Das Schuljahr ist jung und, was Konflikte zwischen Lehrern, Eltern und Schülern angeht, meistens noch im Stande der Unschuld. Im berühmten »Eltern-Schüler-Lehrer-Dreieck« überwiegen an allen Eckpunkten gute Vorsätze. Bloß bei Schulanfängern und deren Eltern kommt bereits oft Schul-Frust auf.

Viele Knirpse, denen die gesamte Verwandtschaft vorgeschwärmt hat, wie schön es in der Schule sein wird, sind enttäuscht. So »lieb«, wie man ihnen erzählt hat, finden sie weder die anderen Bubis und Mädis noch die Lehrerin. Und manch Papa und Mama können gar nicht verstehen, dass ihnen die Lehrerin nicht bereits Dankesworte übermittelt hat, weil sie glücklich ist, ein so gescheites, über sein Alter hinaus reifes Kind in der Klasse zu haben.

Besonders kleine »Prinzen« und »Prinzessinnen«, aus Familien, wo sich alles um sie dreht, vielleicht auch noch ohne Kindergarten-Erfahrung, haben es anfangs in der Schule schwer. Dass sie am Vormittag, wenn sie nimmer »Mamas Liebling« sind, nicht automatisch »Lehrers Liebling« sind, müssen sie erst verdauen. Und von anderen Kindern nicht als »Star« behandelt zu werden, sondern sich in die Gemeinschaft einzuordnen, müssen sie erst lernen. Da kann es während dieses Lernprozesses passieren, dass Prinz oder Prinzessin schreit: »Ich geh' nimmer in die Schule, dort sind alle blöd! Die Lehrerin auch!«

Ist leider kein Einzelfall, dass sich Eltern dann vorschnell dieser Kindesmeinung anschließen. Natürlich gibt's ekelhafte Mitschüler. Keine Frage, es gibt auch unmögliche Lehrer! Momentane Schul-Verweigerung eines Kindes ist aber kein Beweis, dass das Kind an solche Mitschüler und einen solchen Lehrer geraten ist. Man sollte in so einer Lage eher das eigene Verhalten überdenken und, falls einem klar wird, dass man sich einen »Prinzen« oder eine »Prinzessin« herangezogen hat, darangehen, den »Star« zum »Choristen« zu machen. Manchmal reicht es schon, regelmäßig ein paar Mitschüler zum Spielen einzuladen, damit sie vom Kind akzeptiert werden. Vor allem aber – und das ist härtere Arbeit – hat man sich von den Erwartungen zu trennen, die man in sein Kind setzte.

Ein Kind, dessen Eltern sich lauter »römische Einser« von ihm erwarten, weiß das; selbst wenn es ihm nie gesagt wird. Ist es ein Wunder, wenn dieses Kind die »böse Schule« ablehnt, die ihm nicht gibt, was es heimbringen müsste, um die Eltern zu erfreuen und der kleine »Prinz« zu bleiben?

Sei nicht faul!

Reden Eltern, deren Kinder in der Schule schlechte Noten haben, von den Schulproblemen ihrer Kinder, kann man mit großer Sicherheit annehmen, dass über kürzer oder länger der Satz fällt: »Er (sie) ist hochintelligent, aber faul, hat sein (ihr) Klassenvorstand gesagt!«

Ich kenne eine ganze Menge von Klassenvorständen, und sie alle schwören mir, mit zitiertem Satze sehr, sehr sparsam umzugehen und ihn nur ganz selten und in raren Ausnahmefällen am Elternsprechtag zu benutzen. Dass ein Schüler faul oder sogar stinkfaul sei, geben sie zu, gehöre wohl zu dem, was ein Lehrer Eltern oft kundtun müsse, aber leider könne nur sehr selten in diesem Zusammenhang auch von »hochintelligent« die Rede sein.

Viel öfter, sagen mir die Klassenvorstände, müsse davon die Rede sein, dass ein Schüler Schwierigkeiten habe, sich zu konzentrieren, oder dass er sichtlich falsche Lernstrategien anwende.

Da zwar etliche, aber doch nicht alle Eltern bewusst lügen, wenn sie über ihre Kinder reden, ist anzunehmen, dass sie falsch interpretiert haben, was sie am Elternsprechtag von den Lehrern erläutert bekamen. Und das kann eigentlich nur einen Grund haben: Sie hören, was sie hören wollen! Und das heißt wiederum: Eltern haben weit lieber »faule« Kinder als »schwach begabte« Kinder.

Warum eigentlich? Jeder von uns weiß doch, dass die meisten der intelligenten Faulen im Leben kläglich scheitern, aber dass es die meisten der gar nicht speziell begabten Fleißigen zu Ansehen und Wohlstand bringen.

Um fremder Kinder Eltern zu trösten, hätte man diese Erkenntnis auch schnell parat, nur beim eigenen Nachwuchs ist man betriebsblind. Das eigene Kind hat – auf Teufel komm raus – hochintelligent zu sein! Ist ja auch sonnenklar! Schließlich hat es ja die Erbmasse von Papa und Mama, und Papa und Mama waren ja seinerzeit in der Schule ebenfalls hochintelligent (aber faul!).

Ganz nebenbei: Seinen Nachwuchs als intelligent, aber faul abzustempeln, ist auch die einfachste Methode, sich mit seinen Problemen nicht befassen zu müssen.

Sich damit auseinanderzusetzen, warum ein Kind gelernt und trotzdem nicht die geforderte Leistung erbracht hat, ist schwieriger und müsste auch zu gewissen Einsichten führen.

Man käme, unter Umständen, zur Erkenntnis, dass ein Kind den X-Quadraten und Y-Dritteln wenig Aufmerksamkeit schenken kann, wenn im Nebenzimmer

Papa und Mama streiten. Oder dass ein Kind, nur weil sein Papa großes Interesse für Technik hat, diese Neigung nicht gerade ererbt haben müsse.

Man käme – vor allem – zur Erkenntnis, dass das Kind ziemlich anders ist, als man gemeint hat. Doch wer will schon solche Erkenntnisse? Zu sagen »Sei nicht faul, lern!« ist viel bequemer.

Rückmeldung erwünscht?

Schulnoten, so vernahm ich es im Radio aus einem Interview mit einem Pädagogen, seien für die Schüler unbedingt notwendig, weil Schüler eine »Rückmeldung« brauchen, an der sie ihre Leistung kontrollieren können. Dieses Statement zauberte mir ein sonniges Lächeln auf die Lippen, weil ich an meine eigene Schulzeit dachte und mich dabei der sonderlichsten »Rückmeldungen« erinnerte, die ich im Laufe von zwölf Schuljahren erhalten habe. Etwa dieser:

Bei der Latein-Schularbeit hinter der Gerti zu sitzen, bringt statt einem Vierer einen Dreier ein, weil die Gerti mit Latein-Deppen ein Einsehen hat und im Weiterreichen von Schwindelzetteln eine wahre Meisterin ist.

Oder: Im Interesse der bevorstehenden Zeugnisnote werde ich der morgigen Mathe-Schularbeit durch Krankmeldung entgehen, denn mein momentaner Wissensstand, »rückgemeldet« durch ein »Nicht genügend«, könnte meinen Notendurchschnitt von 2,1 auf 2,8 senken und mir im Zeugnis einen Dreier statt eines Zweiers eintragen.

Ich erinnere mich auch noch recht gut daran, wie ich einmal drei Wochen lang, jeden Nachmittag, für eine Prüfung das Biologie-Buch auf Seite 1 aufschlug, die Seiten 1 und 2 lustlos und murmelnd durchlas und dann das Buch frustriert zuklappte. Um das menschliche Rückgrat ging es auf den beiden Seiten. Und drei Wochen lang kam ich über dieses Rückgrat nicht hinaus! Bei der Prüfung dann, die üblicherweise aus drei Fragen bestand, wurde mir als erste die nach dem menschlichen Rückgrat gestellt, und ich ratschte – wie in Trance – los. Die Frau

Professor nickte beglückt und meinte, in meinem Falle könne sie wohl auf die restlichen zwei Fragen verzichten. Man sehe ja, wie vorzüglich vorbereitet ich sei.

Drei untypische Beispiele für den Noten-Alltag in der Schule? Ich beeide es, meine Schullaufbahn setzte sich aus lauter solchen untypischen Beispielen zusammen. Ohne »fördernde« Gerti, auch das beeide ich, hätte ich die Matura nie geschafft, denn mein Wissensstand in Latein war zu Zeiten dieser gleich null. Bei der Matura-Arbeit freilich konnte mir die Gerti nicht mehr helfen. Da war »schwindeln« unmöglich. Aber da musste mir die Frau Professor helfen. Wäre ich nicht durchgekommen, wäre das peinlich für sie gewesen. Das hätte ja bedeutet, dass sie mir sechs Jahre lang falsche »Rückmeldungen« gegeben hätte!

Aber man soll nicht ungerecht sein. Durch die Noten konnte ich sehr wohl meine Leistung kontrollieren. Meine Leistung an Schläue, an Unehrlichkeit und Unverfrorenheit. Und sich über diesbezügliches Leistungsvermögen klar zu werden, ist ja wohl ganz nützlich.

Verständnis ist schön, aber ...

Angeblich haben Kinder, denen das Schicksal Mamas mit perfektem Erinnerungsvermögen zuteilte, eine gute Kindheit, weil Mamas, die noch wissen, wie sie selbst in Kindertagen fühlten und dachten, mehr Verständnis für den Nachwuchs aufbringen als Mamas, die ihre Kindheit vergessen haben oder sich falsch erinnern. Nur löst halt Verständnis kein Problem! Da kommt etwa Kind Meier von der Schule heim und klagt: »Die Huber, die Kuh, peckt dauernd auf mir rum, dabei habe ich gar nichts getan, ich halte das echt nimmer aus!«

Mutter Meier, behaftet mit Erinnerungsvermögen, entsinnt sich, dass sie vor 25 Jahren, Ähnliches klagend, von ihrer Mutter belehrt wurde, dass die Frau Professor keine Kuh, sondern eine erstklassige Lehrkraft sei und sie sicher »irgendwas getan« habe, denn grundlos rüge keine Frau Professor! Daran, wie unverstanden sie sich damals fühlte, wie allein, ungerecht behandelt und von Gott und der Welt verlassen, erinnert sie sich auch. Also sagt sie nichts, was auch nur annähernd dem ähnelt, was sie sich einst anhören musste.

Aber was sagt sie? Vielleicht teilnehmend: »So was von gemein, da suchen wir uns eine andere Schule!« Geht schwer, da Mutter Meier weiß, dass in jeder Schule eine Lehrkraft sein könnte, die auf dem Kind »rumpeckt«. Zudem will Kind Meier die Schule nicht wechseln, da ginge es ja aller Freunde und auch der netten Lehrer verlustig.

Mutter Meier kann aber auch nicht sagen »Das Leben ist nun mal ungerecht, das muss man aushalten«, denn kraft Erinnerungsvermögens weiß sie, dass ihr das seinerzeit als Gipfel der Rohheit erschienen wäre. Vielleicht einfach ihr Kind streicheln und ein bisserl trösten? Soweit sich Mutter Meier erinnert, taugte ihr diese Trostart im Kleinkindalter, aber als Teenie wollte sie das nicht, das hätte sie damals mit »Lass das, ich bin kein Baby!« abgelehnt.

Als Lichtblick fällt Mutter Meier ein: Kinder muss man ernst nehmen, sie gleichberechtigt sehen, man soll Probleme nicht für sie lösen, sondern mit ihnen die Lösung finden. Also fragt sie: »Was meinst du, kann man dagegen tun?« Worauf Kind Meier schreit: »Die Kuh umbringen!« »Na, na, jetzt übertreib nicht«, entfährt es Mutter Meier, bevor sie gewahr wird, dass das der verhasste Standard-Spruch ihrer Mutter gewesen ist, der sie seinerzeit rasend gemacht hat. Also ist sie wenigstens nicht erstaunt darüber, dass Kind Meier nun brüllt: »Du machst mich rasend, ewig heißt's, ich soll nicht übertreiben!« Beleidigt ist sie auch nicht, das verbietet ihr Erinnerungsvermögen. Aber wie gesagt, das Problem ist leider noch immer da und trotz allem Verständnis ungelöst.

Zu wem muss ich gehen?

Der Termin, zu dem die Halbjahreszeugnisse ausgeteilt werden, nähert sich, und bevor dieses – mehr oder weniger freudige – Ereignis stattfindet, pflegt noch ein Elternsprechtag abgehalten zu werden.

Ich habe ja diese Elternsprechtage längst überstanden. Aber ich weiß noch gut, wie unangenehm sie mir waren. Vor Sprechtagen wäre ich noch weit lieber krank geworden als meine Töchter vor Mathe- und Lateinschularbeiten. Warum? Weil ich nicht wusste, wie ich mich dort – Auge in Auge mit den Lehrpersonen – zu verhalten habe!

Locker und aufrichtig? Etwa auch locker meine Ansicht äußernd, dass an Herrn Professors Unterrichtsmethode etwas falsch sein müsse, wenn zwei Drittel der Schüler in seinem Fach Nachhilfe nehmen? Etwa auch aufrichtig zugebend, dass es in Wirklichkeit für mich von sehr zweitrangiger Bedeutung sei, ob mein Kind drei Zeilen »Tacitus« heftig stammelnd oder fließend aus dem Lateinischen übersetzen könne?

Von solch Elternsprechtagsbetragen rieten mir wohlmeinende Leute ab. Da schade man nur, hieß es, den armen Kindern. Am Sprechtag möge man lieber die Lehrer friedlich und freundlich stimmen, was am ehesten durch Lob erreicht werde. Eine darin versierte Mama machte mir das sogar vor, indem sie kulleräugig säuselte: »Ach, Frau Professor! Die gesamte Elternschaft ist ja so dankbar, dass wir gerade Sie als Klassenvorstand haben. Sie können den Kindern noch etwas fürs Leben vermitteln!«

Tja, keine dumme Methode. Aber so viel Talent zur Verstellung hat nicht jeder. Und Lust dazu auch nicht.

Darum hielt ich es schließlich mit folgender Methode: Ich fragte meine guten Kinder, zu welchen von all ihren Lehrern ich denn »unbedingt gehen« solle, um nicht unnötig Zeit von Lehrern zu beanspruchen, die mir ohnehin nichts Wesentliches mitzuteilen hätten. Und meine guten Kinder nannten mir dann immer die paar Lehrer, mit denen sie keinerlei Probleme hatten, und ließen die unerwähnt, bei denen ich allerlei »Negatives« zu hören bekommen hätte. Und ich tat, als würde ich das nicht durchschauen, und sprach nur bei lieben Lehrern vor, die mir viel Erfreuliches über meinen Nachwuchs sagten. So ließ sich ein Sprechtag ganz nett überstehen. Und die Lehrer, die meine Kinder »vergessen« hatten, die meldeten sich im Ernstfall eh mit »blauen Briefen«.

Da war dann ja noch immer Zeit, ihnen – Aug in Aug – gegenüberzutreten.

Vormittag – Nachmittag

Etliche meiner Bekannten arbeiten im April und Mai viel mehr als sonst. Sie sind nämlich Lehrer und haben es sich zum Ziel gesetzt, ein paar Schüler vor einer Nachprüfung oder dem Sitzenbleiben zu bewahren. Bei diesen Schülern handelt es sich nicht um Schüler, die sie in der Schule unterrichten, sondern um Nachhilfeschüler.

Ich kenne ein Elternpaar, das in diesen Monaten je 400 Euro an Nachhilfelehrer bezahlt hat und nun einem Zeugnis mit ausschließlich positiven Noten entgegenschaut. Reiche Leute sind das nicht.

Die Investition ist ihnen schwer gefallen. Aber das Kind ein Jahr länger zur Schule zu schicken, würde schließlich noch mehr kosten, erklärt mir der Vater. Außerdem sei die Frustrationsschwelle der heutigen Jugend ja nicht sehr hoch, erklärt mir die Mutter. Niemand könne ihr garantieren, dass der Sohn die verlängerte Schulzeit auf sich nehmen werde, der »Aussteiger« in Schülerkreisen seien ja genug. Und die Zukunftschancen für Jugendliche, die mit sechzehn oder siebzehn Jahren die Ausbildung abbrechen, stehen nicht gut.

So gesehen ist die Investition in Nachhilfestunden das Beste, was Eltern zu ihrem und ihrer Kinder Wohle tun können; zum Wohle der Lehrer und Nachhilfelehrer auch, denn Lehrer schätzen es nicht, unter ihren Schülern viele Sitzenbleiber zu haben, und Nachhilfelehrer können durch ihre Nebenbeschäftigung den Lebensstandard ein Stück anheben.

Eine meiner Bekannten, Frau X., ist Mathematiklehrerin an einer AHS. Fünf Schüler, sagt sie, werden heuer wahrscheinlich bei ihr in Mathematik mit einem »Nicht genügend« abschließen. Bei denen, sagt sie, sei Hopfen und Malz verloren!

Ihre Nachmittage verbringt Frau X. im Moment damit, fünf Schülern Mathematik beizubringen, von denen ihre Kollegen behaupten, dass bei denen Hopfen und Malz verloren sei. »Stimmt ja nicht!«, sagt Frau X. »Alle fünf sind gescheite Kinder!« Und erzählt mir, dass man mit allerhand Tricks und viel Einfühlungsvermögen diese Kinder sehr wohl aufbauen, motivieren und zu guten

Leistungen bringen könne. Anzunehmen ist, dass auch die Nachhilfelehrer der durchfallgefährdeten Schüler von Frau X. ähnliche Aussagen machen ...

Moral von der Geschichte? Keine! Die Geschichte ist zutiefst unmoralisch. Einziger Lichtblick, den ich anbieten kann, ist der, dass es Lehrer gibt, die Schüler »aufbauen und motivieren« und zu guten Lernerfolgen bringen, ohne dafür Extrageld zu kassieren. Da man sich aber nur die Nachhilfelehrer auswählen kann, die »normalen« Lehrer aber schicksalsträchtig zugeordnet bekommt, dürfte dieser »Lichtblick« für Eltern kein großer Trost sein.

Zwei oder drei Fünfer?

Das Schuljahr nähert sich dem Ende, die Notenkonferenzen dräuen, und Mütter, deren Kinder in der Schule »gut funktionieren«, haben keine Ahnung, wie es Müttern von »schlechten Schülern« um diese Zeit zu gehen pflegt.

Mutter A., geschlagen mit einem »Mathe-Versager«, müsste seit Wochen dringend zum Friseur. Der Nachwuchs (womit nicht ihr Kind, sondern ihr Haar gemeint ist) sprießt schon gut drei Zentimeter naturbraun hinter dem edlen Silberblond her. Aber Mutter A. kann sich keinen Friseur leisten, denn seit Wochen bezahlt sie für den »Versager« zwei Doppelstunden Nachhilfe pro Woche an eine Einpauk-Kapazität. Die Doppelstunde zu 60 Euro.

Mutter B., gesegnet mit drei Töchtern, wovon sich zwei schwer tun, lateinische Sätze ins Deutsche zu übertragen, kann sich die Nachhilfe-Doppelbelastung nicht leisten. Daher versucht sie, ihre Schulweisheit aufzufrischen und selbst nachhelfend tätig zu werden. Sie stuckt am Vormittag zwischen acht und zwölf Uhr und am Abend zwischen zwanzig und dreiundzwanzig Uhr Latein, um die allerletzte mündliche Prüfung ihrer zwei Latein-Nieten doch noch positiv zu gestalten. Oder für den Fall einer Nachprüfung fit zu sein!

Mutter C. hat sich vom Arzt Beruhigungspillen verschreiben lassen, um die täglichen Szenen zwischen Mann und »doppelt gefährdetem« Sohn ohne einen Nervenzusammenbruch durchzustehen.

Mutter D. hat bereits fünf Urlaubstage damit vertan, in den Sprechstunden der Lehrer bettelnd um Einsicht und Milde zu heischen. Und jeden Abend sitzt sie im Café »Zipf«, einen Braunen trinkend, weil selbiges dort auch der Klassenvorstand des Kindes tut und Mutter D. meint, außerschulisch lasse sich ein Lehrer besser zu Verständnis bewegen.

Gut geht es bloß Mutter E. Die stuckt nicht, zahlt sich nicht blöd, braucht keine Pillen und muss nicht bei Lehrern um Milde flehen. Die freut sich, dass ihrem lieben Sohn heuer nicht ein oder zwei Fünfer drohen, sondern drei Fünfer sicher sind. So sicher wie das Amen im Gebet. Und das schon seit Wochen! Kein Zittern mehr, ob er durchkommen wird. Keine Ausgaben mehr für Nachhilfe. Keine Angst vor einem »verpatzten« Sommer, wenn alle Mühe nicht geholfen hat. Vor Mutter E. liegt ein herrlicher, stressfreier Sommer!

Denn merke: Ein Sommer mit einem »Nachprüfling« bringt mehr Qual als ein Schuljahr mit einem »Wiederholer«.

Zeugnistag

Kurz vor Schulschluss ist es wieder fällig, von der »Zeugnisangst« zu schreiben. Die ist leider immer noch nicht ausgerottet, obwohl es absurd ist, dass Kinder vor dem »Zeugnistag« zittern. An dem Tag erfahren sie ja nichts Neues. Ihre Eltern auch nicht. Da kriegen Eltern wie Kinder bloß schwarz auf weiß, was sie seit Wochen wissen.

Es gibt keinen Schüler, der nicht wüsste, welche Noten ihm der Klassenvorstand ins Zeugnis eintragen wird. Eltern sind von der Schule auch informiert, so ihre Kinder ein »Nicht genügend« zu erwarten haben. Eltern könnte von Kindern höchstens – aber nur, wenn sie den Sprechtag geschwänzt haben – in diesem oder jenem Gegenstand ein »Gut« statt einem »Befriedigend«, ein »Befriedigend« statt einem »Genügend« in Aussicht gestellt worden sein. Doch solch kleine, gemogelte Notendifferenz kann kaum Anlass sein, dass Kinder in Panik geraten, ausreißen, Selbstmordgedanken haben und ein paar von ihnen diese Gedanken zur schrecklichen Tat werden lassen.

Angst vor dem »großen Krach« und der »fürchterlichen Strafe«, das Sich-nicht-mehr-Heimtrauen wäre eher für den Tag zu erwarten, an dem der Brief von der Schule kommt. Oder für den Tag, wo die Eltern beim Klassenvorstand vorsprechen und ihnen klar wird, dass ihr Kind die Klasse wiederholen muss oder eine Nachprüfung kriegt.

Was bewirkt also die sogenannte »Kurzschlusshandlung« von Kindern am Zeugnistag, wenn »alles längst gelaufen« ist, wenn – so es die Eltern schon für nötig befanden – Krach und Strafe erledigt sein müssten? Es

kann nur daran liegen, dass viele Kinder völlig verunsichert sind. Dass sie sich mit ihren Eltern nicht auskennen, dass sie nicht wissen, wann die wie reagieren, was deren Unmut hervorruft, wovon er ausgelöst wird. Ob väterliche Wut beim Anblick des »grünen Wischs« wieder entflammt, vielleicht doppelt so arg. Ob es bei den Ohrfeigen vom Tag, an dem der Brief kam, bleibt. Oder ob erst am letzten Schultag »abgerechnet« wird.

Es gibt leider nicht wenige Eltern, die meinen, es diene der Erziehung, Kinder gehörig »zittern« zu lassen, nach dem Motto: »Schad't nix, wenn s' Angst haben, spuren s' besser!« Möge denen, die so erziehen, erspart bleiben, in den nächsten Tagen das Foto ihres Kindes in einer Zeitung zu sehen und darunter den rührenden Text: »Komm bitte heim! Du hast keinerlei Strafe zu erwarten!«

Nur keine Panik!

Jetzt sind sie also eindeutig vergeben, die grauslichen »Nachprüfungen«. Und vor denen, die sie ausgefasst haben, steht ein etwas unerfreulicher Sommer.

Aber nur keine Panik! So »verpatzt«, wie manchem Schüler – und seiner Familie – die Ferien nun vorkommen, müssen sie sicher nicht sein, wenn man nicht komplett »durchdreht«.

Ich bin ja keine Expertin für Nachprüfungs-Probleme, kann also nicht raten, wann, wo, wie viel und mit wem ein Nachprüfling lernen solle, aber ich habe – angeregt durch die völlig aus dem Häuschen geratene Frau X., deren Xandi eine Nachprüfung in Mathe bekommen hat – eine Rechnung angestellt, die folgendermaßen lautet:

Das Jahr hat 52 Wochen, der Xandi hat pro Woche drei Stunden Mathe. Wenn wir von den 52 Wochen neun Wochen Sommerferien, zwei Wochen Weihnachtsferien und eine Woche Osterferien abziehen, bleiben vierzig Wochen. Macht 120 Mathe-Stunden. Durch Feiertage, Sprechtage, Wandertage, Grippe des Mathe-Professors und andere erfreuliche Ereignisse entfallen noch zusätzlich allerhand Mathe-Stunden. Es scheint realistisch, dass der Xandi im vergangenen Schuljahr nicht mehr als 100 Stunden in Mathematik unterrichtet wurde. Und so ein träger Kerl, dass er alle 100 Stunden geschlafen und nichts mitbekommen hat, ist Frau Xens Xandi auch nicht!

Selbst wenn man ihn als arg lernunwillig und leistungsverweigernd einstuft, darf man ihm ein Verhältnis von 4:1 für »nicht kapiert« zu »kapiert« zugestehen.

Also hat er 80 Mathe-Stunden nachzuholen. Auf neun Ferienwochen verteilt, sind das knappe neun Stunden pro Woche. Wenn man die Sonntage lernfrei hält, macht das anderthalb Stunden pro Tag.

Na, ist das so eine Wahnsinnstortur, dass darob ganze Familien, inklusive Oma und Opa, ins Zittern und Zagen verfallen?

Falls jemand meint, meine Rechnung betreffe seinen Nachprüfling nicht, denn der schaffe das mit 90 täglichen Lern-Minuten nicht, der brauche dreimal die Woche einen teuren Nachhilfelehrer und dazu noch ein dreiwöchiges Nachhilfe-Camp und in der übrigen Zeit täglich vier Lernstunden mit Mama oder Papa, dann kann ich – obwohl kein diesbezüglicher Experte – allein mit gesundem Hausverstand sagen: Entweder Sie unterschätzen Ihr Kind, oder Sie schätzen es richtig ein. Aber wenn es tatsächlich so gigantischen Nachholbedarf hat, wär's doch besser, Sie halten die Ferien ganz lernfrei und lassen Ihr Kind friedlich die Klasse wiederholen.

AUFGEBLÄTTERT

Menschenkenntnis

Neulich saß ich in München auf dem Flugplatz und wartete darauf, endlich in die Maschine nach Wien einsteigen zu dürfen. Meine Zeitung hatte ich schon gelesen, Buch hatte ich keines mit, also machte ich mir Gedanken. Ich schaute mir die Leute an, die gemeinsam mit mir warteten, und überlegte mir, wer die wohl sein könnten. Das Äußere einer Person sagt ja schließlich eine Menge aus! Allein schon die Kleidung spricht Bände. Und die Gesichter verraten den Rest, denn das Leben, das einer führt, prägt seine Züge.

In der Hauptsache waren es Männer, die um mich herumsaßen. Bei Linienflügen, außerhalb der Tourismus-Hochsaison, ist das immer so.

Die Männer hatten beige Trenchcoats an und graue Anzüge darunter. Und Aktenköfferchen der allerfeinsten Sorte hatten die meisten der Herren auf den Knien. Etliche der Aktenköfferchen standen offen. Das, was man so »Unterlagen« nennt, befand sich in ihnen.

Die Aktenköfferchen-Herren, sagte ich mir, sind also seriöse Geschäftsmänner der gehobenen Mittelklasse. Wären sie »gehobener« als Mittelklasse, würden sie im Warteraum für Erste-Klasse-Gäste sitzen. Doch sosehr ich mich auch plagte, zu den Aktenköfferchen-Männern wollte mir nicht mehr einfallen. Kein Hauch von Privatleben war in ihren Gesichtern.

Aber ein paar Frauen waren ja auch noch da! Und die belebten, zumindestens was ihr »Outfit« betraf, die triste Trenchcoat-Köfferchen-Monotonie. Und bei Frauen kenne ich mich schließlich weit besser aus!

Die Frau zum Beispiel, die mir gegenübersaß, die war

eindeutig ein liebes Hausmütterchen. So an die fünfzig Jahre musste sie sein. Das Westerl, das sie unter dem Mantel trug, hatte sie garantiert selbst gehäkelt. Und im üppigen Handgepäck, das sie mit sich führte, waren sicher Mitbringsel für ihre Enkel. Vielleicht sogar ein Nussstrudel, ein selbst gebackener. Der Sohn oder die Tochter vom Hausmütterchen hatte nach Wien geheiratet. So musste das sein! Und nun besuchte das Hausmütterchen den Sohn oder die Tochter zweimal im Jahr.

Und die wunderschöne junge Frau, die in der »Vogue« blätterte, die war – unter Garantie – ein Fotomodell. So was von perfektem Make-up und topmodischer Kleidung hat man nur, wenn man zur Modebranche gehört! Und einen Haushalt hatte diese wunderschöne junge Frau auf gar keinen Fall zu führen. Das sah man an den Fingernägeln. Die waren echte Luxusnägel. Brandrot ragten sie mehr als einen Zentimeter über die Fingerkuppen hinaus. Mit solchen Nägeln kann man weder putzen noch Teig kneten noch sonst eine Hausarbeit erledigen!

Das Hausmütterchen wurde in Wien von einem älteren Herrn in Empfang genommen. Deutlich hörte ich ihn sagen: »Küss die Hand, Frau Professor!« Auf das Fotomodell stürmten zwei kleine Kinder zu und brüllten: »Mama, Mama!«

Hauptsache, man hat Menschenkenntnis!

Klebelächeln gefragt

Manchmal, sei es in der U-Bahn, sei es im Supermarkt oder an einer Straßenecke, trifft man auf jemanden, den man nur flüchtig kennt, sagt »Guten Tag«, fügt noch höflich den Allerweltssatz »Na, wie geht's denn so?« hinzu und möchte hierauf schnell wieder seines Weges gehen, aber der angesprochene Mensch nimmt die Wie-geht's-denn-Frage ernst und beginnt ausführlich zu erklären, wie es ihm geht.

Schlecht geht es ihm! Die Partnerschaft »haut« nicht hin, die Kinder »funktionieren« nicht, die Kreditraten sind viel zu hoch, seit es im Betrieb keine Überstunden mehr zu machen gibt, die alte Mutter wird immer verkalkter, der Erbonkel hat – gemeinerweise! – drei Tage vor seinem Tod das Testament geändert, und die Migräne kommt jetzt schon zweimal wöchentlich.

Herr im Himmel, denkt man dann, was habe ich Hornochse bloß auch nachfragen müssen! Man tritt von einem Bein auf das andere, versucht hilflos den Non-Stop-Redeschwall zu unterbrechen, murmelt allerhand von »… leider sehr in Eile« und auch etliche Male »… ach wie schrecklich für Sie«, und wenn die redselige Person ihr ganzes Unglück endlich ausposaunt hat, enteilt man kopfschüttelnd.

Ist ja unglaublich, sagt man sich. Wie komme ich denn dazu, mir das alles anzuhören? Ich kenne den Menschen ja kaum! So was von aufdringlich gehört doch direkt verboten! Ich habe ja schließlich meine Zeit auch nicht gestohlen!

In Wirklichkeit aber geht es da gar nicht um die paar Minuten oder auch die Viertelstunde, die einem der

Mensch, dessen Herz so voll war, dass ihm der Mund überging, geraubt hat.

Hätte er, sei es in der U-Bahn, sei es im Supermarkt oder an einer Straßenecke, genauso lange und ausführlich geschildert, wie glücklich er mit seinem Partner ist und wie gut und lieb die Kinderchen sind und dass der Kredit abgezahlt ist und die alte Mutter wohlauf und die Migräne seit einem Jahr wie weggeblasen ist und die Erbschaft nach dem Onkel eine recht ansehnliche gewesen ist, hätte man ihm freundlich gelauscht, wäre nicht von einem Bein auf das andere getreten und hätte ihm auch nicht, enteilend, vergrämte Gedanken nachgeschickt.

Unsere Mitmenschen dürfen redselig sein, aber sie dürfen uns nicht mit ihren Sorgen, Nöten und Kümmernissen belästigen. Das gehört sich nicht! Das ist schrecklich!

Ist es eigentlich wirklich so schrecklich? Ist es eigentlich nicht viel schrecklicher, wenn man, den Konventionen gut angepasst, auf jedes »Na, wie geht's denn so?« artig lächelnd »Danke, gut« sagt, obwohl es einem überhaupt nicht gut, sondern ziemlich mies geht?

Warum dürfen bloß unsere besten Freunde und engsten Angehörigen erfahren, dass wir im Moment mit unserem Leben nicht zurechtkommen?

Glück darf ausposaunt werden, Unglück hat verschwiegen zu werden! Fürs »Keep-smiling« in harten Lebenslagen hat man sich ein 1-A-Klebelächeln zuzulegen. So ist das nun einmal! Aber so sein sollte es eigentlich nicht.

Ja warum nur?

»Ja, warum hast du dir denn das auch angetan?« ist eine Frage von kopfschüttelnden Menschen, die ich im Laufe meines Lebens mit schöner Regelmäßigkeit zu hören bekommen habe.

Sie haben ja auch recht, diese Kopfschüttler! Warum »tue« ich es mir denn wirklich »an«, einen Pullover im kompliziertesten aller Norwegermuster und zwölf verschiedenen Farben zu stricken, wenn ich dann in die zwölf heillos verhedderten Wollknäuel hineinfluche, weil ich mit der Mustervorlage nicht zurechtkomme?

Und warum habe ich mir den hellsten aller silbergrauen Teppichböden angetan, wenn ich doch absolut nicht zu den Menschen gehöre, die Besucher im Vorzimmer dazu zwingen, die Schuhe auszuziehen?

Und warum habe ich mir zwei Katzen angetan, wenn ich es nicht mag, dass marode Mäuse quietschend durch das Haus laufen? Und wenn es so mühselig ist, immer jemand Gutwilligen zu finden, der die Katzen füttert, wenn ich verreisen muss?

Kinder habe ich mir übrigens auch angetan! Und einen stressigen Beruf! Und ... und ... und ... Was hätte ich für ein sorgenfreies Leben, wenn ich mir das alles nicht angetan hätte. Keinen Ehestreit, keine Sorgen mit den Kindern, keinen Tierarztbesuch. Nicht einmal schwarze Trittspuren im Silbergrauen hätte ich! Aber was hätte ich dann eigentlich?

Dann hätte ich auch keine Freude am schönen, selbst gestrickten und arg bewunderten Pullover, keinen Spaß mit meinen Katzen, keine Geborgenheit in einer Familie, kein Erfolgserlebnis im Beruf. (Für den Teppichboden fällt mir allerdings kein positives Gegenargument ein.)

Schaut man sich das Leben der Menschen näher an, die stets so vernünftig sind, sich nie etwas »anzutun«, kommt man wirklich nicht zu dem Schluss, dass diese Menschen wesentlich glücklicher wären als wir, die wir uns stets irgendetwas »antun«. Das sind nämlich die Leute, die aus Angst vor Misserfolg, Belastung, Enttäuschung und Verantwortung nie etwas wagen. Sie leben nach der Devise: Nur nichts tun, was schief gehen könnte! Sie leben – sozusagen – auf Sparflamme.

Eine Sparflamme bewahrt ganz gewiss vor dem Erfrieren, aber so richtig wärmen kann man sich an ihr nicht. Wenn man es richtig warm haben will im Leben, dann muss man sich eben hin und wieder ein etwas größeres Feuer »antun«; selbst auf die Gefahr hin, dass man sich dabei einen oder auch gleich mehrere Finger verbrennen könnte. Aber:

Besser ein paar Brandblasen, die wieder verheilen, als ein ganzes Leben lang kalte Finger.

Die Verkopften

Wir alle, dozierte unlängst wieder einmal ein würdiger, weißhaariger Herr im Fernsehen, seien zu sehr »verkopft«!

Mit dieser unschönen Wortschöpfung wollte er sagen, dass wir alle viel zu sehr unserem Denken und viel zu wenig unseren Gefühlen vertrauen.

Immer, wenn würdige Herren, ob weißhaarig oder glatzköpfig, solches und ähnliches kundtun, wird ihnen allerorten eifrig nickend zugestimmt. Mehr Gefühl muss her!

Ich kann da leider nicht mitnicken. Ganz im Gegenteil: Ich habe sogar Angst vor den Gefühlen.

So ungemein »verkopft« kommen mir meine lieben Mitmenschen nämlich gar nicht vor. Wo ich mich umschaue, wird doch viel eher »verbaucht« agiert und reagiert, hat nicht die Vernunft, sondern das Gefühl die Oberhand.

Geschieht irgendwo wieder einmal ein grausamer Mord, etwa noch an einem kleinen Kind, so steigt die Anzahl der Menschen, die für die Todesstrafe sind, sofort rapide an.

»Aufgehängt gehört die Bestie!«, heißt es dann. Aber berichten die Zeitungen ein paar Wochen lang von keiner »bestialischen Bluttat«, sinkt die Anzahl der Befürworter der Todesstrafe wieder auf ein erträgliches Maß ab.

Das kann kaum etwas mit vernünftigem Denken, muss aber sehr viel mit spontanem Fühlen zu tun haben. Und wenn der Antisemitismus, ansonsten sorgsam unter einer dicken Tuchent verborgen, wieder einmal überall übel zu riechen ist, hat wohl auch nicht böses Denken, sondern böse Emotion die Tuchent gelüpft. Vernunft hat noch niemand dazu gebracht, »Saujud« zu sagen.

Mit dem Fremdenhass, ob er sich nun gegen Gastarbeiter, Schwarze oder sonst wie »Andere« und »Fremde« richtet, ist es ebenso. »Neger stinken«, sagt die Mali-Tant, ohne daran zu denken, dass sie das gar nicht wissen kann, weil sie noch nie in der Lage war, einen zu beschnuppern. Überall begegne ich Vorurteilen, die aus Emotionen entstanden sind, und keinen Urteilen, zu denen das Denken gebracht hat. Das Denken hat einen großen Vorteil: Zum Denken gehört nämlich, dass man einen Gedanken auch bezweifeln kann und dadurch erkennen kann, dass man sich geirrt hat. Aber: Ich fühle, dass ich falsch fühle, das kann man nicht fühlen. Seine falschen und irrigen Gefühle, aus denen Vorurteile entstehen, die anderen Menschen viel Unglück bringen, kann man nur durch das Denken korrigieren.

Aber es ist eben wesentlich bequemer, auf den »Kopf« zu schimpfen, als ihn mühsam denken zu lassen.

2 Mäntel – 1 Drama

Voriges Jahr, im Herbst, an einem trüben Tag, stieg Frau Meier in Linz in den Zug, um nach Wien zu fahren. Sie fand ein Abteil, in dem nur eine Dame saß, und gesellte sich zu dieser. Die Dame las Zeitung und zeigte sich nicht gesprächsbereit. Als der Zug in Amstetten einfuhr, erhob sich die Dame, nahm einen Kamelhaarmantel vom Haken zur rechten Seite ihres Sitzplatzes und schlüpfte in diesen, nahm hierauf einen Trenchcoat vom Haken zur linken Seite ihres Sitzplatzes und zog diesen über den Kamelhaarmantel. Dann wieselte sie, einen Gruß murmelnd, aus Abteil und Zug. Frau Meier blickte ihr versonnen nach und dachte: Ach, das war aber eine enorm verfrorene Dame!

Als der Zug durch Ybbs fuhr, betrat eine andere Dame Frau Meiers Abteil. Eine ohne Mantel. Die Dame schaute sich entsetzt um und rief: »Wo ist mein Mantel?« Sie sei, erklärte sie, für ein Stündchen im Speisewagen gewesen und habe ihren schönen Kamelhaarmantel im Abteil hängen lassen.

Frau Meier erzählte der Dame, was sich zu Amstetten zugetragen hatte. Da machte ihr die Dame arge Vorwürfe und gab ihr Mitschuld am Mantelverlust. »Wer«, fauchte sie, »trägt denn zwei Mäntel übereinander? So naiv wie Sie zu sein gehört verboten!« Und dann sagte sie noch, das sei eben die heutige Zeit, jeder kümmere sich nur um sich selber, und keiner schere sich um den anderen. Und Frau Meier möge sich rotschämen!

Frau Meier nahm sich das sehr zu Herzen.

Vorige Woche nun, an einem trüben Tag, saß Frau Meier im Kaffeehaus und wie sie – an der Melange nippend – ins Lokal blickte, sah sie eine Dame beim Kleiderständer. Die hatte einen Mantel an und war gerade dabei, über diesen einen zweiten zu ziehen. Da fiel Frau Meier das Zugerlebnis ein. Sie sprang auf, stellte sich der Dame in den Weg und forderte sie auf, den unteren Mantel herauszurücken.

Worauf die Lokalbesitzerin zur doppelt bemäntelten Dame sagte: »Entschuldigen Sie vielmals, Frau Hofrat!« Und zu Frau Meier sagte sie: »So misstrauisch wie sie zu sein gehört ja verboten!« Und der Ober klärte Frau Meier darüber auf, dass die »liebe Frau Hofrat« bei trübem Wetter stets ein Ballonseidenmäntelchen über dem Wollmantel zu tragen beliebe.

Während Frau Meier hurtig die Flucht ergriff, sprachen Ober, Besitzerin und Frau Hofrat im Chor, dass dies eben die heutige Zeit sei, jeder stecke seine Nase in die Angelegenheiten des anderen, anstatt sich um die eigenen zu kümmern, und Frau Meier möge sich rotschämen!

Jetzt denkt Frau Meier ans Auswandern. In ein heißes Land, wo niemand einen Mantel trägt.

Anderer Leute Probleme

Es gibt Leute, die schlagen sich heftig mit ihren eigenen Problemen herum, und es gibt Leute, die schlagen sich heftig mit anderer Leute Problemen herum. Erstere Sorte von Menschen braucht man nie zu fragen, wie es ihnen denn so gehe, sie erzählen es einem ungefragt und ausführlich und weitschweifig.

Zweitere Sorte von Menschen kann man zwar fragen, wie es ihnen denn so gehe, man erfährt es aber nie. Man erfährt von ihnen bloß, wie es ihren Kindern, ihrem Ehemann, ihren Verwandten, ihren Freunden, ihren Nachbarn und ihren Kollegen geht. Meistens geht es denen schlecht.

Ich kenne Menschen, die mir – und dies seit Jahrzehnten – immer nur von Problemen anderer Menschen erzählen, in die sie verwickelt sind, die sie – voll des Mitleids und der Anteilnahme – zu lösen oder wenigstens zu mildern versuchen.

Sie führen Nachbars Hansi zum Schulpsychologen, sie kochen für Großtante Emma und transportieren das Gekochte zweimal täglich quer durch die Stadt, sie treffen sich mit zerstrittenen Ehepaaren zum Dreier-Gespräch und begleiten, so das Gespräch keine harmonisierenden Früchte trägt, den einen Ehepartner zum Scheidungsanwalt. Sie verborgen Geld, das sie sich vorher selbst ausborgen mussten, sie nehmen Hunde und Katzen in Pflege und haben in Urlaubszeiten vier fremde Wohnungsschlüssel am Schlüsselbund, um dreimal die Woche verwaisten Zimmerpflanzen Wasser zukommen zu lassen.

Viel Dank – auf lange Sicht – ernten diese emsig an

den Mitmenschen tätigen Leute aber nicht. Sind die Schulschwierigkeiten von Nachbars Hansi gelöst, findet die Frau Nachbarin den Gang zum Psychologen denn doch etwas voreilig und meint, dass sich ihr Hansi sicher auch »von selbst wieder erfangen hätt'«.

Die Großtante Emma isst zwar genüsslich das Gesottene und Gebratene, sinnt aber darüber nach, ob da nicht etwa eine hinterhältige Erbschleicherin die Töpfe füllte.

Das zerstrittene Ehepaar versöhnt sich wieder und verkündet im Duett, dass diese Einmischung von außen die Ehe fast zum Scheitern gebracht hätte.

Die Leute, die sich Geld leihen, lassen sich nicht mehr sehen, weil sie nicht zurückzahlen können und enorme Schuldgefühle haben. Die Katze, sagt die Katzenhalterin, sei seit der Fremdbetreuung so heikel. Und die Blumen, die waren echt am »Eingehen«, als man aus dem Urlaub kam. Man wird doch besser auf Hydro-Kultur umsteigen!

All das braucht man den Leuten, die anderer Leute Probleme zu den ihren machen, nicht zu predigen. Sie wissen es. Sie haben es oft genug erfahren müssen. Sie schwören auch immer wieder tausend Eide, nie-nie-nie mehr ihre gebrannte Nase in fremder Menschen Leben zu stecken. Aber dann ruft einer an und schreit SOS, und alle beinharten Vorsätze sind vergessen.

Warum das so ist, weiß ich nicht. Der Verdacht, dass anderer Leute Probleme von den eigenen Problemen ablenken, liegt allerdings nahe.

Opfer ohne Wert

Frau M. hat eine Nichte, die sie liebt, und sie hatte ein Häferl, das sie liebte. Dass sie die Nichte liebt, bedarf keiner weiteren Erklärung, das Häferl liebte sie ob seines Blumendekors und weil es einst ihrer geliebten Oma gehörte. Als vor ein paar Monaten der Geburtstag der Nichte kam, fragte Frau M. an, was als Geschenk willkommen sei. Geld, sagte die Nichte; dessen bedürfe sie dringend.

Frau M. steckte das Geburtstags-Geld in ein Kuvert. Doch dann kam ihr dieses nicht »festlich« vor. Sie gab ihrem Herzen einen Stoß, holte das Geld raus, legte es ins Oma-Häferl und hüllte dieses in Seidenpapier. Richtig »schwer ums Herz« war ihr, als sie der Nichte das Häferl übergab, aber tapfer sagte sie sich: Geschenke, die man sich aus dem Herzen reißt, sind die besten! Für die, die man liebt, muss man Opfer bringen!

Die Nichte wickelte das Häferl aus und jubelte. Frau M. deutete dies als zweifache Freude – über die grünen Scheine und das Oma-Häferl. Und sie dachte: Na siehst du, wer Opfer bringt, erntet als Lohn reichlich Dank!

Gestern war Frau M. wieder einmal bei der Nichte, und als sie in die Abstellkammer schaute, sah sie dort im Regal ihr Häferl. Zum Behälter für Nägel aller Art war es verkommen! Der Anblick brach Frau M. fast das Herz. Sie verabschiedete sich eher als sonst, auch kühler, und während sie vergrämt heimging, dachte sie: Undankbares Geschöpf, nichts achtet sie, alles lässt sie verkommen, jedes Opfer nimmt sie wie selbstverständlich hin, schert sich einen Dreck um ideelle Werte!

Die Nichte übrigens sann lange, warum die Tante so sauer geschaut hatte und so bald gegangen war. Zu ihrem Mann sagte sie: »Bin mir keiner Schuld bewusst.«

Warum machen sich's viele Leute so schwer? Frau M. hätte ja die Nägel aus dem Häferl tun und zur Nichte sagen können: »Ich liebe das Häferl, dir bedeutet es nichts, also nehme ich es mir wieder.« Beglückt hätte sie heimgehen können, sozusagen »beschenkt«. Aber nein, sie sagt nichts, nimmt lieber übel und leidet.

So geht's im Leben nicht nur mit Nichten und Häferln. »Übel nehmen« statt eigenen Irrtum rückgängig machen, dazu neigen viele. Warum? Weil man sich ungeliebt fühlt, wenn geliebte Menschen nicht »von selber« merken, dass man Opfer bringt, und es enttäuscht, dass man solch einfühlsame Art der Liebe nicht erhält. Wär' ja echt schön, wenn alle, die wir lieben, »spüren und ahnen«, was in uns vorgeht. Aber den Wunsch kriegt leider kaum wer erfüllt. Und wir selbst, seien wir doch ehrlich, erfüllen ihn anderen auch nicht. Mit »Hab ich doch nicht riechen können!« sind wir schnell bei der Hand und fühlen uns trotzdem nicht lieblos.

Textiler Frust

Damit nicht die falsche Meinung aufkommt, ich wolle über einen ganzen Berufsstand herziehen, sei zuerst einmal festgehalten: Verkäuferinnen, die Damenoberbekleidung an die Frau zu bringen haben, sind zu 99 Prozent liebenswürdig, fachkundig, dezent, hilfsbereit und dazu meistens in der Lage, selbst aus vage geäußerten Wünschen zu entnehmen, was der lieben Kundin exakt vorschwebt.

Aber manchmal fügt es sich halt im hinterhältigen Leben so, dass man unentwegt beim textilen Einkauf an das restliche Prozent der Einzelhandelskauffrauen gerät, und da macht man erstaunliche Erfahrungen.

Ein mir besonders liebes Zehntel dieses einprozentigen Restpostens sind junge Damen, die telefonieren, wenn man den Laden betritt, die einem – weitertelefonierend – huldvoll zunicken, einem – weitertelefonierend – hin und wieder einen milden Blick zuwerfen, während man, allein wie eine Mutterseele, inspiziert, was an den Kleiderstangen hängt. Und dabei sagen sie etliche Male in den Hörer: »Du, i muss Schluss machen, es is' wer reinkommen!« Das sagen sie auch noch, wenn man frustriert, und ohne neue Hose, wieder rausgeht.

Nett sind auch die Verkäuferinnen, die, nach einem Rock in Größe 42 gefragt, eilfertig nicken, lächelnd nach einem Röcklein greifen und es einem strahlend überreichen. Dann geht man in die Kabine, zieht den Rock über und denkt erschrocken: Schon wieder zugenommen! Doch wenn man das Röcklein von den Hüften gezerrt hat, stellt man erleichtert am anhängenden Label fest: Der Rock hat Größe 38! Wetten, dass die Verkäuferin,

darauf aufmerksam gemacht, sagt: »Größe 40 und 44 haben wir nimmer!« Ist doch lieb, wenn jemand heute noch an Wunder glaubt; wenn's auch nur um die Dehnbarkeit von Kammgarn geht.

Ebenso erfreulich die Damen, die entschieden ablehnen, dass ein anderer Laden haben könnte, was sie nicht haben. Streng sagen die, als wäre noch Nachkriegszeit: »Einen roten Mantel bekommen Sie nirgendwo!« Eine Unterordnung dieser Damen sind jene, die – nach einem roten Mantel gefragt – einen braunen bringen und beteuern, es handle sich da doch um ein sehr, sehr rötliches Braun.

Eine Top-Leistung an Charme vernahm ich aber kürzlich. Da sagte eine junge Verkäuferin zu einer tatsächlich etwas birnenförmig fassonierten Dame, die devot um ein

Kostüm anfragte: »Sie brauchatn d' Jackn von einem 36er und 'n Rock von einem 44er, des derf i so net hergebn.«

Sie hatte ja so recht, die junge Verkäuferin. Aber ein bisserl weniger unumwunden und etwas mehr schonend wäre diese Sachverhaltsdarstellung wohl auch zu verbalisieren – oder?

Entlarvende Tätigkeit?

Die meisten Leute wollen den »wahren Charakter« derer, mit denen sie verkehren, »ganz genau kennen«. Zu wissen, mit wem man's zu tun hat, gibt einem schließlich Sicherheit im Umgang mit dieser Person.

Und so haben sich die meisten Leute auch Methoden zugelegt, um zu diesem Wissen zu gelangen. Einer schwört, dass man den Charakter des Menschen beim Autofahren erkenne. Da müsse man nur beobachten, wie er sein Vehikel lenke, und schon liege sein Charakter offen. Ein anderer ist sich sicher, dass im Wein die Wahrheit liege; insofern, als Trunkene den wahren Charakter zeigen, da im Rausche nüchterne Verstellung abfalle.

Und dann gibt es viele Leute, die sagen: »Beim Kartenspielen lernt man die Menschen richtig kennen«, und auch das hat was für sich. Ist natürlich nicht so, dass jedermann beim Kartenspiel Eigenheiten freien Lauf lässt, die man ansonsten noch nie an ihm entdeckt hat. Gibt reichlich Kartenspieler, die im Spiel exakt so sind wie sonst: genauso streitsüchtig, genauso unfähig, Niederlagen zu ertragen, genauso begierig, Schuld auf Partner abzuladen, oder genauso gutmütig, genauso gelassen-heiter im Verlieren, genauso wenig misstrauisch Betrug gegenüber.

Gibt aber auch Leute, die in Staunen versetzen, wenn sie Spielkarten in der Hand haben. Ist wahrlich verblüffend, so man dahinter kommt, dass der liebe Alfred, bekannt als Ehrlichkeit in Person, unverschämt mogelt und dabei seine redliche Miene behält. Auch erstaunlich, wenn die gutmütige Anna satanisch kichert und vor Schadenfreude fast platzt, wenn sie dem Ehemann ein

Bummerl anhängt. Ist auch sonderbar, dass Tante Otti, die ewig Verzagte, Resignierte, nicht aufhören will, zu tarockieren, weil der »Wille zum Sieg« in ihr sitzt und sie immer noch hofft, dass ihre Pechsträhne irgendwann ein Ende haben werde. Wäre aber falsch, daraus zu schließen, Alfred sei auch im Alltag in Wahrheit unehrlich, Anna sei gar keine Gutmütige und Tante Otti keine verzagte Resignierte.

Spielen – und nicht nur mit Karten – bringt ja vor allem den Lustgewinn, dabei »anders« sein zu dürfen. Ein Stündchen eine konträre Persönlichkeit zu mimen, entbehrt der Reize nicht. Und schließlich ist kein Mensch nur ehrlich, nur gutmütig, nur verzagt. Egal, warum die »andere Seite« im Alltag nie zum Tragen kommt, im Spiel wird ihr Raum gegeben. Echte kleine Prinzessinnen spielen auch nie »Prinzessin«, das tun nur Mäderln ohne Aristo-Stammbaum.

Na, sichtlich ist die Kartenspieler-Methode auch kein hundertprozentiger Weg, Menschen »genau« kennenzulernen. Macht aber nichts, denn jeder Mensch hat schließlich ein Recht darauf, den anderen ein Rätsel zu bleiben.

Alle Jahre wieder

Nicht nur der Weg zur Hölle, auch der Weg ins neue Jahr ist für viele Menschen mit guten Vorsätzen gepflastert. Wenn die Pummerin läutet, die Heimfeuerwerker knallen und der Sekt perlt, geloben sich diese Menschen – je nach Temperament lauthals oder verschwiegen –, im kommenden Jahr alles ganz anders und viel besser zu machen. Zum Zahnarzt werden sie endlich gehen, die Ehefrau werden sie nicht mehr betrügen, nicht die kleinsten Schulden werden sie machen, zwei Dutzend längst fälliger Briefe werden sie schreiben, und zu den Kindern werden sie viel netter als bisher sein. Sogar für ihre Bildung und ihren Körper werden sie etwas tun – in der Volkshochschule gibt es sehr interessante Kurse! Man ist ja schließlich kein Dodel, der heillos versauert und versumpft! Etwas lernen ist besser als dreimal die Woche bei zwei Krügel Bier zu tarockieren! Und den kleinen Kugelbauch, den man sich durch die vielen Biere angezüchtet hat, den wird man mit täglicher Gymnastik leicht wegbringen. Jeden Morgen zehn Minuten turnen, das muss schon drin sein. Aber bei offenem Fenster, das ist gut für die Lungen!

Man hat wirklich zu Jahresbeginn die allerbesten Vorsätze. Aber wie das schon so ist im hinterhältigen Leben, verschwört sich die Welt gegen uns und lässt unsere guten Vorsätze nicht zu Taten werden. In der Volkshochschule beginnt das neue Semester erst im Februar, wodurch der Bildungswillige seine Jännerabende noch bei Tarock und Bier verbringt und dann total übersieht, dass der Februar herangekommen ist; weil die Zeit eben so sagenhaft schnell eilt. Und im März ist es dann zum

Anmelden bereits wieder zu spät. Das mit der Gymnastik ist auch nicht so einfach. Sooft der Turnwillige das Schlafzimmerfenster öffnen wollte, protestierte seine Ehefrau heftig. Und Gymnastik bei geschlossenem Fenster ist nichts! Das kann man dann gleich bleiben lassen.

Das mit dem Zahnarzttermin war besonders dumm. Den hatte man schon brav ausgemacht. Doch an diesem Tag ging es im Büro »rund«, und dann streikte das Auto, und der beste Freund hatte schwere Probleme, die er sich von der Seele reden wollte. Irgendwie geriet da der Termin in Vergessenheit, und jetzt ist der Zahnarzt sicher böse, weil der immer böse ist, wenn man einen Termin nicht einhält. Bei einem bösen Zahnarzt einen neuen Termin anfordern ist zu peinlich.

Sagen Sie ehrlich: Wenn schon so viel nicht so läuft, wie man sich das vorgenommen hat, warum soll man

dann der Ehefrau treu bleiben, keine Schulden machen, Briefe schreiben und zu den Kindern netter sein? Mit Halbheiten gibt sich einer, der sich viel vorgenommen hat, nicht gern zufrieden.

Den meisten Menschen mit Neujahrsvorsätzen geht es so wie der Frau, die sich jedes Silvester vornimmt, nächstes Jahr ein Haushaltsbuch zu führen, um die Gründe ihrer Finanzmisere endlich zu erforschen. Sie besitzt nun schon an die zwanzig dicke, schwarz gebundene Hefte.

Alle sind leer bis auf die Eintragung: 1 SCHWARZES HEFT ... € ...!

Christine Nöstlinger im dtv

»Der Mensch soll sich nicht allzu ernst nehmen und
über sich selbst lachen können!«

**Haushaltsschnecken
leben länger**
Mit Illustrationen von
Christiana Nöstlinger
ISBN 978-3-423-20226-8
und dtv großdruck
ISBN 978-3-423-25249-2

»Wenn Sie über Ihre eigenen
Verhaltensweisen und über die
Ihrer Umwelt Genaueres wis-
sen wollen, dann lesen Sie die
›Haushaltsschnecken‹.«
(Österreichischer Rundfunk)

Mein Tagebuch
dtv großdruck
ISBN 978-3-423-25214-0

Streifenpullis stapelweise
Mit Illustrationen von
Christiana Nöstlinger
ISBN 978-3-423-11750-0

Salut für Mama
Mit Illustrationen von
Christiana Nöstlinger
dtv großdruck
ISBN 978-3-423-25266-9

Management by Mama
Mit Illustrationen von
Christiana Nöstlinger
dtv großdruck
ISBN 978-3-423-25177-8

Mama mia!
Mit Illustrationen von
Christiana Nöstlinger
ISBN 978-3-423-20132-2
und dtv großdruck
ISBN 978-3-423-25267-6

Best of Mama
Ausgewählte Geschichten
Mit Illustrationen von
Christiana Nöstlinger
ISBN 978-3-423-20626-6

»Ihre Beobachtungen aus dem
Alltag treffen ins Schwarze,
zeugen von Lebenserfahrung.«
(Neue Luzerner Zeitung)

Werter Nachwuchs
Die nie geschriebenen Briefe
der Emma K., 75
ISBN 978-3-423-20049-3

Liebe Tochter, werter Sohn!
Die nie geschriebenen Briefe
der Emma K., 75
Zweiter Teil
ISBN 978-3-423-20221-3

*Bei dtv junior sind zahlreiche
Kinder- und Jugendbücher
von Christine Nöstlinger
lieferbar.*

Bitte besuchen Sie uns im Internet: www.dtv.de